茅盾研究
八十年書系

錢振綱・鍾桂松◎主編

金韻琴◎著

26

茅盾晚年談話錄

花木蘭文化出版社

國家圖書館出版品預行編目資料

茅盾晚年談話錄／金韻琴 著 — 初版 — 新北市：花木蘭文化
出版社，2014〔民 103〕
序 4+ 目 4+176 面；19×26 公分
（茅盾研究八十年書系：第 26 冊）
ISBN：978-986-322-716-8（精裝）
1. 沈德鴻　2. 傳記
820.908　　　　　　　　　　　　　　　　　　103010319

中國茅盾研究會《茅盾研究八十年書系》編委會

主　編：錢振綱　鍾桂松

副主編：許建輝　王中忱　李　玲

特邀顧問：

邵伯周　孫中田　莊鍾慶　丁爾綱　萬樹玉　李　岫

王嘉良　李廣德　翟德耀　李庶長　高利克　唐金海

茅盾研究八十年書系
第二六冊

ISBN：978-986-322-716-8

茅盾晚年談話錄

本書據上海書店 1993 年 12 月版重印

作　　者　金韻琴
主　　編　錢振綱　鍾桂松
特約編輯　孔海珠
總 編 輯　杜潔祥
副總編輯　楊嘉樂
編　　輯　許郁翎
出　　版　花木蘭文化出版社
社　　長　高小娟
聯絡地址　235 新北市中和區中安街七二號十三樓
　　　　　電話：02-2923-1455／傳眞：02-2923-1452
網　　址　http://www.huamulan.tw 信箱 hml 810518@gmail.com
印　　刷　普羅文化出版廣告事業
初　　版　2014 年 7 月
定　　價　60 冊（精裝）新台幣 120,000 元

茅盾晚年談話錄

金韻琴 著

作者簡介

金韻琴（1919～1995）女，浙江寧波人。上海法學院新聞專修科畢業，係現代文學著名作家孔另境之妻，育有7個子女。解放後曾任小學教師，上海文藝出版社校對。一生熱愛文學，輔佐丈夫事業，晚年嘗試寫作，《茅盾談話錄》爲其處女作，並是唯一存世著作。

提　　要

《茅盾晚年談話錄》是一本新編的回憶錄類圖書，它的前身是《茅盾談話錄》。

《茅盾晚年談話錄》共80餘篇文章，是作者（茅盾的內弟媳）1975年在茅盾家做客半年期間，與茅盾姐夫閒聊，據所記日記整理、改寫後成文。分日記、回憶、書簡三部分，眞實地記錄了茅盾在這特定賦閒時期的生活起居和思想風貌等。作者「文字流利生動，筆鋒常帶感情，使敘述人神形俱現」（李何林語）。

初版（1993年）《茅盾談話錄》係上海書店出版「文史探索書系」之一種，1995年重印，此次爲新編增訂版。本書第一、二部分增加了初版未收入部分文章11篇。新增第三部分「書簡」，收有25封茅盾先生在1974年6月至1975年6月間寫給作者的部分私人信件。新增附錄「我的母親和《茅盾談話錄》」（長女孔海珠撰寫）。插頁圖片增加了茅盾先生信件的手跡等。

序

李何林

1935 年 11 月，魯迅在《孔另境編〈當代文人尺牘鈔〉序》（《且介亭雜文二集》）裏說：

> 不過現在的讀文人的非文學作品，大約目的已經有些和古之人不同，是比較的歐化了的：遠之，在鉤稽文壇的故實，近之，在探索作者的生平。而後者似乎要居多數。因爲一個人的言行，總有一部分願意別人知道，或者不妨給別人知道，但有一部分卻不然。然而一個人的脾氣，又偏愛知道別人不肯給人知道的一部分，於是尺牘就有了出路。這並非等於窺探門縫，意在發人的陰私，實在是因爲要知道文人的全般，就是從不經意處，看出這人——社會的一分子的眞實。……

> 所以從作家的日記或尺牘上，往往能得到比看他的作品更其明晰的意見，也就是他自己的簡潔的注釋。……另境先生之編這部書，我想是爲了顯示文人的全貌的。……

五十年前，孔另境同志編選了一部《當代文人尺牘鈔》（1936 年生活書店出版時，改名《現代作家書簡》）；五十年後的現在，他的遺孀金韻琴同志又撰寫了一本《茅盾談話錄》，這是偶合；但都是爲著「鉤稽文壇的故實」和「探索作者的生平」，以達到「知道這人的全般，就是從不經意處，看出這人——社會的一分子的眞實」，使讀者「得到比看他的作品更其明晰的意見，也就是他自己的簡潔的注釋」，「顯示文人的全貌」。魯迅是就作家的日記和尺牘（書信）對讀者和研究者的作用講的。《茅盾談話錄》不只有中國現代著名作家茅盾的二十九封書信，而且有比一般書信和日記更詳細的，向至親談的，因而

也是比較少顧慮的六十四篇「談話日記」，以及根據茅盾的多次談話綜合寫成的七篇「回憶」。單是「談話日記」，則記茅盾日常生活的有三十篇，談文學藝術生活和問題的有十八篇，談文藝界著名人物的有十六篇，都是在茅盾公開發表的著作中沒有的。「回憶」和「書信」也是如此，都是研究茅盾在某一特定時期的少見的資料。因為唯有在跟自己至親的無拘無束的談話中，才能流露出平時不易流露的思想感情。

本書撰寫的經過，金韻琴同志在《後記》裏已經說得很清楚了；她在給我看書稿本的來信中，有幾小段話，也錄出供讀者參考。這也可以看出她撰寫本書的思想、態度和精神。

一、1981年冬，我曾將整理出來的《茅盾和他的女兒》、《茅盾與司徒宗》等單篇「回憶」寄給沈霜（即韋韜，茅盾的哲嗣），請提意見，但他沒有覆信，不置可否；以後我也不再打擾他了。

二、這些雁姐夫的生活記錄，是我在每次談話後回到自己的臥室裏憑記憶追記的；當時記得比較簡約，也記了部分細節，那些具體的細節描寫，則是在我後來整理時回憶補記的。當然，憑記憶追記，不等於錄音；將近十年以後的回憶補記（1975～1984），更不可避免地會產生這樣那樣的出入。但是，我可以肯定的是：（一）主要事實情節以及重要的細節不會有錯，我絕不造謠虛構。（二）對一位偉大作家言行舉止的記敘，我是抱著極端嚴肅鄭重的態度來處理的。比如雁姐夫談話中涉及一些當代作家的事，我都發信驗證，曾得到胡繩、臧克家、駱賓基同志等的覆信；一些主要事實有條件可以核實的，都曾發信給有關機構或所屬省市文聯等單位落實。為了進一步求得廣大讀者的幫助，我把整理的部分談話筆錄在一些報刊上陸續發表。不少熱心的讀者撰文發表或寫信給我，有的鼓勵，有的則真誠地說明事實真相，指出我記憶的失誤，使我在出書時有訂正的機會。所有這些做法，都是出於我對雁姐夫言行的認真負責的態度。

三、作為一位偉大作家的親屬，總是希望研究他的有關資料能夠日益豐富，而不能因噎廢食，規定所有研究資料必須百分之百的正確，或者必須由作家本人過目以後才能發表；要是這樣，那麼，我國古代的《論語》不會流傳至今了，《歌德談話錄》也不可能出版

了，有關記敘魯迅活著時的一些言行的回憶錄，也不可能發表了。但是，歌德的親屬或魯迅的親屬卻並未因為看見這些談話錄或回憶錄，而站出來說「凡引用《談話錄》作為研究依據而產生的錯誤，概與茅公無關」這種類似的話。因為道理非常淺顯：凡是「失實、虛假、拼湊」的東西，在廣大讀者的面前，總是經不住時間的檢驗，因而也無損於偉大作家的形象於萬一。

我覺得金韻琴以上這些思想、精神和態度都是很好的，從全書寫作的內容看，她也是這樣做的。總之，除茅盾已發表的著作外，這是瞭解茅盾、研究茅盾的某些方面的可供參考的資料。又兼作者文字流利生動，用娓娓動聽，筆鋒常帶情感的語言表述，使敘述人的神形俱現，因而也是一本帶文藝性的書，不是茅盾研究者也可以看看的書。

1984 年 7 月於北京

目

次

茅盾、孔德沚夫婦

茅盾邀請作者赴京做客的信（1975 年 5 月 20 日）

1946 年 12 月 5 日茅盾夫婦應蘇聯對外文化協會邀請赴蘇聯參觀訪問

（孔另境攝）

沉舟破釜决雌雄舊耻重重一掃空

正喜陣前初破敵卻傳幕後謀

藏弓仰人鼻息難為計自力更生

終見功成兩霸荒成朝露耳万方苦仰

東方紅中未瓜雪十三年青

靜琴波兩正

茅盾 一九七五年于北京

茅盾給作者寫的條幅（參見《寫條幅》）

茅盾夫人孔德沚和作者合影於 1946 年夏上海大陸新村寓所

茅盾夫婦在大陸新村寓所

茅盾夫婦訪蘇郭沫若夫婦等在碼頭送行

茅盾烏鎮故居平房一角

韻琴：本月廿一手書敬悉。乃蓋肺
不起來，是夜讀習，太勞累了，仕中的
肝功能而不正常，也是這等原因，實他們
宿眠儉用，營養也不够。我覺得我在
二十到三十歲這輕時間多方面都比現在
的二十到三十歲的青年條件優越，所以像
我這樣的人在那時刻吃那佳
邨北的文字家及社會活動，直至三十年
代直至三十年代末，經過不少艱險與奮
鬥生活，今天居我這還活着，宜八十歲壯
了。我以為乃蓋兩都要多吃營養豐富的東
西，仕中爭取多休息，把身体養
好。海珠身体也不大好，今懷孕，不知
有幾个月了？也要多吃營養豐富的東
西。不知上海方面供应多行？
大房間隔作兩間，分給乃蓋与伟成，
這是好主意，未料難的，不但上海北京
皆如此。

這件東西的確我無例為力，以北京而論，
由傢、玻璃都不難得。不知上海多有？未
料只得我多係尋这舊料（还比新的好，
新的不够干燥，書时要扭，日後動支桿，
我這新厦修時门窗配上些新料，
这新厦修時门窗都已經修理
了多次了）。觀在隔房間，都要用板壁，
门也了用來裁玻璃，与此，所需未料不
多，你们在上海多係尋这些旧料，大概
多可以解决。裝修房，看人戴
帽子，拆穿講，省立勢利眼。
这个星期，我家里大打掃，主要是擦
玻璃、洗窗帘，但因房高，玻璃窗有
些也高，用了大掃子，还是勉強刷擦
这件事在「五一」前必須搞完。

乃頌
健康 至节日快樂！

海珠等均此！

独玄 弟绿 冒美

茅盾給金韻琴信手跡（1975 年 4 月 25 日）

韵嫂：拒难早已收到，谢々。因事未即覆为歉。開會把人累垮了，近日还未休息过来。班事甚多，师自己亦忙于必家派事，秘书又是不解决问题的，所以我也不清爽。小钢译是考上了，来信谓已正式上课，也吧。批吗之书鉴，马々为之吗了。随此连上请封事。务去即顿健康！

仕中考取了，不知中芝妹考月？候

中之常来信。

雁冰 三月卅日

茅盾給金韻琴信手跡（1978 年 3 月 30 日）

茅盾與金韻琴及茅盾小孫女丹丹

茅盾攝於六十年代初期

茅盾攝於 1980 年

第一部分

日　記

到茅盾家作客

一九七五年六月十日

　　我終於聽從雁姐夫〔註1〕的勸告，辦了退休手續，離開上海，轉道安徽，到北京雁姐夫家去作客。

　　從 1974 年 6 月 15 日開始，雁姐夫十二次來信，邀請我去他家作客。到了 1975 年 5 月 9 日，他甚至在信裏說，不知道哪一天會「一睡下去就此再也不醒來」，所以一定要我申請退休，快去北京，不要在經濟上多作計較。他說：

　　「至於我的健康狀況的真實情況，醫生已有暗示：一、如果覺得心頭脹悶，切不可動，應打電話到醫院，他們派醫生來診；二、每月要去覆查一次；三、在家只宜稍稍散步，覺得心跳，就停止。這都是因為我有心臟病。因為邵力子、丁西林，還有王稼祥及其他一些不大知名的人，都是下午還出外理髮，看朋友，晚飯尚與家中人說說笑笑，而第二天早晨發現已經死了。所以北京醫院會診室對於我們這些快八十歲而有心臟病，看上去精神不壞的人十分小心。我也不知何時會一睡下去就此再也不醒來，不過，今年大概不會如此。明年呢，難說。我自己知道，一年不如一年，今年比去年差多了。所以很盼望您照原定計劃來京。」

〔註 1〕 茅盾名沈雁冰。從四十年代第一次見面起，我一直稱呼他「雁姐夫」。這是因為我的丈夫孔另境是茅盾夫人孔德沚的胞弟。

　　五天以後，即 5 月 14 日，他又來信叫我去北京，可以每年住幾個月，便於照顧我自己在上海的兒女。他說：

　　「一年中來住三四個月，每年都來，直到我終天年，這在至親算不了什麼，因爲您有兒女，他們都又有孩子，免不了要您照顧，所以我才設想您住京三四個月，否則，我就要多留您些時了。」

　　由於雁姐夫一再誠懇地邀請，我終於寫了報告，申請退休。6 月初，上海人民出版社當時上海文藝出版社和其他一些出版社一起，合併在人民出版社。批准了我的退休。6 月 4 日，我領了最後一次工資。同事們舉行了歡送會，大家爲我能到茅盾家作長客而高興。會後，二十多人乘坐兩輛汽車，敲鑼打鼓地把我送到了家裏。

　　我開始了新的生活——走向我的晚年。

　　新社會的晚年生活是幸福的，尤其是我，想到我將能和仰慕已久的雁姐夫在一起生活一個時期，不斷聆聽他對我親切的教導，該是多麼高興啊！

　　火車帶著隆隆不歇的聲音，朝著北京的方向奔突，我從車窗裏眺望著綠色的原野，思緒萬千，心潮澎湃。……

親切的會見

六月十五日

　　我轉道安徽，在蚌埠住了幾天，今天才到了北京。

　　雁姐夫的獨子阿桑「阿桑」是小名，也可寫做「阿霜」，他的大名叫「韋韜」，不帶姓。進站來接我。過多的行李累得阿桑滿頭大汗。到了出口處，一輛黑色的伏爾加小轎車把我們送到了交道口。這是一條並不寬敞的小街。汽車在十三號門口停止。有著兩扇厚重的黑漆木門的四合院平房前面，雁姐夫的兒媳小曼和小孫女丹丹〔註2〕正站在那裡迎接我。她們穿著我女兒乃茜做的尼龍衣服。小曼告訴我，雁姐夫早就盼望我來了，她們已經好幾次來到門口看望。

　　我懷著激動的心情，由阿桑夫婦領著，快步走進後院。見到雁姐夫穿著中式對襟夾衫，中式夾褲，淺圓口老式鞋，站在起居室門口迎接我。一股幸福的

〔註2〕小曼姓陳，是韋韜的愛人。她有兩個女兒，大女兒沈邁衡，小名小鋼；小女兒沈丹燕，小名丹丹；一個兒子叫沈韋寧。小名小寧。

熱流傳遍了我的全身，我急忙跨上一步，拉住他的手，叫了聲「雁姐夫」。看
到他孤零零一人，身旁缺了親愛的德沚姐，再也聽不見她的呼喚聲，悲喜交集
的矛盾心緒使我激動得熱淚盈眶，張著的嘴再也說不出什麼了。雁姐夫好像懂
得我的心情，帶著慈祥的笑容，有意岔開我的思緒，用很輕鬆的口吻說：

　　「好了好了，你終於來了。你是我請來的。我要是身體好，應該親自到
火車站去接你。」說著，他放開我的手，指著西邊的一間廂房說：「你來看看
我為你準備的一間臥室吧。」

　　走進起居室，雁姐夫引我走到西側廂，指著房間裏的一些陳設說：

　　「這一間，原是大孫女小鋼的臥室。她參軍後，給孫兒小寧住。現在，
小寧讓出來，作為你的臥室。你看，是不是還需要什麼東西。」

　　我走進房間，一股馥鬱的香氣撲鼻而來。原來在那小圓桌上的玻璃盤裏，
正點燃著百合盤香。室內傢具，一應俱全。床墊是厚厚的泡沫塑料墊，彈性
很足，一個裝備了臺燈的床頭櫃站立在床邊。牆上懸掛著彩色的油畫，沿牆
有一長列矮書櫃，櫃上安放著一些小擺設，看來逗人喜愛。五斗櫃上擺著一
只有環的玻璃大花籃，閃爍著光芒。一張老式的紅木大書桌，和打蠟的紅漆
地板相映成輝。這張放著臺燈的大書桌，正是雁姐夫多年來使用的辦公桌，
在那上面，他批簽了多少文件，書寫出多少名著。看到這些，我內心非常激
動，連連說好，回答姐夫再也不需要什麼。

　　「那麼，你路上一定很辛苦，先去洗個澡吧。」雁姐夫接著說，「我們早
已為你燒好了熱水，等待你來。」

　　我「哦」了一聲，動手從我的行李包裹尋找我的替換衣服。小曼真好，
已經為我準備好了盥洗用品，領我經過雁姐夫的臥室到衛生間去洗了澡，然
後回到自己的臥室，打開行李，給雁姐夫和他全家致送菲薄禮品，以表達我
全家人對他們全家的深情厚意。

「當部長鍛鍊出來的」

六月十六日

　　雁姐夫住在後院的最後一排正屋。這排瓦屋共有三個房間：中間一間就
是雁姐夫的起居室兼書房，也就是他每天活動的地方；靠東的一間，是他的
臥室，內附一小間盥洗室；靠西的一間，現在讓我住了。雁姐夫安排我住在

他起居工作室的西側，讓我能夠和他朝夕相處。我住定以後，只要看到雁姐夫在起居室中，我就陪著他閒聊起來。

十多年不見的雁姐夫，比起我想像中的要精神得多，雖說是虛歲八旬的老翁，卻並不衰老，臉色紅潤，不胖不瘦，還是蓄著短短的唇鬚，頭髮雖然稀疏，但很少白髮，不見老。只是沒有腳勁，出門需要有人扶著走。講話多了要氣喘。過去在上海，我和他每次見面，很少長談，總是匆匆告別。人們都說，他不善說話，談鋒大大不如筆鋒。可是這次會晤，想不到他卻非常健談，提到每一件事，都要從頭至尾，層次分明地說個仔細。他那和藹慈祥的儀態，親切關懷的語氣，使我消除了作客的局促不安。我大著膽子，衝著他的面，毫不拘泥地發表了我對他的看法：

「雁姐夫，人家說你會寫不會說，可是我倒覺得您很健談呢！」

聽了我說出自己的看法，他很高興。他笑了笑，帶著幽默的口吻說：

「這是我當了十多年文化部長鍛鍊出來的。文化部長嘛，每到一處，人家總是要讓我先說幾句，久而久之，也就練出來了。其實文化部長，我原本是不想當的，只希望做個專業作家，專心搞寫作。周總理起先也是同意的，打算請郭沫若兼任文化部長。大概是郭老重任多，難以分身，就讓我擔任。這是黨中央的決定，我只好照辦⋯⋯」

新居

六月十七日

今天，我仔細觀賞了雁姐夫的新居。

這是有前後兩個院子的二進四合院平屋。朝南坐北的兩排正房，比較寬敞，其他都是小間。前院左首是會客室，也只有十多平方米，呈長方形，正中是一張長沙發，兩邊放著一雙對稱的小沙發，中央是一張長方形的矮茶几，几上放了茶盤煙具，還有一隻高大而精緻的玻璃雕花花瓶，閃閃發光。壁櫥中陳設著幾件國外友好人士贈送的紀念品。會客室不大，顯得有些擁擠，但很雅潔。

雁姐夫住的臥室，是最大的一間，但也只有二十來平方米。那些小間，最小的不到十平方米。前院的院子不大，後院更小。兩個院子都是方磚鋪地。前院兩側種了些花樹，後院兩側有兩個小圓圈的泥地，種了兩叢太平花，一

叢已經枯萎，只留下根部。

雁姐夫看到我在觀察他的新居，就告訴我說，他們是在 1974 年年底前，從文化部的宿舍（小樓）搬來的。搬遷的原因，是因為他年老腳力不濟，下樓時摔了一跤。

接著，我們坐下來，由雁姐夫從頭至尾地講述了他搬家的經過。他說，這次搬家，從看定房子、修理、搬運到整理布置，足足花了七個月的時間。最初以為這所房屋只要小修理就可以，哪裏知道，暖氣管必須全部更換，廁所還得增加兩間，給服務員和大司務他們使用，另外得拆造一間汽車庫，上房的部分房間也需要重新改裝過，簡直就是大修了。但是工人們卻說，屋頂沒有動，不能算大修。

接著他又說，為了搬遷，必須把書籍裝箱。花了二十多元錢買紙箱，又買了十多元的麻袋，把家裏的東西裝箱、裝袋、裝網籃。搬運只花了一天時間。有三輛卡車輪流往返搬運。把東西裝上卡車的有十多人，在新居搬卸東西的有十多人。他們都是機關事務管理局的幹部，其中也有處長和科長，由管理局組織，作為幹部勞動來幫忙一天的。原來打算找搬運公司，但管理局告訴他，搬運公司目前只剩下些老弱婦女，基本上是街道的組織，完全不是文革前的規模，而且他們沒有卡車，只有用人力推拉的板車，因此小搬家，十來件東西，是可以應付的，像這樣的大搬家──有這麼多書籍、雜物、衣箱、傢具，要在一天裏搬完，他們是無能為力的。

雁姐夫說，修理新居，是 1974 年 8 月初動工的。到了 11 月中旬，通知說：「基本修好，請驗收。」他去看了，粉刷、油漆剛剛結束，暖氣也已開放一個月，但外院的室內修理工程尚未完成。當時，聽說四屆人大可能要在新年一月下旬召開，開完會過春節，所以決定提前在 12 月 12 日搬家。管理局覺得措手不及，但也只得同意。這樣一來，煞尾工程只得馬馬虎虎。因此搬進以後，除後院上房因是地板，早已油漆，是乾淨的，韋韜夫婦住的前院上房，是花磚地，修房時掉在地上的水泥石灰，都沒有打掃乾淨，現在硬得鏟也鏟不下。前院的兩廂房和飯廳、客廳等的情況也都如此。由於限期完工，外表看來不錯，內部則門窗有的關不嚴，有的暗鎖鎖不靈。大約花了半個月的時間，請了木工，才算真正修理好。整理書物，也足足花了半個月的時間。搬一次家，興師動眾，遇到了想像不到的麻煩。

說到這裡，雁姐夫回想到過去，帶著感慨似地說：

「想想二十六年前的事吧：1949 年春，我和你德沚姐從瀋陽到北京，先住北京飯店，後來搬進了文化部的宿舍，那時只有鋪蓋一個、箱子兩隻，而且這兩隻箱子，是在瀋陽搭乘集體專車到北京來的時候，由公家發給的木箱，作為存放雜物用的。因為在瀋陽住了一個月，德沚隨同一些民主人士的太太，天天上街，有時買了些東西回來，無非是些瓶瓶罐罐日用品、炊具之類。不料進了文化部，一住就是二十五年，箱箱櫃櫃一大堆，而且特別使我深有感觸的，是不知世情：只以為文革前韋韜他們也搬過兩次家，都是找的搬運公司，哪裏想得到搬運公司早已有了變化，那種不切實際的想法，太天真了。一味憑老皇曆過日子，實在令人可笑！」

眼病

六月十八日

我問起雁姐夫的眼病情況。

「從 1973 年冬天開始，就覺得看不清東西。」雁姐夫回答說，「那時，還以為是室內的水汀經常在攝氏二十三四度左右，可能溫度太高，空氣乾燥，影響我眼睛發熱，以致看不清東西。到了第二年春天，家裏人發現我的左眼角膜有一半網著雲翳，才去請教眼科大夫。大夫放大瞳孔一檢查，說是耽誤了，難醫治。但總得醫治吧。就這樣，天天到醫院去注射。一個療程二十針。注射了兩個療程，共四十針。注射得兩股硬塊累累，快要無處插針了。可是打針、吃藥、點眼藥，雖然『三管齊下』，卻也不見療效。現在只靠右眼的 0.3 視力，勉強看看三號仿宋的大字書，寫寫字。而且寫字作文，必須不斷休息，再也不能像過去那樣伏案三四小時寫小字了。」

我又問他：現在看書、看東西時的自我感覺怎樣。

「那就好比霧裏看花，『彷彿』而已。」

「那究竟是什麼病？」我雖然看到過雁姐夫的來信，告訴我眼病的情況，但是總希望不致那麼嚴重。我說：「有人告訴我，中西醫結合治療，對中心性視網膜脈絡膜炎有奇效。聽說北京協和醫院和同仁醫院眼科都很有名的，何不到那裡去試試。」

「我還沒有到這兩家醫院去看過。」雁姐夫停頓片刻，然後回答我的問話，說明他眼病的性質。他說他的眼病，不算新奇：左眼是老年性黃斑盤狀

變形，右眼是初期老年性白內障。對於白內障，他目前正在服中藥，同時點眼藥水，只要少用目力，可以不至於迅速惡化。至於老年性黃斑盤狀變形，據說國際上目前也還沒有辦法。1966 年，周建人兩眼差不多同時患這個毛病，多方求醫，直到 1973 年，視力只有二市尺，三尺市尺（尺均為長度單位，1 市尺合 1/3 米）。以外但見指形，不辨五指，再也不能看書寫字，這才死了心，不再惶惶然四處求醫了。周建人告訴他一個國際的科學論斷說：如果一個眼睛患了這一毛病，而另一個眼睛不患這種毛病，那麼不患這種毛病的眼睛，就不會再患這種毛病。照此論斷，他的右眼大致可以保持 0.3 的現狀，不會再惡化。其實，這類眼病，不能算是稀奇古怪的。據醫生說：老年人血管硬化而又不服老，用眼過度，就會引起眼底血管破裂出血。眼底出血，不是鮮血外溢，而是看不見的，只覺得眼睛酸痛而已。因此很容易疏忽。這種眼病的通俗說法，就是「眼底血管破裂」。出血處有一黃色小瘢，角膜一半起雲翳，所以西醫稱它是老年性黃斑盤狀變形。

我插嘴說：「這和您年輕時多看書，恐怕也有關係吧。」

「我想也有這可能。」於是雁姐夫訴說了他患眼病的病史。他說他年青時就有眼病。1930 年的上半年，曾經大動手術，有半年的時間絕對不能看書看報。後來雖然好了，但是迎著風就會流淚，既怕強烈的光線，又不能在微弱燈光下看書。抗戰時期，在大後方的植物油燈光線下，還能寫寫東西。日本投降後，在上海也寫了不少東西。全國解放後，當了文化部長，用眼的時間更多了，就在 1956 年，配了副老花眼鏡，還能應付過去。1973 年，有一個時期不行，眼科醫生檢查後，給了英國出品的藥膏，治療以後漸漸好轉。可是到了去年，視力越來越差，而且家裏人發現他左眼有雲翳，看東西，好像隔了一層薄紗；三尺內看人，只見輪廓，看不清眉目，這才求醫診斷，確定了是患老年性黃斑盤狀變形。此後天天到醫院去打針，雖說有汽車，到特別診室去門診可以不必排隊等候，隨到隨診，非常方便，但是他卻總是多了一件事——上午一晃就過。下午視力更差，午睡過後，天漸漸暗下去，光線不足，看不成書報。晚上更無法看書，連二號大的鉛字，也有三四年不看了。總之，他的眼睛從三十多歲起，就十分麻煩，現在到了暮年，自然只能消極對付。親友們勸他少用眼，少寫信。其實他已很少寫信。那些遠地素昧平生的青年來信，他答覆的只是十之三四，聊酬關切之情。至於不看書報，他說：「只要不是雙目失明，那可是辦不到的。」

「爲了人民」

六月十九日

去年 6 月、8 月，雁姐夫曾經把他的健康情況，在信裏一再告訴我。在 6 月 15 日的信裏，他說：「下月我就滿七十八歲了。竟然活了那麼多年，非始料所及。但最近一年來血管硬化已顯然可見，手指麻木，例如寫這封信，開始時，眼、手指都還聽指揮，到後來，字跡歪斜，就是眼、手指都不大聽指揮了。這樣的老年人，甚多；弄得好，還可以活五六年或七八年。我但願如此，別無奢望。」

8 月 8 日的來信說：

「你從照片上看來，我精神很好，然而實際上近來一年不如一年，容易疲勞，走路兩腿發抖，手指麻木，用腦稍久，比方說，半小時許，額上皮膚繃緊，如貼膏藥。」

8 月 28 日的來信說：

「我的大患，在於全身血管逐漸硬化，年年有增。即如寫字，最近筆劃常常歪斜，即因手指僵木較前爲甚之故。如用毛筆寫大字倒好些，因爲那是用腕不用指也。」

這次見面，我看到雁姐夫的精神很好，很高興。今天吃罷早飯，就談到我看見他以後的個人印象，覺得他臉色紅潤，比較健康，行動舉止，雖帶有些老態，但並不嚴重。特別是聽覺銳敏，比我還好。因此我最後說：

「這幾天，看到您身體健康，心裏很高興，總覺得：您活到九十歲是沒有問題的。要是養息得好，還可以做個百歲壽星呢。」

雁姐夫聽了呵呵大笑，說是不可能的，然後十分仔細地介紹了他目前的健康情況。

他說表面上看來，他很精神，身體比較健康，但實際上，最近幾年來，健康情況一年不如一年，不管做什麼事，很容易疲勞，手指經常麻木，兩腿無力，走起路來像踩在棉絮上，腳站不穩；如果用腦時間稍微長一些，比如半小時到一小時光景，那麼額上的皮膚，就會像貼膏藥一樣，繃得緊緊的。所有這一切，據醫生說，都是血管硬化逐年加劇的緣故。此外，心律不齊、冠狀動脈硬化、老年性支氣管炎、肺氣腫、失眠，所有這些老年人通常會患的毛病，也都一一出現在他的身上。特別是失眠，十分嚴重，十多年來不服

安眠藥，就睡不成覺。而且常常一晚上要服兩次安眠藥。醫生特別要他注意預防感冒，因爲感冒很容易轉爲肺炎，所以他很少出門。每天服西藥四五種，都是治療心臟病和血管硬化的藥，幫助消化和增強體力的藥，還吃維生素丙。這是因爲一位華裔美籍醫生訪問北京，在北京大學演說時，說是多吃維生素丙，有什麼什麼好處，因而也就天天服用，其實是誇大的說法。天下絕對沒有起死回生或返老還童的藥，一切藥物治療，僅僅不過是推緩病情的迅速惡化而已，任何人也逃不過自然界生老病死的規律。

「當然，誰也逃不過自然界生老病死的規律，」我說，「但是在這個規律的限度裏，把『老』盡量推遲，把『病』盡量減少，這完全是可以做到的。藥物治療是消極的一面，體育治療倒是積極的一面。希望您在藥物治療的同時，注意體育鍛鍊，增強體質，增加對疾病的抵抗力。無數長壽老人的事實證明了這是行之有效的健身方法。」

雁姐夫同意我的意見。但是他說他在過去青壯年時，從來不注意鍛鍊，到了現在這步田地，醫生只容許他慢慢散步，最多只能十多分鐘；如果覺得心臟跳動得厲害，就立即停止。至於保健按摩，他看了我去年寄給他的那本書後，覺得很有道理，好像是一種簡易太極拳，確是足以增強體質的祖國醫術精粹。當時他開始學了，也曾經鍛鍊一個時期，但醫生卻不以爲然，而且再三叮囑，要是按摩幾分鐘後心跳加快了，要立即停止，以防發生意外。醫生說，他的主要毛病是心臟病和血管硬化。保健按摩對血管硬化有好處，對心臟病卻有壞處。這是一對矛盾。凡廣播操、太極拳、保健按摩等等，都比較適應於中年人，對年近八旬而體質一貫比較羸弱的人，不但無益，而且還會起副作用。就好比你一定要把一輛報廢的汽車開足馬力，要它快速奔馳一樣，一定會出事故。當然，他不抱消極等死的態度，還在積極爭取多活幾年，等政治空氣變得好些，再提起筆來，塗寫一些什麼。也正因爲如此，趁著現在這個機會，他不斷診療服藥，少用腦，多休息，在室內常散步，逐漸增加次數和時間，以促進新陳代謝，幫助消化，增強體質。但最後他卻嚴肅地說：

「『健康長壽』，決不是我的目的，這僅僅是我的手段。我的目的是爲了能夠等到那一天，可以讓我繼續握筆爲文，爲人民做些力所能及的事。」停頓了片刻，雁姐夫又說：「有些人活得壽很長，但不幹事，爲了多活幾年而養息自己。這種人活著還有什麼意思——活著也等於死了。另有一些人，活著爲了工作，工作爲了人民。由於他們忙碌地戰鬥，耗損了自己的健康，以至

早亡，壽命不長。我寧肯做後面一種人，也就是說：爲了人民，寧肯少活幾年，只要多做些事。」

雁姐夫的話，使我久久沉浸在意味深長的沉思之中。

求學

六月二十日

今天雁姐夫談到他畢生的學習生活，可以分爲五個階段。第一階段是家庭教育。他說他們家是個大家庭，有三房人家，人口眾多，因此就在家裏辦了個家塾，由祖父沈恩培當老師，教的是《三字經》、《千家詩》之類。祖父有個嗜好：常常要去聽說書或打小麻將。只要他心血來潮，想去聽書或打牌時，就丟下學生不管，因此家塾的學習很鬆弛。他在五歲時，父親不讓他上家塾，由父親自選新教材，如《字課圖識》等，還從《正蒙必讀》裏選編出《天文歌略》、《地理歌略》等教材，從三皇五帝開始，隨編隨教，由他母親陳愛珠執教。因此他的母親是他第一個啓蒙老師。到他七歲的時候，祖父把家塾推給他父親。那時父親沈永錫已經常常發低燒，但沒有病倒。父親一面行醫，一面教書，給幾個小叔們教的仍是老課本，給他教的卻是新學，每天親自節錄課本的四句，要他熟讀背誦，後來逐步增加到每天背誦十句，對他管教極嚴。不到一年工夫，父親病倒了，只能由祖父繼續教家塾。父親知道祖父教不嚴，就把他送到一家親戚辦的私塾裏去念書。那老師名叫王彥臣，管教很嚴，但卻不會教新學。在那裏念了大約半年的書。這些就是他在家庭裏受的教育。

這時候，烏鎮辦起了第一所小學，學校的名字叫「立志初級小學」。雁姐夫就成爲這所小學的第一班學生，進入小學教育的階段。小學的校長是盧鑒泉。國文課本是《論說入門》和《速通虛字法》，著重學習連詞造句和寫文章的方法。修身課本是《論語》。每月要考試，寫一篇命題作文，一般都是史論範圍的內容。考試以後發榜，優秀的還給予物質獎勵。雁姐夫差不多月月得獎。因爲初小念了二三年書，雁姐夫「發明」了一套寫文章的公式。他把這個公式叫做「三段論斷法」，就是先將命題中的人或事，寫上幾句，作爲引子；再將所說的人或事，引申發揮；最後抒發感慨，套話收梢，比如「後之爲×╳者，可不╳╳乎？」這類套話。這樣寫，可以說是萬應靈符，只要在「爲」

字下面填上相應的名詞，如「人主」、「人父」、「人友」、「將帥」等，又在「不」字下面填上「愼」、「戒」、「勉」一類的動詞就可以了。正因爲他找到了這個竅門，所以寫文章可以應付裕如，比別人高出一籌，在學校出了名。

那時已經十歲出頭。初小畢業，雁姐夫考進了新創辦的植材高等小學。在植材高小念到第二年的上半年時，參加了「童生會考」。什麼叫「童生」？因爲那時正是清朝末年，已經廢了科舉。辦學校是新事，可是人們的老腦筋一下子轉不過來，就把新學比作科舉，說中學畢業是秀才，高校畢業算舉人，京師大學堂畢業是進士，所以高小學生只能算是「童生」了。在童生會考時，命題是《試論富國強兵之道》。雁姐夫把平時聽到父母議論國事的一些話，用他自己發明的「三段論斷法」，套上應用，文章結尾寫的是「大丈夫當以天下爲己任」，居然得了優勝。這是學習生活的第二階段。

在十三歲時，雁姐夫小學畢業，考進了湖州中學，插入二年級，開始第三階段的學習。他終於頭一次離別母親，離開家鄉，到一百里外的湖州去。湖州中學的校長，叫沈譜琴。在湖州中學裏，有兩位老師給他留下深刻的印象。一位是地理老師。教地理，本來就好比紙上談兵，講起來枯燥乏味，不容易教。可是這位老師，卻能把一些山山水水，穿插了名勝古跡、歷史人物、戰場戰況等各種故事，講得有聲有色，娓娓動聽，使同學們產生濃厚的學習興趣。另一位是國文老師。他知識廣博，能融會貫通，由點到面地講析，這使在「植材」時只知道有孔子、孟子的雁姐夫，擴大了眼界，懂得先秦時還有莊子、墨子、荀子、韓非子等等，很多的「子」；而且這位國文老師還教古詩，比在高小時讀《易經》容易領會，也更有趣味。在湖州中學時，一位高年級的同學還教他學了篆刻。寒假回家，雁姐夫千方百計地做了一把篆刻刀，開始學寫篆字，學刻圖章。當他刻成第一顆圖章時，就有說不出的高興。就這樣，他把第一個寒假的大好時光，興致勃勃地在篆刻中消磨了。

在湖州中學時，有一位曾經做過幾任外交官的老先生，名叫錢念劬，見識廣博，學貫中西，當過這個中學的代理校長，也教過雁姐夫作文。因爲雁姐夫的譜名是「德鴻」，他寫了一篇「志在鴻鵠」的作文，借鴻鵠自訴抱負。老師看了非常讚賞，在作文的總評裏，寫了「是將來能爲文者」的批語。到了十五歲時，雁姐夫轉入嘉興中學，因爲反對學監專制，而被學校開除了。接著就在杭州進了安定中學。1913 年的夏天，當雁姐夫十七歲時，就在這所中學裏畢業了。當時的中學是四年制。這是他學習生活的第三個階段。

中學畢業以後，雁姐夫考進了北京大學的預科第一類，開始了第四階段的學習生活。當北大的入學考試結束後，雁姐夫天天看《申報》，找尋北大考生錄取名單的廣告。大約考罷一個月左右，名單揭曉了，可是不見「沈德鴻」的名字，只有「沈德鳴」的名字。這使雁姐夫非常失望，焦急萬分，以為沒有考上。可是過了幾天，學校的錄取通知單寄來了，那上面寫著「沈德鳴」的名字。這才使他喜出望外，知道他把名字寫得太草，「鴻」字寫得像「鳴」字了。這件事對雁姐夫的教育非常深刻。從此以後，他寫字近乎正楷，不寫似此似彼的字。在北大預科學習，三年以後畢業了。因為父親早已去世，家庭生活的擔子，應由長子挑起，因此他不得不中止了學習，由表叔盧鑒泉介紹，進入上海商務印書館編譯所工作。

第五階段的學習生活，就是從他二十歲踏進了社會，走上工作崗位開始，一直到今天，——他在社會大學裏學習。

寫條幅

六月二十二日

今天天氣晴朗。上午，雁姐夫的精神很好，主動提出：「我來練練毛筆，給你寫幾張條幅吧。」

「那太好了！」我非常高興。

我拿來了筆墨紙硯，然後磨好了墨，鋪平了紙。雁姐夫撩起袖管，站立著寫起來了。他寫的是他在 1973 年 11 月作的七律《中東風雲》：

沉舟破釜決雌雄，舊恥重重一掃空。
正喜陣前初砍纛，卻傳幕後謀藏弓。
仰人鼻息難為計，自力更生終見功。
兩霸聲威朝露耳，萬方共仰東方紅。

我看他站著寫，很吃力，就挑了一張小一些的宣紙，要他坐下來寫。他就坐在椅子裏，寫的是《讀吳恩裕近作曹雪芹軼事及其傳記材料的發現》，也是一首七言詩：

浩氣真才耀晚年，曹侯身世展新篇。
自稱廢藝非謙遜，鄙薄時文空纖妍。

> 莫怪愛憎今異昔，只緣頓悟後勝前。
> 懋齋記盛雖殘缺，已證人生觀變遷。

他還要我選張紙來寫。我選了一張最小的，請他休息以後再寫，但他卻連聲說不累，不肯把筆放下來休息，而且還問我，要寫什麼。我看已經寫了兩條七律，就挑了一闋《西江月》的詞。這也是他的舊作，是 1959 年寫的：

> 幾度芳菲，一番風雨倉庚。
> 斜陽腐草起流螢，牛鬼蛇神弄影。
> 可笑沐猴而冠，劇憐指鹿盈庭。
> 五洲怒心正奔騰，齊唱東風更勁。

寫了大字，再寫小字。他在第一幅上寫了「韻琴嫂兩正」，我急忙阻止說：「這『兩正』二字我怎麼敢當呢！第二幅不能這樣寫。」雁姐夫笑著堅持，結果第二、第三幅上還是寫了「韻嫂兩正」。最後蓋印。他從臥室沿牆的矮櫃裏取出一盒大大小小的名章，有陽文的，有陰文的，有半陽半陰的，大多是有名的篆刻家送他的。他要我自己選了蓋印。我就挑了四顆不同的名章，小心地蓋在三張條幅上。看著這勁挺而瀟灑的墨蹟，配上這些如霞似火的朱印，紅黑相映，真是絢麗多姿，令人神往。我得意極了！

去會診室

六月二十三日

雁姐夫經常有水瀉或便秘的毛病。最近兩天來，肚子又不好。今天中午，他說要到北京醫院的會診室去看病。我早已聽說這個會診室，是為了照顧部長級以上的幹部和各民主黨派的中央負責同志治療方便而設立的，很想去見識一下。雁姐夫知道我的心意，請我同去。就在午睡以後，我幫他換了衣服。他穿上皮鞋，拿了手杖，一切都舒齊了，便按一下電鈴，讓服務員進來扶著他走。我隨後跟著一起出了門。

汽車早從車庫開出，在門口等候。司機在車旁用手護著車門上方，服務員扶著雁姐夫坐進後座，我也進入汽車，坐在後座上，服務員和司機在前座。坐定後，汽車就開了。汽車很快就到了北京醫院，並從旁門進去，進入另一個區，一直開到會診室門口停下。進了會診室，只見裏面非常潔淨，鋪著厚

厚的地毯，安靜得很。診療室共有九間，設備齊全，布置講究，大多空著。這裡病人很少，可以隨到隨診。在走廊裏，安排了一排排沙發，病員和陪伴的人，可以坐在那裡等候取藥或取化驗報告，也可以隨便坐著聊天。診療很快結束，一會兒就出來了。

在回家的路上，雁姐夫告訴我：

「名為會診室，實際上可想而知，是個特殊的診療室。如果有必要，也可以請北京醫院的各科專家來『會診』——那真正是會診。平時，只是給老人們一些方便，隨到隨診，不用等候。醫院的各科大夫，臨床經驗比較豐富的，就在這會診室裏輪值。」

「您經常來門診，他們都好像認識您了。今天那位大夫，一看見您就打招呼，已經很熟了，是嗎？」我說。

「是啊！」雁姐夫頭靠著座背，閉著眼睛，一手拉著弔環，平靜地回答：「北京醫院的大部分醫生，都是我的老相識了。他們對我的生平，也都知道。他們大半是在做醫生以前，就讀過我的一些小說，所以對我一見如故，非常親切。有時醫生可以不看病歷卡，只要我說出什麼地方不舒服，他就能猜測到造成我不舒服的原因以及病態的基本情況。」

汽車轉了一個彎，他繼續說：

「中央很關心七十歲以上的一些老年高幹的健康，責成醫院負責，因此治療、檢查，都十分周到、細緻。過去，只要我不感冒，就不去醫院，請我的服務員按時去醫院取安眠藥。這樣，大夫就責怪我少去，再三叮囑，要每個月去醫院檢查一次。檢查嘛，主要是量量血壓、聽聽肺部。他們怕老年人自己有病不知道，耽誤了病變的時間，治療起來就麻煩，不容易治好。」

汽車回到家裏，服務員扶他下車，跨進門檻。他不要人家扶他，自己走進內院，左手倒曳著拐杖，右手忙不迭地解鈕扣。走進臥室以後，就脫下皮鞋穿布鞋，脫下西裝換中裝，然後轉過身來，到衛生間裏洗臉去了。

關於魯迅研究

六月二十四日

今天，我給雁姐夫抄寫了南京師範大學請他寫的有關魯迅先生《花邊文學》這本書裏的注解。

南京師範大學中文系的同志提出很多問題，比如說：這是指什麼人，這個出處何在，等等。雁姐夫解答了好些問題。這是經過他認真回憶，苦苦思考，還查看了一些書籍以後解答出來的。但有些問題，實在記不起來，無法回答。他一面書寫，一面笑著對我說：

「我也出個難題給他們做做。」

「出什麼難題呢？」我正在抄寫，抬頭問他。

「要他們耐心地查看當時的一些報章雜誌，那裡有他們需要的答案。」他笑著說。

我聽著，也笑了：「這確實是個難題。要花多少精力和時間啊！」

往常，雁姐夫看到「大參考」裏某些有趣的報導，或者收到什麼告狀的信，或者來信認親的，他總要呵呵地笑出聲音，遞給我看，然後告訴我事件的真實情況，並發表他個人的意見。今天，他也是如此。他說到了有些人給魯迅的舊體詩寫注解，另有些人有不同看法，以致引起爭論。他說百家爭鳴，當然是好事。可是有些情況，不敢斷定那些注解的真實性究竟有多大，不敢斷定誰是誰非。一些對魯迅舊體詩的爭鳴文章，總感覺到其中有不少是牽強附會的形而上學說法。

他翻看了一些來信，抽出其中的一封說：

「比如這封來信，提了一些在他們研究中遇到的問題，要我說出它的因果和背景。我老了，記憶力不行了，事隔三四十年，實在記不起來了。可是不覆又不好；要覆，卻是無從說起。事實上的確有那樣的事：在當時發生，沒有什麼重大原因，談不上什麼歷史因素，但是這樣回答，現在的有些魯迅研究者是不會相信的，他們以為我沒有誠意。他們把魯迅的片言隻字，看得十分嚴重，認為其中都是隱藏著什麼大是大非。我又不能把無硬說成有，要實事求是啊！」

雁姐夫搖了搖頭，歎了口氣說：

「有些人就是不能體諒老年人生理機能老化，各種疾病纏身，精力有限，而要我學習魯迅，戰勝病魔，真使我啼笑皆非。他們忘了魯迅是不滿六十歲死的，而我現在卻已經是八十歲的人了！」

母親的懷念

六月二十五日

今天早上，雁姐夫站在自己房門口，聲音打顫，接連叫我：「嫂嫂！嫂嫂！」

這跟他往常走到我房門口叫喊我的聲音不一樣。我有些驚慌，應了一聲，奔出房門一看，只見他兩手抓住門框，臉色蒼白，神思恍惚。我趕緊大步上前，把他扶住。他的雙腳左右踏步，像酒醉似的，自己不能控制，整個身軀搖搖晃晃。我嚇慌了，趕緊把他慢慢地扶到床邊，讓他躺在床上。我連連問他：

「感覺怎樣？是頭暈？什麼地方不舒服？」

「我安眠藥吃多了，自己控制不住，回不了床……」他緩慢地說。

我把保姆叫來，問明了情況。

原來這不是病，是由於晚上多吃了安眠藥的緣故。這樣的情況以前也發生過。

我給他飲了一杯牛奶，又讓他睡了一小時左右，他的神志才慢慢地清醒過來了。

「昨晚我夢見了母親。」他告訴我說：「那是母親年輕時的情景。因為父親死得早，母親擔負著教養兩個兒子的責任。我是長子，她的全部希望，都寄託在我身上。所謂長兄為父，她要我做個榜樣，立志成才，那麼弟弟澤民會跟著我學習。正因為母親對我嚴加管束，所以我在幼小時就有艱苦奮鬥、努力向上的動力。一個年幼無知的孩子，沒有嚴師的教導，只能是亂闖瞎碰。我總算沒有經歷過那樣的時期。我的母親不僅是我的母親，而且還是我的老師。沒有她的啟蒙和教導，我成不了材；沒有她的鼓勵和幫助，我和弟弟澤民就不會參加革命，或者不會那樣頑強地堅持革命。只要想想：當澤民輟學去日本時，她鼓勵；當澤民為革命而犧牲，而且犧牲得連屍骨也不能見的情況下，她倒反而安慰我，叫我不要悲傷，因為澤民是為革命而死的，死得光榮。天下父母哪個不疼愛自己的子女，可是她卻始終堅強得沒有流下一滴眼淚。這是一位什麼樣的母親啊！我懷念她——她是我的好母親，好老師！昨晚我老是想：要是我不去新疆，母親也許不會死。她死的時候在故鄉烏鎮，身邊沒有一個親人，病了沒有人好好照顧，也沒有留下半句遺言，我，我……」

雁姐夫的話語有些哽咽，說不下去了。

　　我聽了他說的，心裏也覺得非常沉重。

　　「昨天晚上，」雁姐夫停頓了一會，讓激動的心情平靜下來，然後接著說，「我想念母親，悲痛得睡不著，到三點鐘後再吃紅囊安眠藥，這是比較屬害的安眠藥，已經遲了。今天早上，照往常一樣起身，覺得頭暈腳軟，有些站不穩，但我還是做了早上該做的事。後來藥性突發，連走向床上去睡也無能為力，只得叫喊了。」

　　是的，雁姐夫雖是位年已八旬的老人，平時一切生活瑣事卻仍然還是自理。起床以後，疊被、打洗臉水、刮鬍髭、洗茶壺茶杯、沖茶，都親自動手。平時取衣、藏衣、修指甲、洗腳、剪足甲，甚至每星期一次的洗澡，也完全自理。浴缸又高又滑，一不小心，就會摔倒。我幾次建議他洗澡請男服務員幫忙，但他總是說不麻煩別人了。保姆每天只給他沖兩次開水，每星期洗一次衣服。掃地、抹桌、跑外勤，都是男服務員的事。拿早上的事來說，儘管他頭暈腳軟，站立不穩，還是把每天早上的事做完才罷休。

答魯迅博物館問

六月二十六日

　　在我到北京之前，魯迅博物館的同志曾請雁姐夫去參加過一個座談會，問了好多問題，請他解答。現在，博物館把座談會的記錄稿寄來，請他審閱並修正。

　　記錄稿把座談的內容，綜合成八個問題：一、關於「左聯」問題；二、關於「左聯」解散問題；三、關於兩個口號的論爭；四、關於魯迅在景雲里的情況；五、關於拍發紅軍長征勝利到達延安賀電的經過；六、關於魯迅的病；七、關於文學研究會和魯迅的聯繫；八、關於魯迅治喪委員會的名單。

　　這個發言記錄稿寫得很亂。座談時雖然一問一答，但由於記錄的人對當時的情況不熟悉，有很多地方都記錯或記漏了。

　　雁姐夫審閱得非常仔細，把那些錯誤或遺漏的話一一加以訂正或補充，在記錄稿上寫得密密麻麻，工作了很長時間。因為這些打印的記錄稿字跡並不清晰，不容易看，長時間地看稿，雁姐夫的眼睛也支持不住了。

　　休息了一會。雁姐夫把我叫去，由他口述，我筆錄，然後再念給他聽，

加以修改。他還講述了有關以上八個問題中的不少細節，但他說，這些細節
是不用記的。

談瞿秋白夫婦

六月二十七日

吃罷晚飯，雁姐夫在閒談中說到了北京盛傳要給瞿秋白翻案：說他不是
叛徒，是同志；他在獄中沒有供出黨的秘密，沒有牽連其他同志；他在犧牲
的時候是十分英勇的。

雁姐夫也認為瞿秋白不是叛徒。

他說他第一次見到瞿秋白，是 1923 年，在黨辦的上海大學的一次教務會
議上。那時，瞿秋白任上海大學的教務長兼社會學系系主任，主講《社會科
學概論》。而雁姐夫是在中國文學系教《小說研究》，也在英國文學系教《希
臘神話》，鐘點不多。他的正式工作是在商務印書館編譯所。在這次見面以前，
雁姐夫早已知道瞿秋白的名字，並有深刻的印象。因為他已讀過瞿秋白的《新
俄遊記》和《赤都心史》的原稿，覺得文章很風趣，善於描寫，十分欽佩。
這次見面以後，就經常來往。過了一年多時間，瞿秋白和楊之華結婚，住在
雁姐夫家隔壁。楊之華和德沚姐是好朋友，是德沚姐入黨的介紹人。她倆一
起做過女工工作，辦女工夜校，宣傳革命道理。1931 年，瞿秋白夫婦倆還到
雁姐夫家來避難。

接著，雁姐夫又介紹了瞿秋白的經歷。他說瞿秋白是常州人。他第一次
結婚的夫人姓王，婚後半年就死。他曾在北京俄文專修館學習，後來以北京
《晨報》記者的身份到蘇聯訪問，1922 年經張太雷介紹，在莫斯科加入了中
國共產黨。這一時期，他寫了很多介紹十月革命初期社會生活的散文，給在
黑暗中探索的中國人民指出了革命的方向。回國後，被選為黨中央委員，擔
任黨的機關刊物《新青年》季刊的編輯。在第一次國內革命戰爭時期，他與
國民黨右派展開堅決的鬥爭，批判了黨內以陳獨秀為代表的右傾機會主義。
1927 年國民黨叛變革命後，他主持了黨的「八七會議」，結束了右傾機會主義
在黨內的統治，確定了土地革命與武裝反抗國民黨反動統治的總方針。他當
選為中共中央書記。1927 年冬至 1928 年春，他曾犯過「左」傾冒險主義的錯
誤。在 1931 年 1 月的六屆四中全會上，他受到「左」的教條主義宗派主義分

子的打擊，被排斥於中央領導機關之外。就在 1931 到 1933 年間，他經馮雪峰介紹，和魯迅認識，一起在上海領導左翼文藝運動，並寫了不少詩文，成爲我國馬克思主義文藝理論奠基人之一。他對雁姐夫的中篇小說《路》和長篇小說《子夜》，提出過很好的建議，姐夫曾根據他的意見，作了修改。

瞿秋白第二次結婚的夫人楊之華的第一個丈夫叫沈劍龍，是沈玄廬的兒子。沈玄廬是國民黨元老，追隨孫中山先生，信奉三民主義。以後他加入共產黨，是上海共產主義小組發起人之一，在黨內也擔任過重要職務，是浙江紹興蕭山的大地主。因爲他信仰了共產主義，就自動減了佃戶的地租，並辦起全國第一個「農民協會」，後來對黨有誤會，自動退了黨。於 1928 年遇刺身亡。楊之華和沈玄廬的兒子沈劍龍結婚後，由於兩人志向不同，感情不合，楊之華便一個人出走，投身革命，進了上海大學社會學系讀書，與瞿秋白相識。在與瞿秋白結婚前，楊之華寫信給前夫，要求離婚。沈劍龍接信來上海，和楊之華面談，同意離婚，取得協議，在報上同時刊登了三則啓事：一是沈、楊離婚啓事，大意是雙方樂意解除婚姻關係，保持友誼；二是瞿、楊結婚啓事；三是瞿、沈做朋友啓事，大意是雙方以後仍是最好的朋友。沈劍龍還參加瞿、楊的結婚儀式。當時雁姐夫和德沚姐也去了。這件新奇的婚事，一時傳爲美談。

楊之華和沈劍龍有一個女兒（沈、楊離婚後，女兒跟母親），叫瞿獨伊，在莫斯科長大，瞿秋白很疼愛她。成年後才回國。

沈劍龍天生有缺陷，他的雙手雙足都只有大指和小指，但卻能寫一手好字。楊之華後來把沈劍龍介紹給王會貞，結了婚，生一子，在紹興蕭山。王會貞早年旅法，也是烏鎮人，是雁姐夫的遠房表姑母，即李達夫人王會悟的妹妹，現在老年潦倒在故鄉，逢年過節，常要寫信來向雁姐夫借二三十元。

楊之華在上海大學是學生會執行委員，活動能力很強，那時已顯示出她非凡的活動能力和卓越的組織才能。

瞿秋白和楊之華在上海隱居時，楊之華裝扮成高貴的太太，裝束入時，穿高跟鞋，燙髮，對人說她的丈夫是在商務印書館當編輯的。他們早出晚歸，裝做上班的樣子，其實兩人經常出門到郊區僻靜的公園去消磨時光。

1935 年 2 月 24 日瞿秋白在福建長汀縣不幸被俘（那時他在江西擔任中共中央局宣傳部長兼中央政府辦事處教育人民委員），堅貞不屈，英勇就義。

楊之華是病死在文化大革命時的監獄中的。她被關押審訊的原因，是說

她在新疆被盛世才逮捕入獄後出賣了黨，是叛徒。現在，據說已經發現了那時盛世才寫給蔣介石的一封信，說是逮捕了十六個共產黨人（開列的名單中，楊之華是第六名），死不認罪，十惡不赦，建議處以極刑（槍斃）。這一內部材料，可以說明當時報上刊登的十六人「悔過自新」的消息是捏造的，他們決不是叛徒。因此予以昭雪，不作叛徒處理。可是楊之華的骨灰仍然不准放進八寶山革命公墓。她的女兒瞿獨伊正為此事提出申訴。

雁姐夫最後說，瞿秋白是我們黨的早期領導人之一，曾經兩次見到過列寧，擔任過我們黨駐共產國際的代表。他的鬥爭經驗豐富，分析問題時能擺出自己獨到的精闢見解。他是一個有頭腦的人。把這樣一位早期共產主義戰士說成「叛徒」，顯然是不能令人置信的。

「失敗的嘗試」

七月一日

今天，雁姐夫告訴我這樣一件事：解放初期，中央一位主管電影方面的負責人，請他寫個電影劇本，確定反特的題材，準備請蔡楚生導演。公安部部長羅瑞卿親自給他介紹了幾個典型案例。後來，雁姐夫又到上海去參觀、訪問，搜集類似的案例和有關參考資料。經過一段時期的醞釀和構思，終於寫出來了。但是袁牧之等看了以後，覺得劇本的對話太多，篇幅太長，如果拍成電影，要放映四五個小時才行。建議修改。此後因為工作太忙，沒有修改的時間，也就作為「失敗的嘗試」了。

我問稿子放在哪裏。

雁姐夫很乾脆地笑著回答：

「早已擦了屁股了！」

生日

七月四日

今天是雁姐夫八十虛歲的誕辰。

前天，接到臧克家來信，內附一對聯：「盛時雨露蒼松勁，晚節清風老桂

香。」祝賀雁姐夫的生日。昨天，碧野發來了電報，祝賀雁姐夫的八旬壽辰。

雁姐夫是向來不做生日的。今年，因爲我特地從上海到北京來慶賀他的八十大壽，他才有一些表示：上午，一起到中山公園去照相；中午吃壽麵；晚上吃烤鴨。

今天早上，天氣很好。雁姐夫說：

「親友們向我要照片的很多。我平時不拍照，沒有照片，今天就到中山公園去玩玩，拍幾張照片，留個紀念吧。」

雁姐夫換了衣服，穿上皮鞋，拿著手杖，由服務員攙扶，上了汽車。一起去中山公園的，還有他的兒子阿桑、小孫女丹丹和我。

這次遊園，巧遇曇花開放。

大家很高興，走走坐坐，坐坐再走。雁姐夫已經很久沒有走這麼多路了，覺得有些累，但是他一路上精神愉快，有說有笑的。阿桑給他照了彩色照片，也給我和丹丹照了相。

兩小時以後，我們回到家裏，吃壽麵。這是用我從上海帶到北京的兩大圓盒雞蛋壽麵做的炒麵（加了菜肴），表示對雁姐夫八旬壽辰的慶賀。雁姐夫特意穿上了一套我替他做的白色紅鑲邊繡了個壽字的綢質便衣褲。我高興極了。晚上，阿桑從菜館裏買來了現成的烤鴨和麵衣餅，自家燒了幾個菜。我們都不喝酒，另外，包了餃子，買了二鍋頭，請服務員、司機和保姆一起聚餐。

今天，雁姐夫特別高興，從吃烤鴨談起，談到了文藝界的一些朋友在解放前後一起聚餐的情況，他說菜館有很多著名的幫派，福建廣東是一幫，四川湖南又是一幫。京菜原本是山東菜。他和一些文藝界的朋友們，曾在解放前的上海和解放後的北京，到各幫館子去聚餐、吃特色。鄭振鐸是福建人，他的岳父是大資本家——福建人高夢旦，也就是商務印書館的經理。高家是個名門大家，他家有個廚子頭，出來開了菜館。解放前，想吃福建菜，就請他先打個電話去預訂，這樣，菜就特別豐富、道地。解放後，張琴秋有一次送來了一對熊掌，家裏不會燒，拿到菜館去加工，加工費倒要七八元。加工以後，約了張琴秋〔註3〕、楊之華等一起來吃。因爲熊掌是乾的，味道不怎麼好，大家很失望。

雁姐夫還談了有關御廚的事。他的見識廣、閱歷深，說來娓娓動聽，談

〔註3〕 張琴秋是茅盾的弟弟沈澤民的愛人。解放後曾任紡織工業部副部長，文革中被迫害致死。見本書《茅盾談沈澤民》札記。

到很晚才睡覺。

珍貴的紀念品

七月五日

今天晚上，雁姐夫拿出 1949 年 2 月在北京飯店居住時，一些民主人士題字的紀念冊給我看。

紀念冊上，有黃炎培、沈鈞儒、郭沫若、馬敘倫、柳亞子等人的題字，還有 1949 年從香港一起到東北解放區時，搭乘同一輪船的人的簽名。這眞是富有歷史意義的珍貴紀念品。雁姐夫告訴我：那時新中國即將成立，大家的心情非常激動，情緒歡暢。不知是誰提出：每人作詩或詞一首，附贈小禮物一件，相互交換，以誌紀念。大家一致同意。有的拿出筆筒、花瓶，有的拿出錦匣、摺扇、硯臺、畫冊、小香爐、小佛座之類。拈鬮取件。各人都能拿到贈詩和禮品。

雁姐夫還告訴我，他有一幅徐悲鴻畫的馬。那是德沚姐向徐悲鴻指明要的馬。畫得眞好。他和德沚姐都很喜愛。這幅畫由韋韜收藏著。

雁姐夫不無感歎地又說：現在畫的人和要他畫的人，都已經不在人間了，這就更使我覺得是件最珍貴的紀念品了。

談古典文學賞析

七月六日

晚飯後，雁姐夫因爲眼睛不好，不能看書，也不看電視（九英寸黑白電視），跟往常一樣，就和我聊天。他對幾十年前的事，記憶力非常好，連童年時代的一些重大事件，也能說出細枝末節；連人物的外貌、衣著、語言、舉止，都層次分明、有聲有色地說給我聽。他那南方口音的聲調，並不高昂，但卻緊密結合著故事情節的發展，抑揚頓挫，極有分寸，常常使我聽得入了神，像是讀著他的小說似的，有時竟忘記提醒他該是休息的時候了。

今天晚上，他興致勃勃地拿出了好幾本他用工整的小楷抄錄下來的詩，每首詩後都寫有詳細的注釋。這是他多年前，給孫女小鋼選錄並注釋的教材。

他指著一行行的詩句，對照著他寫的一段段的注釋，非常耐心地講解給我聽。他的注釋本來已經通俗流暢，看來一目了然，再加上他饒有趣味的補充和發揮，使我深切地感受到詩作的各種意境和人物的生動形象，覺得學習古典詩篇，眞是一種美的享受。

我說「饒有趣味的補充和發揮」，指的是什麼呢？這是指結合詩篇的遣詞用典，作許多附加的必要闡釋。比如說「爭」字的意義，雁姐夫告訴我宋代的「爭」，它的讀音和含義，和今天的「怎」沒有兩樣；「底」是「什麼」的意思，讀做「嗲」。還指出蘇軾的詩的特點：對仗工整，差不多句句有典故。

雁姐夫不僅從字面上掃清我理解的障礙，更加突出的，是結合作者所處的時代背景，對作者作出歷史唯物主義的評價。比如對蘇軾的詩，雁姐夫十分讚賞。他歷歷訴說蘇軾在文學的好幾個方面，都有比較傑出的成就：一、蘇軾的散文，與歐陽修並稱爲「歐蘇」，是北宋的名家。二、蘇軾的詩，與黃庭堅並稱「蘇黃」，開創了宋代詩歌的新風氣。三、蘇軾的詞，與辛棄疾並稱「蘇辛」，一掃當時綺豔柔靡的風尚，成爲豪放詞派的創始人。

談罷蘇軾的詩詞，雁姐夫又拿起唐代杜甫的詩給我看。這裡也有他爲闡析杜詩的意義、背景等而撰寫的淺近詮釋。在這些詮釋中，往往結合他個人的鑑賞和理解，揭示了作品的寓意。

雁姐夫說，杜甫的五言、七言詩，韻律謹嚴，對仗工穩，字句洗煉，形象鮮明，是唐代五、七律的楷模。他選的第一篇《畫鷹》，是杜甫的少年之作，以鷹抒發自己的抱負。第二篇《春夜喜雨》，組織結構謹嚴，寫景生動形象，抒情細膩深刻，體現了詩人的愛民思想。第三篇《哀江頭》，江頭指曲江頭，曲江是長安名勝，唐玄宗與楊貴妃常到曲江遊玩。安祿山叛變，玄宗匆匆忙忙逃到四川去了，安祿山進佔長安。杜甫在奉先赴靈武的路上，被安祿山部下抓到了，送往長安，拘留一年。這首詩就在這個時候所寫。這是杜甫眼見「安史之亂」後，臺榭冷落，景物荒涼，撫今思昔，即景生情，深刻地體會到國破家亡之痛的撫時感事之作。第四、五兩篇，《秋興》和《諸將》，也是杜甫的有名詩篇。古來的評論家認爲《諸將》和《秋興》是杜甫七律的代表作，而兩者的風格又不相同。《諸將》五首，議論國家大事，批評當時的政策，但是批評得很含蓄。它的寫作特點是：蒼勁、老練成熟、雄偉有力，而又夾著議論文的味道。如果同《秋興》比較，就可以看出兩者的區別了。《秋興》八首，是借秋景抒發了作者對於當時政治的不滿，而又覺得自己前途茫茫，

沒有出路。全詩景中寓情，情景交融，深厚沉摯，蒼涼悲壯，形成他特有的
「沉鬱頓挫」的基本風格。杜甫的一生處在唐朝由興盛走向衰落的時代。他
懷抱著忠君愛國、積極用世的心情，但因仕途失意，遭遇坎坷，歷經戰亂，
身受深重的時代苦難，因而能體念和同情人民的疾苦。他的詩，在抒寫個人
情懷時，往往緊密結合時政，思想深邃，境界寬廣，有強烈的社會現實意義，
深刻地反映了時代精神，所以後世稱爲「詩史」。

　　博而後能深。雁姐夫博覽群書，能把中外古今的多種學問熔於一爐，互
爲滲透，因而信口說來，不僅形象生動，娓娓動聽，而且深入淺出，令人能
在一般理解的基礎上，窺見作品主題的深邃奧秘。

談駱賓基

七月七日

　　今天談到了駱賓基。雁姐夫對駱賓基的大膽爭鳴，十分賞識。他說駱賓
基是文史館裏最年輕的人。解放以後，曾在農村蹲點，體驗生活，並寫了一
些小說，後來卻研究起古金文來了。他大膽得很，能獨立思考，敢於爭鳴，
不囿於郭沫若、楊榮國的金學理論，自己獨創了一套新的。他有兩個孩子，
一男一女。他不讓子女進中學，男的在家學圍棋，女的在家學油畫。去年，
學圍棋的孩子，作爲遼寧省青少年棋手的代表（是傳聞失實，係聶衛平代表
黑龍江隊之誤），在首都跟日本圍棋隊選手比賽，日本業餘七段的圍棋選手讓
了三個子，結果他多次在中盤取勝。像這樣的爸爸，敢於在文化大革命期間
讓子女脫離組織，搞單幹，並不多見。他說：「他的大膽，確實令人欽佩。」

〔作者附記〕

　　以上是雁姐夫 1975 年的談話。駱賓基同志今年（1982）六十五歲，已在最近光
榮地加入了中國共產黨（四十年代入黨後失去組織關係）。關於他近年來的研究工作
和他子女的近況，在 1982 年 6 月 1 日及 1983 年 8 月 4 日他寫給范泉同志的長信裏說
到。現借抄其中的一段如下（信內所說「沈公」，即雁姐夫）：

　　我於 1972 年從事古代典籍及古金文的考證（五帝金文與唐虞金文）和研究，已
逾十年。關於鯀的志事金文載於「鯀尊」，以及帝嚳崩年（公元前 2366 年）鯀制的記
事金義載於「乙未鼎」，我都有考證，並於 1975 年將整理的謄清稿先後都送給沈公審
閱過，1976 年並以《金文新者》第三輯《兵銘集》（約七萬字）作爲沈公八十誕辰的
賀儀，由小女小欣送去。當時，她長久拖著（因爲檔案裏有關於我的「立場反動」之

類的不實之辭的論斷），未分配工作，因而在家學畫，每周到名師處去求正，是臨摹水粉、素描之類，還未到學油畫程度，直到 1975 年才分配到市政局的工程隊，三年後，自學考入第一外語學院分院學英語，今年（1982 年）寒假就要分配工作了。男孩張書泰，在北京飯店曾數次與日本圍棋隊業餘七段下過讓三子的「指導棋」，都是以「中盤勝」，現在北京第二醫學院分院走讀，明年眼科畢業。大約 13 歲時，在北京成人組中獲圍棋第三名，現在很少有時間摸棋子了。我現在正著手《〈左傳〉批註》的整理工作，已完成「以《史記》所載（晉）文公之命」，證《左傳》和《史記‧晉世家》舊解之誤。

今年（1983 年）6 月北京舉行的圍棋業餘高級段位比賽中，小泰以大學生業餘圍棋手的身份應約參加，榮獲第二名，即業餘六段（最高位）三名中之第二位，知念順告。

關於魯迅的喪儀

七月八日

今天又談到了魯迅。

雁姐夫說，魯迅和他通過許多次信，還寫過不少便條。便條是魯迅派人送給他的。可惜這些書信和便條，大都已經燒掉了，只留下魯迅逝世以前寫的八封信。在這八封信裏，談了一些有關出版《海上述林》的事，也談了一些魯迅自己的病況。最後一封信，是魯迅逝世前一個月寫的。這些信，雁姐夫都交給了許廣平，編在魯迅書簡集裏，原件存放在魯迅博物館。以前，不僅是魯迅寫給他的信，別人寫給他的信也都燒掉了，害怕在他出事的時候連累這些寫信的人。

接著，又談到魯迅逝世時，他為什麼沒有參加喪儀的原因。他說：

「魯迅逝世時，我在烏鎮探望母親。我到烏鎮的第二天，痔瘡發作，非常厲害。上海打電報來，告訴我魯迅病逝，要我立刻回上海，可是我的痔瘡正大出血，躺在床上，動也不能動。四五天後，稍微好些，我就掙扎著趕回上海，可是魯迅的喪事已經辦好了。這在我的心裏是非常難過的。我沒有能親自參加在黑暗中一起攜手戰鬥的親密戰友的喪儀。當時，我也是治喪委員會的委員之一，他們送了我一本記載魯迅喪儀的紀念冊，那裡面刊載著致送挽文和輓聯的內容和人名，其中居然還有孔祥熙〔註 4〕和王曉籟〔註 5〕的名

〔註 4〕孔祥熙：蔣介石的連襟，曾任國民黨政府的財政部部長。
〔註 5〕王曉籟：解放前上海市流氓頭子之一。

字。那時瞻仰遺容整整三天，全市鬨動，去瞻仰的人猶如潮湧。報上連日刊載某某大明星之類也去瞻仰遺容等報導。魯迅曾說過：死人給活人出風頭。想不到在他自己死後，竟給各式人等出足了風頭。」

談臧克家

七月九日

今天談到了詩人臧克家。

雁姐夫說臧克家是個活動分子，喜歡串門，勤於寫信，經常寫信來傳遞一些文藝界的信息，還經常抄錄一些朋友們寫的詩詞寄給他，使他在寂寞的生活裏得到一些快慰。因此雁姐夫說他是個「靈耳朵」。今年臧克家的身體不好，有肺病，很久沒來了。

雁姐夫還說到武漢的姚雪垠比臧克家小五歲，是因為臧克家給姚雪垠送了情報，才知道雁姐夫的健康情況，把《李自成》稿子寄來，要雁姐夫看了提意見。這部《李自成》，是在抗日戰爭時期就動筆的。姚雪垠打算不走舊曆史小說的老路，要寫得別具一格。要不是臧克家這個「靈耳朵」，雁姐夫是不會看《李自成》的原稿和計劃的。

談古典文學名著

七月十日

今天，天氣陰沉，光線差，雁姐夫看不成書，來回踱了幾圈之後，就坐下來和我閒談起一些古典文學名著。他先講文學作品的故事梗概，然後談了一些有關作品的「題外」的話。這些「題外」的話，幫助我對作品本身更進一步的理解。

先談《琵琶記》。

《琵琶記》取材於宋代的民間傳說和戲文，原是說蔡伯喈棄親背婦，終於遭受雷擊而死。可是元末明初人高明，卻把原來戲文裏的人物故事，作了很大的改動：首先把棄親背婦的蔡伯喈，寫成了時刻懷念著父母妻子的人物，把他背婦重婚的罪責，推諉於客觀環境的逼迫。其次是把悲劇的故事結局，

改爲一夫兩妻的大團圓收場。但是由於《琵琶記》畢竟汲取了民間傳說的精粹，一些生活的客觀規律無法違拗——比如作品中女主角趙五娘如何在災荒的年月獨力供養公婆的艱難處境，這是概括了我國婦女傳統的美好品質，即使塗上封建賢孝的色彩，也無損於這個人物性格的熠熠光輝。所以《琵琶記》還是反映了封建社會的現實生活，具有反封建的鮮明傾向，仍然不失爲我國古典文學中的優秀作品。

說到這裡，雁姐夫指出：根據史料記載，男主角蔡伯喈（蔡中郎），本來的原型叫「王四」。作者不敢明說，只能用歷史人物「蔡伯喈」來頂替。而蔡伯喈也實有其人，但他沒有做過相府女婿。爲了影射「王四」，作者把作品定名爲《琵琶記》：「琵琶」兩個字頭，拼起來就是「王四」。

接著又談到了《西廂記》。

誰都知道《西廂記》是元代雜劇中取得輝煌成就的名著，作者王實甫，富有才華，寫有雜劇十四種，《西廂記》是他寫得最成功的一種。劇本寫的是一對青年男女張君瑞（張生）和崔鶯鶯反對封建婚姻制度、爭取婚姻自由的艱難曲折的鬥爭過程，人物形象淳樸可愛，特別是丫環紅娘的性格十分鮮明，她機智潑辣，富有強烈的正義感，極大地鼓舞了張生和鶯鶯向封建禮教頑強鬥爭的勇氣。但是這一故事的基本情節，卻是取材於唐代元稹所寫的傳奇《會眞記》。

雁姐夫不加思索，向我背誦似地說明：據宋人考證，作品男主角張生，實際上就是元稹自己。那時元稹去趕考，宰相愛他的才華，招爲女婿，負了鶯鶯。此後元稹回來看望鶯鶯，並懇求鶯鶯以「外兄」相見，但是鶯鶯還是堅決拒絕。她賦詩一章，說：「自從消瘦減容光，萬轉千回懶下床，不爲旁人羞不起，爲郎憔悴卻羞郎。」幾天以後，元稹即將啓程道別，鶯鶯又賦詩一章，謝絕他說：「棄置今何道，當時且自親；還將舊時意，憐取眼前人。」

雁姐夫驚人的記憶力，給我留下了難忘的印象。

爲周鋼鳴寫字

七月十一日

周鋼鳴曾經從廣東來信，請雁姐夫寫字。

今天上午，天氣開朗，雁姐夫精神很好，在起居室裏走了兩圈，對我說：

「韻嫂，請你幫個忙，我給廣東的周鋼鳴寫字，還掉這筆債。」

我應了一聲，立刻拿出筆墨紙硯，磨好了墨。

雁姐夫給周鋼鳴寫的，是一首他過去創作的詩，題目是《在海口觀海南歌舞團演出》。他在 1962 年初有海南之行，這是到達海南島後在海口市觀看海南歌舞團的演出以後所寫的詩篇，詩裏歌詠南國風情，寫給廣東省的周鋼鳴，正合適。全詩共八句：

> 黎家歌舞漢家女，幼苗新培茁如許。
> 舊譜清詞翻慢調，聲聲如聞蕉滴雨。
> 一奏三弄思若抽，曲終鏗鞳慶豐收。
> 慶豐收，於何有？歸功於人民公社。

寫完了給周鋼鳴的條幅，還剩下很多墨汁，雁姐夫說：

「給你也寫一幅吧。」

我很高興。

雁姐夫選了一首《觀朝鮮藝術團表演扇舞》，是 1958 年 12 月在北京創作的。全詩是：

> 素袖輕揚半折腰，連環細步腳微挑。
> 低徊畫扇百花綻，炫轉長裾萬柳飄；
> 鸞嘰龍吟煥星斗，風馳雲卷出虹橋。
> 曲終更見深心處，嫩綠重臺捧赤嫖。

因爲我磨著墨時，只覺得迎鼻撲來的是一股清香味兒，再看看他寫下的墨蹟，又黑又亮，就好奇地問：

「這塊墨，看起來跟平常的墨差不多，怎麼有一股香味，而且寫出來的字，好像閃著烏光似的。」

「這是清朝宮內的貢品哪，是一種特製的墨。」雁姐夫解釋說，「這些墨，是政府送給我寫字的。現在還留著幾塊，估計我是寫不完的了。」

雁姐夫寫完字，總要退後一步站得遠些，從上到下瞧瞧字寫得勻不勻，直不直。有時微笑點頭，有時皺眉搖頭。

談齊白石

七月十五日

今天，雁姐夫和我從西洋畫談到國畫，又談到當代長壽的著名畫家齊白石。

齊白石並不是出身在詩畫之家，得自家淵的薰陶，而是生長在湖南湘潭貧苦農民的家庭。少年時學做木工，喜愛畫畫，辛勤觀摩、學習，青年時就成為雕花名手。壯年時期，遠遊南北各地，走遍半個中國，飽覽祖國的大好河山，豐富了他的視野，成為他早期山水畫的重要源泉。此後他種植花卉果木，飼養蟲魚禽鳥，朝夕觀摩，藝術造詣就更加成熟，構成他獨創的風格。他是一個多產畫家，總共創作不下一萬數千幅。他不僅精於繪畫，而且也擅長刻印、書法。他常年住在北京。1937 年日本帝國主義佔領北平以後，他在自家門上貼了一張「畫不賣與官家」的字條。這和梅蘭芳蓄鬚明志，同樣具有民族氣節。全國解放後，他熱情地以自己的創作參加了保衛和平事業。1953年，他九十三歲生日時，中央文化部特授予「人民藝術家」的榮譽獎狀。1956年，又獲得國際和平獎金。在給齊白石授獎的大會上，雁姐夫還清楚地記得：那一天，齊白石穿著長袍馬褂，戴一頂不知叫什麼名堂的帽子，手握龍頭拐杖，拐杖頭上還掛了兩個小葫蘆，其中的一個，是塗了紅顏色的，還用紅線縛著。……

雁姐夫繪形繪色地談到當時的場景和人物的動作。最後他評論齊白石的畫說：

「他在六七十歲時作的畫，最為成熟，最好。後期的作品就比不上這一時期的。」

談章士釗

七月十二日

今天，談起國共和談的事，就很自然地談到了章士釗。雁姐夫對章士釗很熟悉，他說：

「章士釗是個出名的愛說大話的人。他有三個老婆，分住在香港、上海、北京，是位癮君子。去年九十多歲的時候死了。死前他曾誇口說，憑他的關

係，可以使臺灣和平解放。中央特派專機，把他從北京送到香港，以便轉往臺灣。不料在香港一病不起。死後，再派專機把他的遺體運回來，開了追悼會。香港的國民黨報紙罵他是『吃十方』的，連青紅幫也要吃，因他做過杜月笙的參謀。只有蔣介石因爲國民黨政學系裏有不少人是章士釗的同學或老友，曾與章有糾葛，在蔣介石面前說他的壞話，因此得不到蔣介石的任用。章士釗著有《柳文指要》一書，定稿於 1964 年，那時他八十四歲。文化大革命開始，章士釗見形勢不好，連忙主動向中華書局提出，要將該書抽回，不再出版。到 1971 年，美國總統尼克松訪華，外交路線有變化，中華書局才決定出版《柳文指要》大字本，共三套，定價三十餘元。書是徐調孚校對的。然而徐調孚在 1971 年已經退休，爲了出版這部書，特地把他從南方請到北京來。中華書局給這部書寫了個『前言』。章士釗的女兒看了不滿意，要求修改。中華書局作了改動，但對章士釗的治學觀點和方法仍作了必要的批評，說他『未能很好地運用辯證唯物主義和歷史唯物主義的觀點來研究歷史解釋柳文，對社會發展的論述持有循環論的錯誤看法，對柳宗元這個歷史人物缺乏嚴格的階級分析，過分誇大了他在歷史上的進步性』。章士釗的女兒對這些話堅持要刪去。其實這樣的批評，對章士釗還是客氣的。中華書局估計他女兒又會提出意見，因此事先把『前言』送給周總理看過，周總理表示同意。當他女兒提出意見時，書局回答說周總理已經同意，再要刪改，請向國務院提出。這樣，他女兒才算作罷。其實，任何書文，作爲讀者的廣大人民群眾才是眞正的公證人，會作出歷史的判斷；客觀存在的事物，誰也不能歪曲，任何主觀的毀譽是不會起作用的。」

談郭沫若

七月十三日

雁姐夫看到我在閱讀郭沫若的《李白與杜甫》，就談起郭沫若來了。

他轉述別人對郭老的意見說，郭沫若的褒李貶杜，不少人有意見。有位專家說郭老先有一個框框，是李好杜不好。比如說：李杜都飲酒，郭老卻說杜飲酒不好，不說李飲酒不好；在信道方面，不說李信道，卻說杜信道。李、杜都曾讚揚哥舒翰，但對李只當不看見，對杜卻嚴肅批評。因此不少人私下說郭老不是實事求是的。——即使現在人不便直說，將來卻難免有人要說的。

然後他談到中蘇邊界的劃界問題，說郭沫若在這方面是立了一功的。他說唐朝的李白，據說出生在「碎葉」這個地方。可是在古書上，剛巧這兩個字破損得難以辨認，尤其是「葉」字底下的「木」字，已經完全看不見了。經郭沫若判斷，這是「碎葉」。這個地方，雖然現在劃在蘇聯國境內，但可以看出，那一大片土地原來是我國的。因此郭沫若對中蘇邊界的劃分，立了一個大功。

化名和筆名

七月十六日

濟南三中的包子衍，把《魯迅日記》中有關雁姐夫的事，一一摘錄整理，寄來請他審閱。雁姐夫改了兩處。其他小地方，因為是一些小事，也就算了。另外，問「方保宗」和「明甫」是不是他在當時的筆名。雁姐夫說：

「這些都不是筆名，而是我的化名。『方保宗』，是我在日本時用的化名。『明甫』，是我在國內用的化名。因為我每次搬家，都要改換一個名字。」

我想到了雁姐夫與另境通信時，經常用一個「玄」字署名，便問他是什麼意思。他回答：

「這是我筆名『玄珠』的簡寫。玄珠是有典故的，出在《莊子》裏，說的是一個國王丟失了一顆玄珠，一再命人去找，找不到。最後終於找到了。」

說著，雁姐夫從書架上很快找出一本《莊子集解》。他翻查了一陣，在《天地篇》裏指給我看以下一段文字：

黃帝遊乎赤水之北，登乎崑崙之丘而南望，還歸，遺其玄珠。使知索之而不得，使離朱索之而不得，使喫詬索之而不得也，乃使象罔，象罔得之。黃帝曰：「異哉！象罔乃可以得之乎？」

雁姐夫一面念，一面解釋：

「玄珠，意思就是真理。用智慧得不到，用眼睛也得不到，用聰明也得不到，而無心卻獨得真理也。莊子的道學是玄虛的，須在遐思中得之。」

《莊子》這部書，是雁姐夫在湖州中學念書時念過的。「玄珠」這個筆名，在他二十年代寫文章時就已經使用了。我很驚奇地發現這本書上蓋有「玄珠六十八歲後所讀書」的印章。可見雁姐夫對《莊子》很有興趣，非但「玄珠」的筆名典出《莊子》，而且到了老年還在經常翻閱呢。

關於《子夜》

七月十八日

我在看《子夜》，覺得雁姐夫刻畫的人物性格十分鮮明，有個性，而且描繪細膩入神，給人留下深刻的印象。但是雁姐夫聽了我這個讀者的觀感以後，卻說：

「除了吳蓀甫以外，我沒有把資本家寫好。吳蓀甫是我著力描繪的人物，但我覺得還有這樣那樣的不足之處。反正我對我過去的習作，都是不滿意的。過去，實在因為蜀中無大將，才把我這個廖化充作了先鋒——真正是矮中取長罷了。」

雁姐夫回憶往昔，歎了口氣繼續說，他過去迫於生活，賣文為生，不得不搞創作，暗中摸索，既走過彎路，也有不少錯誤。有時回想起來，覺得有些後悔。他說要是當年生活過得去，不需要賣文為生，那麼他做些古典文學的研究工作，就不至於犯錯誤了。

「金無足赤，人無完人，有誰不犯過錯誤？」我說，「而且，有些錯誤是在不知不覺中產生的，有時甚至不以人的意志為轉移的。」

「是啊！」雁姐夫同意我的意見。後來他又談到一個人的生活遭遇，有時也不以人的意志為轉移。他說：

「客觀存在總是決定人的意識；當然，也不排斥人的意識能夠相應地改變客觀存在——那就是革命！」

「您過去寫的小說，就是屬於革命文藝的範疇，您的傾向性是鮮明的，您給我國搖籃時期的新文學注入了新鮮的血液，您……」我說。

「別這麼說了吧，」雁姐夫打斷了我的話，帶著自慚的口吻說，「我的創作正像我寫的字一樣，自己覺得實在太蹩腳了，不登大雅之堂。因為要我寫字的人很多，我又不能一一拒絕，只得濫竽充數，盡力而為。現在年紀老了，寫得更不好，我但求寫得勻稱而已，不可能再要求寫得好了。」

雁姐夫的謙遜的話語，使我看到了他的永不自滿的精神。

夢見母親

七月二十日

雁姐夫說，昨天晚上又夢見了母親。

雁姐夫對他母親的感情是那麼深厚，不僅時常想念她，還時常夢見她。他一再跟我談起他的母親如何在她丈夫死後，含辛茹苦，培植兩個年幼的兒子長大成人，而且都讓他們走上了革命的道路。

「她不僅是我的母親，也是我的老師。」雁姐夫說，「她通曉文史，有卓識遠見，從小教我學文化，叩啓我幼小心靈的窗扉，疏導我的思想，鞭笞我的鬥志，不斷提醒我說：『學如逆水行舟，不進則退。』還常常鼓勵我：勤奮方能成材，聰明才智是磨煉出來的。在我長大以後，又支持我離開家鄉，離開她，去經風雨，見世面。當她知道我在做黨的秘密工作，已經走上革命的道路時，她頻頻點頭，非常高興；當革命受到挫折，甚至在知道兒子爲革命犧牲的時候，她不流一滴眼淚，比誰都堅強，覺得兒子沒有辜負她的期望，死得其所。」

說到這裡，雁姐夫沉思了片刻，又用激動的口吻說：

「她雖然是一箇舊時代的婦女，沒有念過馬克思列寧的書，沒有受過黨的教育，但她卻如此深明大義，深深懂得中國革命的道理。這究竟是什麼原因呢？我反覆思考，終於醒悟到這樣一點：是由於她認識到舊中國統治階級的腐朽，喪權辱國，民不聊生。她常常提醒我說：這個世道，總有一天會變得窮人也有飯吃，變得外國人也不敢欺侮我們。是的，變——其實就是革命。也正是這種變的思想，使她支持我和弟弟參加革命工作，走上革命道路。我在接受黨的教育以前，早已接受了我母親的這種啓蒙的思想薰陶。現在，我年紀大了，也快要去見馬克思了，就常常使我思緒萬千，回顧我一生走過的道路，總是免不了要想到我母親給我的影響。」

前幾天，雁姐夫也談到他的母親如何帶了他們弟兄倆到外婆家去歇夏。外公是個老中醫，爲人鯁直，性格嚴肅。外婆能幹，患有腦病，常常做了菜，請人吃飯；在他們回家以後，也是經常做了菜，派人送來。雁姐夫的母親在丈夫去世以後，再也不接受娘家送來的菜肴了，免得讓人家看來是在顯示娘家的富裕，留下不好的印象。從這一點看，她確實是一位知書識禮、通情達理的人。她的性格既溫婉而又剛強，她的爲人既淳樸而又勤奮，她默默地哺育了年青一代去尋求革命的眞理。

在外祖父家

七月二十一日

今天，雁姐夫說到了他的外祖父。

他說他的外祖父姓陳，名我如，是世傳的名醫。前後兩次結婚，生過三個兒子，都一一夭折了。後來生了他的母親，就取名「愛珠」，把她寶貝得如同掌上明珠一般。外祖父有迷信思想，常常這樣想：世代從醫，總免不了會有誤診死人的事，人命關天，造孽深重，這是為什麼三個兒子都先後夭折、眼看就要絕嗣的原因，因此他不想當醫生。雖到中年，還是屢屢參加鄉試，企圖進入仕途，光耀祖宗，但都沒有考上。五十歲以後，才斷了『正途出身』的念頭，潛心醫學。外祖母是續弦，是個非常能幹的人，生過兩個兒子，都去世了，由於長期來悶悶不樂，終於得了腦病，時發時愈。發病時整天呆坐，不聲不響。有時卻又突然亢奮起來，整天不停地做菜，送給東鄰西舍，還邀請人來吃飯。在他父親臥病時，她也經常派人送菜來；到了父親去世以後，母親不讓她再送菜看，神經失常的外婆，居然能聽母親的話，再也不送菜來了。

接著，雁姐夫又說到他母親，說到父母親的婚事。

他說母親四歲時，外婆的病很重。為了教養母親，外公把她送到大姨父家。大姨父也是個秀才，並無子女，在鄉村的私塾裡教書。母親住在他家，一面進私塾念書，一面跟姨媽學做女紅，幫做家務，從小聰明能幹，做事利索，姨父姨媽沒有子女，很喜歡她。她在姨父家足足耽了十個年頭，父親沈永錫，十六歲時考上秀才，到十九歲時，就和十六歲的陳愛珠訂婚。父親要求到外公那裡去學醫。那時外公已經收了五個門生，不能再收，因為是自己的女婿，也就只得收下了。父親在外公家學醫兩年以後，和母親結婚。女家用了一千五百兩銀子嫁女兒，男家用了二千兩銀子娶長孫媳，這在當時也真可以說是闊氣了。因為當時他曾祖父是做官的，講究排場。結婚以後，母親問父親為什麼要學醫，父親說：沈家子孫多，是個大家庭，一旦分了家，分不到多少錢，祖業是靠不住的，只能自力更生，學醫糊口。後來果然如此，他家的生活來源，主要是靠父親的行醫。

關於行醫的事，雁姐夫插講了幾個小故事。然後言歸正傳，又說到他父母親的事。

他說父母結婚以後一個月，仍回外婆家居住。這是因為父親住在那裡，

可以繼續向外公學醫。這樣，一直住到曾祖父沈芸卿告老還鄉才離開外婆家，回到自己家里居住。那時他已經一歲半。他的名字「德鴻」，小名「燕昌」，都是他曾祖父取的。「德」是輩份，「鴻」的水字旁，是排行規定的。至於小名「燕昌」，那是因爲生他的那一年，曾祖父在梧州稅關任內，飛來的燕子特別多，認爲是吉祥的徵兆，就取了這個小名，意思是燕來昌盛、吉祥如意。曾祖父回鄉養老三年後，就因病去世，那時他才四歲。不久，沈家老三房分了家。又經過七年時間，父親也去世了。父親患了不治之症——骨癆，臥床兩年，死時才三十四歲。那時他只有十一歲。母親遵照父親的遺囑，不顧眾議，把她一千元的陪嫁，作爲兩個兒子念書的錢。再說外公。外公到了晚年，又得一子，名叫長壽，天資較差，體質又弱，到了十二歲才認方塊字。外公年紀老了，不放心，在兒子十二歲時，就給他定了一門親事，媳婦比兒子大兩歲。不料沒等到兒子成婚，外公就去世了，享年七十歲。外公死時，他只有兩歲，記不清外公的面貌了。長壽舅舅到了十六歲時結婚，不久生了肺病，不到二十歲就去世了，沒有留下兒女。舅媽姓潘，名寶珠，是位賢淑的婦女。但是她的父親，卻是個鎮上出名的惡訟師，爲了要繼承女婿的遺產，逼得他女兒裝假胎，鬧了不少笑話。

寫作的秘密

七月二十二日

我記起去年 7 月，在雁姐夫給我的信中，說過這麼一句話：「但願我能度過『兩個五年計劃』，即再活十年。」

這「兩個五年計劃」是什麼內容呢？當時我沒有寫信問他。今天，跟雁姐夫閒聊時，我順便問起，希望他告訴我。

他遲疑了片刻，帶著自言自語的口吻說：「這是個秘密。」

「有這樣保密的五年計劃嗎？」我笑著說。

「只要你能保密，不說出去，我就告訴你。」雁姐夫也笑著說。

「我不說！」我連連點頭，表示我同意保守他的秘密。

「那好！」

雁姐夫說著，走進他的臥室，一會，懷抱著一個咖啡色的大型精緻的公文皮包，輕輕地放在桌上，很神秘地說：

「我的第一個五年計劃，開始於 1973 年，準備五年完成，了卻我三十年來久欠而沒有償還的宿債。」他撫摸著皮包，像愛撫嬰兒似地，然後繼續說，「我計劃中的規模是很大的，已擬好了詳細的提綱，寫了部分草稿。」

他打開皮包，拿出一幅他自己畫的圖，上面畫有房屋、走廊、院子、花園、圍牆等等。解釋說：

「這是長篇小說《霜葉紅似二月花》的人物活動場景。我的五年計劃，就是要寫《霜葉紅似二月花》的續篇。」

「喔！是《霜葉紅似二月花》的續篇，那有什麼好保密的。你不是在 1958 年《霜葉紅似二月花》的新版後記裏早就說過：這是一部規模比較大的長篇小說的第一部分嗎？那時你就說：你打算再寫第二部分、第三部分……寫出從『五四』到 1927 年這一時期的政治、社會和思想的大變動，在總的方面，指出這一時期革命雖然遭受挫折，反革命雖然暫時佔了上風，但革命必然會取得最後的勝利。你看，我都能背得出來啦！姐夫，是不是這樣？」我急得一口氣把話說完。

雁姐夫慢悠悠地回答：「是啊，你背得不錯。這是我 1958 年初在《後記》裏說的。」

「那麼，這些情況已經誰都知道了。還算什麼秘密呀？」

「不！不！現在情況不同。這部書即使寫成了，也只能像李贄的《藏書》一樣，放在家裏，不能拿出去的。」停一停，他歎口氣說：「唉！已經擱筆很久了。」

說著，他從皮包裏拿出了一疊疊紙、零星的字條、總的寫作提綱，以及人物相互關係表、主要人物各家各戶的室內陳設布置的記載（連掛的什麼畫、門上是什麼對聯等也都詳細記入）。有些人物的對話也已寫好，還給人物角色代擬了一些詩詞，甚至還收集一些卜卦的詩簽，比如《六六·下下簽》的詩簽是：「水滯少波濤，飛鴻落羽毛，重憂心緒亂，閒事惹風騷，苦求苦渴得人憎，訴訟論官定受刑，買賣經商消折本，行人一去不回程。」看到這一大堆文稿和資料，再也顧不上細看寫作提綱，我就直率地問：

「什麼都準備好了，雁姐夫，你就繼續寫吧，還有什麼可顧慮的呢？最多現在不拿出去，將來總能拿出去的。李贄的《藏書》後來不是也印出來了嗎？」

「現在不能說出去。我要你保密的原因，是因為我打算給婉小姐和她的

丈夫黃和光有個好結局：黃和光後來戒掉了鴉片煙，夫婦倆出國找名醫，治好了和光生理上的缺陷，生了個大胖兒子。錢良材走上了民主革命的道路，帶動了張恂如和婉小姐夫婦，他們的思想也都進步了。──這是什麼結局！按今天說：這不是美化了地主階級知識分子嗎，罪該萬死！」

「呵！」我終於領悟了雁姐夫的心情。我心裏想：在《霜葉紅似二月花》的第一部分裏，作者對聰明能幹、柔中有剛、美豔俏麗的年輕女主角婉小姐描繪得如此惹人喜愛，不是可以看出早已埋下了伏筆，會有他今天設想那樣的結局嗎！我不禁沉浸在對文化大革命難以理解的思索中。

沉默了片刻。雁姐夫一面小心仔細地收拾攤在桌上的文稿和資料，一面又歎了口氣說：

「只怕眼睛不好，精力不濟，完不成計劃。」

「可以口述，請人筆錄嘛。」我說。

「我們中國人還沒有這種習慣。而且我準備寫出細膩的風格，文字上要反覆推敲。口述看不到上文，只能平鋪直敘。斟酌詞句有困難。舊體詩是可以想好了口述的，小說可不行。」

「那麼，可以用錄音的辦法，錄了音，整理出文稿以後，再給你修改推敲，這樣要省力得多。」

「是啊，用錄音的辦法我是省力得多了。可是別人太費力，太麻煩別人了。」

胡愈之夫婦來訪

七月二十四日

胡愈之與沈茲九夫婦倆同來，談了不少新聞。

雁姐夫送走他們以後，轉告我三件事：

一是全國供應要算北京最好。他們的參觀團是政協組織的，去成都、昆明等地走了一圈，覺得貴陽的飲食衛生差，呷了貴陽的水，都拉肚子。羅叔章有心臟病，差點死在路上，趕快用三叉戟飛機送回到北京醫院搶救，至今還沒有脫險。從所到各省市看，北京的供應最好。

二是成昆鐵路的工程確實偉大。山的坡度陡，鋪設的鐵路形成 8 字式，火車在陡削的山坡上曲線回轉緩緩行進。

　　三是陳列馬王堆女屍的博物館比列寧的陵墓還講究。據說博物館的建築造價三百萬元。女屍的完整屍體旁，放著她的全部內臟，用很大的厚玻璃罩封蓋，溫濕度是自動調節的。參觀的人從二樓看去，清清楚楚。在夏天，人們也得穿了外套進去，只許少數人分批參觀。女屍的頭髮至今仍烏黑而發光，化驗的結果有鋅、鉍等三種成份，可能是一種高級的染料。大家都說：列寧的陵墓還沒有這樣大的規模，列寧也只有露出頭部，不像女屍那樣的整體。從精巧的設計看，這是我國最新式的陳列館。周總理說：至少要保存二百年！

　　雁姐夫轉告完畢，停了停，思索了一下說：

　　「六月初，愈之他們去參觀時，邀我同去，我因有心臟病、肺氣腫等病，平日多走幾步路就要心跳氣促，醫生警告不可多動，因此沒有參加這次長途又日久的參觀。我的病情之日見不妙，從表面是看不出來的，所謂『如入水中，冷暖自知』。我的表弟瑜清的侄女婿伍禪也有心臟病，他的兒子和姨侄等多人全是醫生，他們說，患此病者，不宜太喜、太怒、太哀傷，總之不能受刺激。北京醫院的醫生告訴我：有個民革成員叫李蒸的，患有心臟病，看了影片《爆炸》，因為劇情緊張，當場發病，回家就死了。所以伍禪說，這樣，只好做和尚了。但和尚要『五蘊皆空』，也不容易。只好自己控制了。我是不能出遠門，不能多走動的人了。」

冒名詐騙的故事

七月二十五日

　　雁姐夫今天精神煥發，從一封外省來信，談到了四個冒名詐騙的故事，笑聲不絕。

　　第一個講的是冒名「茅盾」的故事。說的是在上海時，有一位筆名叫做「芳信」的詩人，年青時喜歡跳舞，常去舞廳，娶了一位舞女為妻。後來因為生活困難，妻子又去舞廳，重操舊業，貼補家用。有一天，一個自稱「茅盾」的人，與她跳舞。她知道茅盾是個作家，寫有小說《子夜》等，能與他相識，非常高興。回家告訴芳信。芳信和茅盾並不相識，但他知道雁姐夫不去舞廳，在雁姐夫寫的作品裏也從來沒有寫過舞女題材的小說，覺得可能有詐，就告訴他的妻子，要這位自稱「茅盾」的人題贈一冊《子夜》給她。後來果然送了一冊《子

夜》，題簽的名字是 MD。芳信看了外文題字，莫辨眞僞，覺得此人十分狡猾，就叫他愛人再要他用中文題字。此人當場一口答應，但從此以後，再也不來舞廳了。這件事的經過，是在上海的小報上刊載的。日本投降以後，雁姐夫看到世界書局出版過芳信翻譯的幾個劇本，在范泉編的《青年知識文庫》裏，也有芳信的《羅曼羅蘭評傳》一書出版。那時就曾問過范泉，范泉說芳信的外文很好，也創作詩歌，曾與錫金他們一起，組織過行列詩社。可惜雁姐夫沒有向他談到冒名的事，否則倒可以請芳信自己來談談那件事情的經過。

　　第二個講的是冒名「沈霞」的故事。雁姐夫說已經記不得是哪一年了：有個女青年，說是茅盾的女兒沈霞，到趙丹家裏，謊稱因有急用，開口借錢。趙丹的妻子聽說是茅盾的女兒，就很親切地接待她，並借給了她二十元。等到趙丹回家，告訴他這件事，趙丹不禁哈哈大笑，說上了當，因爲趙丹在新疆時見過沈霞，知道她是個好姑娘，不會亂花錢，更不會隨便向人家借錢，而且她在延安的時候早已死了，哪裏再會有第二個沈霞呢？

　　第三個講的，仍然是冒名「沈霞」的故事。

　　雁姐夫說，很可能就是這個女青年。不知怎的，她竟探聽到紡織部副部長張琴秋過去是雁姐夫弟弟澤民的愛人。她就到紡織部去求見張琴秋副部長，張不在。傳達室的人聽說是沈雁冰的女兒，又是張副部長的侄女，看看天色已晚，就不問情由，請她到招待所去住。第二天早晨，那女孩竟不告而別，還竊去一件毛線衫。告知張副部長後弄得她啼笑皆非，責問他們爲什麼不打個電話問問，也不想想她爲什麼不到自己的家裏去住，不到張副部長的家裏去住，偏要到紡織部的招待所去住。這個騙子肯定知道張副部長不在，才來冒名詐騙的。

　　第四個講的是冒充乾兒子的事。

　　雁姐夫說在外地，竟還有人冒充是茅盾夫人孔德沚的乾兒子，大吹大擂，說他的乾媽是文工團的團長，對他如何寵愛。一個熱衷於當演員的少女，居然上了他的當，受了他的騙，還一同到北京來找乾媽介紹進文工團。最後，女方發覺受騙，報告了公安部門。公安部門知道德沚姐在家照顧雁姐夫的生活，沒有擔任什麼職務，怎麼到文工團當起什麼團長來了。他們指出這是詐騙。那騙子卻將錯就錯，竟胡亂地說雁姐夫有兩個老婆，他是另一個老婆的乾兒子。最後，在外地公安部門和北京公安部門配合調查後，終於把這個騙子抓起來了。這件事，是北京公安部門在事後告訴雁姐夫的。

四位現代作家的詩詞賞析

七月二十八日

在雁姐夫臥室的五斗櫃裏，有一隻抽屜，存放別人寄給他的詩詞。他自己寫的詩詞也存放在裏面，給人寫條幅的時候，就在這隻抽屜裏取出挑選。今天，他把抽屜裏的全部詩詞稿件取出來給我看。這裡有臧克家的詩詞，陳毅的詞，程光銳的詞，馮至的詩，胡繩的詩；還有他的表弟陳瑜清寄來的杭州畫家沈本千寫的詩和浙江人民出版社編輯吳戰壘寫的詞……

我一一翻看，沉思辨味。在這些詩詞中，馮至與胡繩的詩稿最多。僅馮至寫的《雜詩》，就有十二首。在這十二首雜詩中，我最喜歡的是第四首：

> 瘡疤不畏他人指，圖象全憑自己描；
> 莫道流年如逝水，當前世界競風濤。

這是作者在 1972 年所作。全詩寫得乾淨利索，自然流暢，讀來琅琅上口，富有詩情。我把我的看法說出來。雁姐夫則認為馮至 1974 年所作的第十一、十二首寫得很「切」，原詩是：

> 雜詩第十一
> 四十八年前舊事，笑談虎尾記猶新。
> 大田轉眼迷陽盡，勁草春華競吐芬。

下面是馮至附記：「1974 年 6 月 28 日訪魯迅故居，回憶 1926 年初次拜謁先生於老虎尾巴，已四十八年矣。」

> 雜詩第十二
> 「不求甚解」陶元亮，子美「讀書難字過」。
> 愧我半生勞倦眼，為人為己兩蹉跎。

下面是馮至附記：「去年病目，深感過去未能認真讀書之痛。孔丘說：『古之學者為己，今之學者為人。』這是錯誤的。我們讀書，既為己，也為人；『為己』，是『改造自己』；『為人』，是『變革社會』。」

「這兩首詩，」雁姐夫說，「都能觸景生情，抒寫了自己的真情實感。雖然是個人的感興之作，但寫得十分真切。而寫詩詞，就是貴在達到這個『切』字的境界。魯迅稱許馮至是『中國最為傑出的抒情詩人』，是有道理的。」

雁姐夫又找出一首別人抄寄給他的詞《沁園春·詠石》，作者陳毅。他

說：

「這首詞的作者陳毅，是四川射洪人。但陳毅元帥是四川樂至人。射洪縣和樂至縣都在四川中部，相隔不遠。不知是另有個陳毅呢，還是屬於傳抄時誤記。反正很像陳毅元帥所作。現在我們姑且把它作爲是他的作品。你看這首詞，氣勢磅礴，有大將風度。」接著他念：

白玉一方，晶瑩無疵，圓潤生光。豈怡紅公子，命根難保；梁山好漢，天道所行。狂風不移，烈日難化，石中迸出美猴王。傳千古，掘幾多寶庫，龍門雲岡。

莫笑鐵石心腸，有熱血沸騰淚滿腔。任離合悲歡，不動聲色，嬉笑怒罵，皆成文章。上補青天，下塡滄海，粉身碎骨也剛強。了心情，亦不枉平生，非夢一場。

念罷，雁姐夫說：「陳毅同志的這首詞，就寫出了他那叱吒風雲的將軍性格！寫一塊石頭，不容易寫。石頭沒有思想，但是人有思想，這就產生了美感：從石頭而聯想到『替天行道』的梁山好漢；聯想到『石中迸出美猴王』。誰都知道，《西遊記》裏的孫悟空，上鬧天都，下踩龍宮，翻天覆地，騰雲駕霧，莫笑他生來有一副鐵石心腸，他卻是我國廣大勞動人民理想的化身，有血有肉有思想，特別是有著『爲善』的思想——爲了『上補青天，下塡滄海』，縱然粉身碎骨，也都萬死不辭！這首詞的下闋，眞是寫得氣勢磅礴，寫出了作者自己爲中國人民的革命事業而不惜赴湯蹈火的英雄性格！」

說著，雁姐夫順手又抽出了一首程光銳寫的詞：《沁園春‧詠出土文物東漢青銅奔馬》，介紹說：

「程光銳是人民日報社國際部搞資料的，業餘愛好詩詞。他寫的這首《沁園春‧詠出土文物東漢青銅奔馬》，傳得很廣，博得人們的喜愛。」

我接過詞稿，讀著這首詞的詞句：

騰霧淩空，橫馳萬里，踏燕追風。是騄耳歸來？飛揚踴躍；黃巾曾跨，陷陣衝鋒。矯矯英姿；驍驍神采，巧手雕來意態雄。兩千載，竟長埋幽壤，瑰寶塵蒙。

春來故國重逢，問滿眼風光是夢中？詫高樓遍地，渺無漢闕；長橋臥波，不是秦宮。一覺醒來，人間換了，日耀山河別樣紅。重抖擻，送風流人物，重上蔥蘢。

「確實寫得好！」我說。

　　「是啊，他把奔馬的神態刻畫得惟妙惟肖，真正達到了躍然紙上的地步。這是一。這座青銅奔馬，是將近兩千年前東漢時代的產物，作者在詞句裏用『黃巾』點明了時代背景，措詞神巧，絕無斧鑿之痕。這是二。這樣珍貴的文物，長年沉睡在泥土裏，直到解放後的今天才重見天日，真好比一覺醒來，發現『日耀山河別樣紅』。於是這匹『騄耳』〔註6〕似的千里馬，重新抖擻精神，滿懷信心地為我們社會主義祖國的建設服務。詞的下闋完全用擬人化的手法，揮灑自如地歌頌了人民當家的新時代，洋溢著積極的現實意義，令人讀來十分鼓舞。這是三。無論從思想或藝術方面看，這首詞都寫得比較好。人們喜愛這首詞，廣為傳抄，也決不是偶然的。」

　　雁姐夫對胡繩的詩，也很讚賞，說他用典自然。他揀出一首胡繩於 1972 年在幹校寫檢查時寫的沒有題目的七律詩：

> 讀書卅載探龍穴，雲海茫茫未得珠。
> 知有神方移俗骨，難驅蠱毒困窮隅。
> 豈甘樗櫟逃繩墨，思竭駑駘效策驅。
> 猶幸春雷動天地，寸心粗覺識歸趨。

　　雁姐夫指著詩句，給我講解：

　　「第一、二句典故，說的是驪龍頷下有珠，入龍穴的人如果得到此珠，就成為有大智慧的人。這裡的所謂『珠』，實質上是比喻馬列主義的真諦。首聯大意是說，雖然學習馬列主義三十年，然而未獲真諦。頷聯中的『神方』，是指毛澤東思想，『蠱毒』，是指形左實右。頸聯上句『樗櫟』，典出《莊子》，但反其意而用之，故言『豈甘』，言『逃』，表示不甘自居於廢物而逃避思想改造（繩墨）。下句是拿成語入詩，說自己雖不及駿馬，卻仍願竭盡綿薄以供驅使。結聯首句『春雷』，是指文化大革命，次句是說：從此心裏略為（粗覺）認識方向（歸趨）了。這首詩的用典十分自然，也構成詞語組合上的音韻美。」

〔作者附記〕

　　胡繩同志的這首詩，是 1972 年在幹校時寫的。

　　關於這首詩的來歷以及本人對這首詩的看法，可從 1983 年 2 月 27 日胡繩同志給我的信中看出，摘錄如下：

〔註6〕 「騄耳」：是馬名，也稱「騄駬」。是周穆王的八駿之一。

　　「關於你提到的那首詩，可以說一下它的來歷，1972 年 6 月我還在幹校。根據規定要寫一個三千字的給中央的『檢討』，在我寫的這份『檢討』的末尾就以這首詩結束。這個『檢討』是寫給黨中央和毛主席的。看來確是送到了，因爲否則郭老不會看到。不過這首詩怎樣傳到郭老那裡，我就不知道了。1973 年 6 月我回到北京。在次年 2 月裏就有人抄給我看郭老的那首詩。據説有個朋友從郭老書桌上抄得這兩首詩，傳了出來，因此當時有人誤以爲均郭老所作。

　　「這首詩當然帶有當時的形勢和思想的烙印。不過我並不後悔寫下『讀書卅載探龍穴，雲海茫茫未得珠』這樣的句子，這首詩也就表明當時確是並未得珠。至於『猶幸春雷動天地，寸心粗覺識歸趨』，其實還在糊塗中也。」

談對聯

七月二十九日

　　今晚雁冰姐夫談到了對聯。這是由於昨天他給我看臧克家抄寄給他的詩詞多首，其中有胡繩、馮至、程光鋭等，經過他逐首講解、品評、指示典故，使我愛不釋手，反覆吟讀。姐夫見狀，鼓勵我說：「你這樣喜愛，何不學著做兩首呢。」

　　我說：「詩詞我很喜愛，但是學起來太難：既要押韻，又要對仗，必須懂得音韻、熟稔典故、通曉格律才行。」

　　雁姐夫坐在軟椅裏，兩手扶著椅把，點點頭，緩緩地說：

　　「是這樣。慢慢來嘛！我可以先教你平仄，一三五不論，二四六分明。……」

　　我連連搖手，不等他說完，插嘴說：

　　「我是學不會的，學不會！」

　　雁姐夫笑了：「那麼先學學怎樣作對聯吧，這是作詩詞的基本功。」

　　我同意了。

　　於是他談了有關對聯的事。他說在杭州西湖西冷橋畔，有個八根石柱的小石亭，裏面有個小小的土墳，這是六朝南齊歌妓蘇小小的墳墓。八根石柱上，刻滿了各種讚美她的對聯，都不署名。他覺得其中有一副短而簡的對聯寫得最好。這副對聯這樣寫：「湖山此地曾埋玉，風月其人可鑄金。」他不加思索地背誦了這副對聯，然後他評論說：

　　「對得眞好！湖山對風月，風月並非實指，是一種借喻，但是虛的對實

的，對得非常自然。天、地、人謂之三才，以地對人，對得妙；『此地』『其人』，對得通俗流暢。副詞如『曾』對『可』，又對得十分樸素自然。特別是『風月』兩字，巧妙地點明了蘇小小是妓女，妥貼而分明；『鑄金』兩字，又充分體現了對蘇小小這位俠妓的高度評價。寥寥兩句，意境盡出！」

隨後他介紹了一個傳說故事。他說蘇小小還是個才女。說她有次乘車出遊，在白堤遇到一位叫阮郁的青年，騎馬從斷橋而來；兩人一見傾心，蘇小小隨口唱道：「我乘油壁車，郎乘青驄馬。何處結同心，西陵松柏下。」這首《蘇小小歌》收在《樂府詩集》第八十五卷《雜歌謠辭三》中。《玉臺》卷十，也有這首歌謠，稍有不同，歌曰：「妾乘油壁車，郎騎青驄馬。何處結同心，西陵松柏下。」因此這個傳說一直流傳下來了。

雁姐夫又談到西湖的樓臺館閣所掛的對聯很多，其中有一副迭字對聯，非常有名。他一口氣背道：

「翠翠紅紅處處鶯鶯燕燕，風風雨雨年年暮暮朝朝。」

背完，停頓了片刻，然後他對這副疊句對聯作了評論：從文字看，可以看出作者的神思巧想，確見功夫；但是從內容看，這副對聯可以掛在杭州的西湖，也可以掛在嘉興的南湖，甚至可以掛在蘇州、無錫、揚州等地，只要是風景較好的南方庭院所在，都可以適用。這正是這副對聯的弱點：也就是所謂「一般化」，沒有突出的個性。

說到這裡，雁姐夫拿起茶几上請客人吸煙的煙盒，把玩了一會兒（他是不吸煙的），笑著問我：

「你知道最長的對聯在什麼地方？有多少字？」

我搖搖頭，說不知道。但是我接著又補充了一句：「聽說雲南昆明有一副很長的對聯。」

「是的，」雁姐夫說，「昆明有一副長對聯，有古今第一長聯之稱。但是昆明的那副對聯，還不算是最長的。這副對聯只有 180 字。在四川成都望江樓的崇麗閣上，清朝人鍾雲舫寫的對聯，比雲南昆明滇池大觀樓的對聯還多 32 個字。不過還有更長的對聯，要算是武昌市蛇山黃鶴樓上的一副對聯，是灤陽人潘斡甫所撰，全長三百五十個字，真正可以說是我國最長的長聯了。」

他走到放古籍的書櫥前，翻查了一陣。取出黃鶴樓的長聯給我看。

上聯是：

跨蹬起層樓，既言費文偉曾來，旋謂呂紹先到此，楚書失考，

竟莫喻昉自何朝，試梯山遙窮郢塞，覺斯處者個臺隍，只有禰衡作賦、崔顥題詩，千秋宛在，迨後遊蹤宦跡，選勝憑臨，極東連皖豫，西控荊襄，南枕嶽長，北通申息，茫茫宇宙，胡往非過客蓬廬，懸屋角簷牙，聽幾番銅烏鐵馬，湧蒲帆掛楫，玩一回雪浪霜濤，出數十百丈之巔，高陵翼軫，巍巍嶽嶽，梁棟重新。挽倒峽狂瀾，賴諸公力回氣運，神仙渾是幻，又奚必肩頭劍佩，囊裏酒錢，嶺際笛聲，空中鶴影。

下聯是：

蟠峰撐赤閣，都說辛氏壚伊始，那知鮑明遠弗傳，晉史闕疑，究未聞見從誰手，由戰壘仰慕皇初，想當年許多人物，但云屈子離騷，鬻熊遺澤，萬古常昭。其餘劫霸圖王，稱威俄頃，任成滅黃弦，莊嚴廣駕，共精組練，靈築章華，落落豪雄，終歸於蒼煙夕照，惟方成漢水，猶記得周葛召棠，便大別晴川，亦依然堯天舜日，偕億兆群倫以步，登聳雲霄，蕩蕩平平，欃槍淨掃，豐功駿烈，賀而今曲奏昇平，風月話無邊，賞不盡郭外柳陰，亭前棗實，洲前草色，江上梅花。

看到這裡，雁姐夫告訴我：黃鶴樓建於三國時期的東吳黃武二年（公元223年），後來屢建屢毀，最終毀於1884年，因此這副長聯僅作為史料保存，知道的人很少。而昆明的那副一百八十個字長聯，卻很有名，知道的人很多，是清朝孫髯翁所作。上聯是：「五百里滇池，奔來眼底。披襟岸幘，喜茫茫空闊無邊！看：東驤神駿，西翥靈儀，北走蜿蜒，南翔縞素；高人韻士，何妨選勝登臨，趁蟹嶼螺洲，梳裹就風鬟霧鬢；更蘋天葦地，點綴些翠羽丹霞；莫孤負四圍香稻，萬頃晴沙，九夏芙蓉，三春楊柳。」下聯是：「數千年往事，注到心頭。把酒凌虛，歎滾滾英雄誰在：想。漢習樓船，唐標鐵柱，宋揮玉斧，元跨革囊；偉烈豐功，費盡移山心力，盡珠簾畫棟，卷不及暮雨朝雲；便斷碣殘碑，都付與蒼煙落照；只贏得幾杵疏鐘，半江漁火，兩行秋雁，一枕清霜。」這副對聯究竟好在哪裏？──並不是好在對聯的長。求長並不難，對仗工整也可以在反覆琢磨中做到，也並不難，最最難能可貴的，是這副一百八十個字的長對聯，寫得一氣呵成，而且天衣無縫，無可挑剔。

雁姐夫的談論，使我聽得津津有味。後來他又談到了他的祖父沈恩培。沈恩培不僅能寫一手好字，還能創作對聯。

「有一次，」雁姐夫高興地說，「我祖父爲我母親的堂叔陳渭卿寫對聯。陳渭卿是杭嘉湖一帶的名醫，家裏大廳的兩支抱柱上，掛著我祖父自撰的對聯：『仲舉風標，太邱德化；元龍意氣，伯玉文章。』用了四個陳姓的典故。從這一副對聯看，我祖父創作的對聯，也頗具功力。」

雁姐夫談論對聯，列舉例子，都能背誦如流，而且即興評論，直抒胸臆，要言不煩，給我留下了難忘的印象。

無疾而終

八月六日

上午，雁姐夫爲范長江的骨灰安放而去八寶山革命公墓。下午，又去主持辛志超的追悼會。致悼詞的是胡愈之。

晚飯以後，雁姐夫很有感觸似地談到了邵力子、丁西林和王稼祥的死。

他說邵力子和丁西林，年紀都比他大，身體卻都比他好。可是他們倆都是在忽然之間，無病而終。生命無常，眞叫人難以逆料。邵力子去世那天的早晨，照常散步七八里；晚上，照常飲食談笑；在臨睡的時候，照常聽廣播。他每天晚上臨睡時，總要在床上聽廣播，這是他的習慣，說是可以代替催眠曲。可是這一回，一睡下去，竟無病而終。第二天早上八時，睡在鄰室的邵夫人不見他起床，心覺有異，進房探視，卻已經死了。是什麼時候死的，也不知道。丁西林死的那天，還出去理髮，買水果，吃晚飯時還和兒孫一起，談笑自若，可是在上床就寢脫衣服時，忽然一口氣接不上來，就倒在床上死了。雁姐夫參加他的追悼會，聽到他這樣死去，精神上確有些負擔，想到自己不知在哪一天也會突然死去。丁西林享年八十一歲，平時無大病，偶而有些傷風咳嗽。常去醫院治病的雁姐夫，很少在醫院見到他。雁姐夫問過醫生，醫生說是心臟系統突然混亂所致。但是邵力子和丁西林，都沒有嚴重的心臟病，也可能是老熟了的原故吧？不過雁姐夫又想到了王稼祥，死的時候還不到七十歲，年紀並不老。平時身體很好，沒有病，與夫人同床。那天晚上睡覺時，不覺得有什麼不舒服，睡在床上，也沒有什麼翻來覆去異常的情況，可是第二天早上夫人醒來時，發覺他的身體冰涼，而且已經僵硬了。雁姐夫在北京醫院問過醫生，這是什麼病，醫生說可能是夜裏做了惡夢，神經緊張，腦血管因供血不足而梗塞，遂致氣塞，構成睡眠中的死亡。1970 年德沚姐去

世後，雁姐夫有一個時期精神不好，意志消沉，覺得自己可能也是不久於人世，但居然又活了五年，虛歲已到八十了。天有不測風雲，老年人的死，也常常會遇到出人意料的事。不過現在他很樂觀，已經想通了：這樣無病而終地死去，倒也十分痛快，何必放在心上。他每天吃藥八種，有的是增強體質的，有的是爲了對付冠心病的，有的是治療慢性支氣管炎的。他說：「這是聊盡人事，以俟天命，對生死等閒視之，也就覺得心安理得了。」

關於范長江骨灰進八寶山的報導

八月七日

報紙一到，雁姐夫和我連忙查找有沒有安放范長江骨灰的新聞報導，竟遍尋不得，而辛志超的追悼會新聞，卻在《人民日報》、《光明日報》、《北京日報》上都刊載了，不覺令人驚歎不已。我問姐夫，那是爲什麼，是不是因爲措辭——提法上有困難。雁姐夫回答說：

「安放范長江的骨灰時，沒有舉行什麼儀式，報紙不再刊登什麼報導，那是意料中的事。但是這樣做，總是不好的。既然明確了他的身份，骨灰進了八寶山，就不該兩種對待。我想總有一天會覆查清楚，糾正過來的吧

買書

八月八日

雁姐夫平時輕易不出門。

可是他知道我想買些書，我的一些親友也託我在北京買些上海買不到的書。雁姐夫有特殊供應證，可以到內部書店去選購，因此他就說：

「今天陪你去內部書店買些書吧。你要什麼書，由你自己選，付錢的時候，由我付。全部送給你。」

我聽了非常高興，並向他致謝。

司機把車停在內部書店的門口。我跟著雁姐夫走進了書店。說是書店，其實門上沒有掛牌，看不出是書店的樣子，走進門口，像是一家商店的辦公室似的。書店的一位女同志認識雁姐夫，連聲說「沈老，沈老，您是難得來的。」招呼我們進入書庫，並請雁姐夫坐在椅子裏休息。

書庫面積不很大，四周全是書架，中間還排列著幾行書架。這些都是大家喜愛而不容易買到的書：有「內部發行」不公開出售的新書——各類翻譯書，有久已絕版的中國古典小說，有文化大革命中定爲銷毀對象的一些世界文學名著。我貪婪地盡挑文藝類，把要買的書堆在一起，疊得高高的。照我的心意，真想把幾部長篇翻譯小說也拿來，但是買得太多，要花雁姐夫很多的錢，有些不好意思，只得適可而止，選了四十多本，也可以說是心滿意足了。

「文化大革命開始不久，我家的書大部分都在抄家時被拿走了，至今不知下落。」在回家的路上，我坐在車裏開聊起來。「現在的文化生活實在貧乏，電影除了樣板戲，很少有新片子；新出版的文藝書更是鳳毛麟角，可是我的孩子們很想看些文藝書。這下子買了這許多，他們不知要多麼高興呢！」

雁姐夫聽了我的話，帶著笑，意味深長地說：

「現在你買了書，這樣高興的帶回去，如果再被抄走，怎麼辦呢？」

我不知道怎樣回答才好。

海南島之行

八月九日

今天我和雁姐夫談起了海南島。他坐在軟椅裏說：

「1962 年年初，我去參觀過海南島。」

然後他介紹海南島的情況。那裡氣候溫和，自然資源非常豐富，水產尤其富饒，有海龜、玳瑁、大龍蝦、梅花參等珍貴名產，居民大都世代捕魚爲生。有一天，看到一隻大海龜，有幾百斤重。這種海龜有經濟價值，肉和蛋都可以吃，龜殼可以製作名貴藥材龜膠。另一種玳瑁，和海龜很相似，也是爬行動物，殼黃褐色，有黑斑，很光潤，美如冠玉，常用來做眼鏡架，也可做裝飾品。還有那珊瑚礁，過去在畫報上見過，這次親眼目睹，真是五彩繽紛，襯托著碧藍的海水，構成一幅瑰麗動人的奇妙景色，非常迷人。在海口市，有很出名的椰殼雕刻手工藝品特產。那時他曾寫了幾首詩，寫下了他當時的一些感受。他說他去找出來給我看。

說著，他站起身，走進臥室，在抽屜裏翻出一小片陳舊的、泛黃了的剪報給我看：

海南之行　茅盾 1962.1.13

久聞寶島大名，今始得暢遊；從東路至鹿回頭，居六日，又由西路回海口。觀感所及，成俚句若干，非以爲詩焉，聊以誌感耳。

海南頌

瓊崖雄峙海南疆，氣概崢嶸五指張。
公元一九有二七，紅旗招展滿山崗。
後來奮鬥廿餘年，星星之火已燎原；
日寇猖狂何足數，瓊崖縱隊力迴天。
大軍南下掃煙塵，寶島從此歸人民；
山容海色都非故，蕉雨椰風歲月新。
八繭之蠶三熟稻，地下蘊藏無價寶。
歸僑有家號興隆，熱帶作物爭長雄；
敢為國防效微力，更因外貿奏膚功。
水壩高聳稱第一，海底奪油資源闊。
八所吐吞萬噸艦，英歌之鹽石碌鋼；
黎苗回漢同心德，十年建設費周章。
共產大道何蕩蕩，領導英明全賴黨。

兔尾嶺遠眺

榆林港外水連天，隊隊漁船出海還。
萬頃碧波齊踴躍，東風吹遍五洲間。

椰園即興

六鼇釣罷海無波，斜雨趁風幾度過。
安不忘危長警覺，軍歌聲裏跳秧歌。

我邊看邊說：「海南島是有名的寶島，記得有首歌曲，是歌頌五指山、萬泉河的。」

「是啊，」雁姐夫接口說，「海南島是有光榮的革命歷史的。你對海南島有這樣大的興趣，我就給你寫一張在海口觀海南歌舞團演出後塗寫的詩送你吧。」

於是雁姐夫鋪開宣紙，寫了起來。寫罷，我選了一顆大的圖章，另選一

顆他青年時代自刻的「鴻」字圓形圖章，蓋在上面。

雁姐夫還有一枚二分見方、小得有趣的「雁冰」小圖章，和一枚長六分、寬三分的長方形「雁冰」小圖章，也是他自己刻的，我都很喜歡。我把這兩枚圖章，印在我的日記本裏，留作紀念。

故鄉的回憶

八月十日

今天雁姐夫問我是否去過烏鎮。

我說：「我和另境結婚，是在抗戰時期。他父親雖住烏鎮，但另境發誓，有日本兵在，他是不回故鄉的，所以直到抗戰勝利後，才帶我和孩子們去烏鎮。那時，他父親已經去世多年，再也沒有老家，沒有親人了。記得第一次去時，還見到李達的夫人王會悟。她曾發起組織了一場有趣的『運動會』，做各種象徵式的比賽：拿稻草杆作為標槍，靠風力推動；拿雞毛作為運動器械，做『雞毛上天』這個運動項目，五六個女將排齊，大家屏住一口氣，一聲令下，便把雞毛用勁往上吹，吹得高的得勝。王會悟親自作裁判員。當然，這個項目的運動，切忌哈哈大笑。可是我們幾個『運動員』卻偏偏笑彎了腰，因此也吹不高了。這種別開生面的『運動會』，我至今還很清楚地記得。」

「哦，王會悟你也見過了。她是我的表姑母，年齡卻比我小，年青時很活躍，黨在嘉興南湖開的黨代會，是她去租的船。」一會，雁姐夫接著問：「那麼你第二次去烏鎮，是什麼時候呢？」

「第二次去，是剛解放。另境忙，沒去。陪我去的是伯平嬸，是為了安葬另境的父親入土的。這次去，不久就回來了。」

「你對我們家鄉的印象如何？」雁姐夫帶著自豪的情緒問。

「你們的家鄉，不及我們家鄉的風景美。我的家鄉寧波，有高山，有泉水，有竹林，到了清明時節，那滿山遍野的杜鵑花開得美極了。杜鵑花我們也叫『映山紅』，遠遠的望去，山上一片紅豔豔的。也許我是在上海生長的吧，只覺得那時的烏鎮房屋破舊，街道狹窄，市面蕭條，鎮邊荒土叢草，看來是一種衰落的樣子。我對烏鎮的印象並不好。」

「你還不知道烏鎮是個有千年歷史的古鎮啊！」雁姐夫有些不以為然地搖搖頭，緩慢地告訴我說：自從唐代稱「鎮」以來，南宋時繼續發展，到清

朝乾隆、嘉慶年代最為繁榮。雖然是個鎮，但那時已發展到相當於中等縣城的規模。水路四通八達，是杭嘉湖一帶內河航運的中心。地理位置是很重要的。後來遭到兵災，太平軍與清兵在烏鎮交戰，市街大半被毀。特別是抗日戰爭時期，破壞得更厲害。在抗戰勝利後所見到的烏鎮，當然是滿目瘡痍了。可是，在雁姐夫的記憶裏，故鄉卻是可愛的，名勝古跡很多，童年時看到的那棵唐代古老的銀杏樹，既高又大，雄偉挺拔。他小時候時常喜歡在它的周圍奔跑、捉迷藏。這棵樹，即使用四五雙小手臂合抱也圍不攏，十里外就能望見它的樹頂。當時，他們以為它是世界上最大最高的樹呢！

雁姐夫沉浸在童年的回憶裏。他思索了一會，又問我：

「烏鎮的河西邊，有個昭明太子讀書處的古跡，你參觀過嗎？」

「哦，想起來了。」我說，「有一塊很大的石坊，上首橫書『六朝遺勝』四個大字，下面是『梁昭明太子同沈尚書讀書處』十二個字，也是橫寫的，對嗎？再下面是什麼，已記不清了。這昭明太子，怎麼會到烏鎮來讀書呢？」

雁姐夫告訴我說：南朝梁時，建都建康，就是現在的南京，梁武帝的長子蕭統，又稱昭明太子。他的老師沈約，稱沈尚書，是烏程縣人。烏程就是現在的吳興。烏鎮河西，原屬烏程縣。沈約的先人墓，在烏鎮河西十景塘附近。沈約很盡孝道，每年清明，總要從京城回到故鄉掃墓，並且要守幾個月墓。這在古人是並不奇怪的。梁武帝怕荒廢太子的學業，就命太子跟隨沈約，到烏鎮來讀書。當時，就在十景塘北面，蓋起一座書館，專供太子讀書。沈尚書治學嚴謹，教導有方，太子刻苦讀書，頗多造就，可惜只活到三十歲，未及即位就死了。死後，諡「昭明」，所以世稱「昭明太子」。他編有《文選》三十卷，即《昭明文選》，選錄自先秦至梁的詩文辭賦，為我國現存最早的詩文選集，對後代文學很有影響，是研究梁以前文學的重要參考資料。昭明太子成為歷史上有名的文學家。至於烏鎮十景塘那座昭明書館，是公元六世紀初造的，早已倒毀，明朝萬曆年間，在書館舊處，築了個石坊，題名「六朝遺勝」。

雁姐夫講完了「六朝遺勝」，勾起了我的記憶，我問：

「是不是在昭明書館遺跡的西邊，還有一座石佛寺？裏面有三尊用大理石雕刻的石佛，大約有一丈五六尺高，刻工精巧，造型生動。那三尊石佛，並立在一起，氣勢壯偉。石佛上方，刻有『吳中石像』四個大字。我記得不錯吧？」

「不錯，在烏鎮西柵放生橋南面，是有一座石佛寺，又叫福田寺。可惜已經在掃『四舊』中被毀掉了。」雁姐夫不無慨歎地搖了搖頭。接著，他回憶從前的熱鬧情況。他說每年春季，香市時節，香火特別旺盛。一些蘇州、常州的香客，從杭州的大寺院燒香回來，路過烏鎮時，總要靠船上岸，到石佛寺、西寺等廟裏去燒香。他小時候，也很高興地跟著祖母去玩，看那些善男信女們跪拜叩頭。還能看到廟裏燭光一片，香煙裊裊，供桌上擺滿了各式的果品和糕點。他當時擠來擠去地趕熱鬧，常被祖母叫住，要他叩頭。那是他最不高興的事。但是為了貪玩，也無可奈何，只得聽從祖母的吩咐。他祖母是信佛的。他的父母都不信佛，不信神。

「我還見到過一座古老的高塔，大約有七八層的樣子，已經有些傾斜，不能進去。」我回憶說。

「是啊，那是東塔。為了保障居民的安全，已經在解放後拆除了。當時我負責文化部，鄉里還寫信給我，徵詢我的意見。」雁姐夫站起身，走了幾步，沉思了一會，告訴我說：原本烏鎮有兩座寶塔，一座在河西，叫西塔，又稱「阿育王塔」；一座在河東，叫東塔，又稱「壽聖塔」。據傳說，是昭明太子為了祝母壽而修建的。那座西塔，雁姐夫也沒有見過，早在太平軍與清兵交戰中焚毀了。現在見到的，是東塔。此外，還有美麗的烏鎮八景，還有那有趣的民間傳說，一時實在說不完。

雁姐夫微笑著，來回踱步，不再多說，顯然已沉浸在故鄉烏鎮的深情懷念裏了。

薛素素的脂硯

八月十一日

今天從《紅樓夢》，說到了曹雪芹，又說到了脂硯。

雁姐夫說，明朝薛素素的脂硯，有人誤以為是清朝批《石頭記》的「脂硯齋」主人的脂硯。在中國作家協會舉辦曹雪芹逝世二百週年紀念時，開過展覽會，展出曹雪芹寫《紅樓夢》時的遺物。當時，作家協會曾經想要買這個脂硯，後來知道不對，就沒有買。這個脂硯，現為吉林省博物館所藏。

雁姐夫說，薛素素，又名薛卿，小字潤娘，是明萬曆年間的名妓，擅長多種技藝，有「十絕」之稱！能走馬挾彈，以「女俠」自命；擅長畫蘭竹；

著有《南遊草》，明文學家王穉登作序。薛素素所用的硯，名「脂硯」，有王穉登的詩：「調硯浮清照，咀毫玉露滋；芳心在一點，餘潤拂蘭芝。素卿脂硯，王穉登題。」硯小，微呈橢月形，刻成果狀，上端兩葉分披，硯有朱漆盒，盒蓋內面刻有素素小像，極工細。匣底刻有「萬曆癸酉姑蘇吳萬有造」，癸酉即萬曆元年，也就是公元 1573 年。從整體設計看，薛素素的脂硯，也可以說是件精工細琢的珍貴文物。

談康生和鄧拓

八月十二日

晚上，因談到劉少奇的下落——不知他是否尚在人間，而引出了雁姐夫的回憶。

他說，文化大革命前，有一天，劉少奇突然召集一批人到中南海的紫光閣去開會。這些人中有康生、王冶秋、鄧拓、齊燕銘等。雁姐夫作為文化部部長，也去了。

會後，劉少奇說：「你們幾位等一等，我還有一件事要問問清楚。我接到報告，說鄧拓利用職權，在榮寶齋以自己的畫，自己定價，換取公家的名畫。有這件事嗎？這是個嚴重的問題。」鄧拓當即辯解說：「事情是有的，但並不像傳聞所說的那樣。我拿自己收藏的畫，標價出售，看到別人的畫，和我的標價相同，而且又覺得比我的好，就跟榮寶齋的同志商量，用自己的畫換來了。」劉少奇說：「榮寶齋還不是因為你是北京市委管他們的上司，才肯讓你按照你的意志換給你的嗎！」鄧拓說：「這不是我先想出來要這樣幹的，康生同志早已是這樣做的。王冶秋同志可以作證。他是文物局局長，也知道這樣的事。」當時康生也在場，聽了鄧拓的話，低頭不語，顯得十分尷尬。在座的人都很驚訝：鄧拓竟敢當著康生的面這樣說，使他下不了臺。這時候，劉少奇就用婉轉的語調，和悅地說：「鄧拓同志，你就把那些換到的畫拿去換回來，或者請榮寶齋的同志重新核實劃價，把不足之數補出來。以後可不能再這樣做了。」這是文化大革命以前發生的事。

後來，文化大革命開始了，鄧拓很早就被揪出來了，被安上什麼三家村之一的罪名，逼得他自殺了。這件事，難說和康生沒有關係。聯繫到標價換畫的事，更使雁姐夫有這樣的想法。對於康生，雁姐夫很早就有看法：文化

大革命前，康生對京劇古裝戲特別感興趣，文化部有什麼古裝戲演出，他總是每演必到，尤其對《李慧娘》、《敫桂英》等鬼戲，興致更濃，拍手叫好，盛讚不已。哪裏知道，文化大革命一開始，他立即 180 度轉變，跟著江青，批判起鬼戲來了。因此，雁姐夫最後說：「難道他不應該首先批判他自己嗎？」

談《子夜》日譯本及其他

八月十三日

我在翻閱雁姐夫著作的各種外文譯本，有英文的、俄文的、日文的、法文的、德文的、西班牙文的、意大利文的、世界語的，連冰島文的也有。這些外文譯本，一律精裝，封面設計十分別致，有的還附有彩色插圖。

雁姐夫粗懂日文，他看過日譯本，他說：

「日譯本有錯誤。比如那本《子夜》的日譯本，有講到上海『鹹肉莊』的，譯文竟說成是豬肉加工成鹹肉的店。『莊』譯成『店』，是不錯的。中國人的習慣，有把『飯店』說成『飯莊』的。但是『鹹肉』跟『莊』字一旦聯繫起來，就成了一個不可分割的專有名詞，而且是上海地區特有的專有名詞，它的含義類同妓院，但規模要小得多，有時甚至還有單幹戶的。」接著他談到翻譯，他說這種舊社會特有的怪現象，新社會裏不存在，要是不問一些上了年紀的人是不知道的。當然，外國人更難以理解。這位譯者雖在北京大學念書畢業，對南方的語言卻不甚懂得，對南方的風俗人情也不很理解，至於對南方舊社會時期的一些特有事物，那當然更無從領會了。因此，作為一個翻譯工作者，為了要吃透原著，必須虛心下問，查根究底，僅僅能熟練掌握兩種文字是不夠的：正好比我們翻譯日本小說，由於小說要反映地方色彩，有時用北海道的方言寫，有時用九州的方言寫，如果是一個僅僅懂得日本東京音標準話的譯者，翻譯的時候就不可能利索，就得請教一些日本人，才能達到吃透的地步。從事翻譯工作而不吃透原著，往往會鬧出笑話來。另一種容易出錯的毛病，是由於譯者粗心大意，偶一疏忽，釀成大錯。比如有一本日譯本介紹雁姐夫的經歷，很詳細，總的來說也很正確。但是有兩處錯誤：一是說他出身大地主階級，二是說他 1927 年時曾經擔任過漢口《國民日報》的主筆。1927 年時的漢口只有《民國日報》，哪裏有《國民日報》！由於疏忽大意，在譯寫時抄錯了原文，而且又缺乏當時的歷史知識，不下研究查考的工夫，審核的人又把不了「關」，竟至造成無中

生有的錯誤，歪曲歷史，貽誤讀者。雁姐夫說：「別看翻譯比創作容易，要翻譯得貼切，沒有錯誤，也不容易啊！」

日常生活

八月十四日

到北京已經兩個月了，知道雁姐夫的日常生活規律了：每天早上七時左右，聽到拉窗簾的聲音，這是雁姐夫起身了。隨後，他開啟房門，走到門口，提取一隻三磅熱水瓶，走進盥洗室，刷牙洗臉。緊接著，洗茶杯，洗茶壺，放茶葉，沖茶，用白開水吃藥，等吃早飯。吃罷早飯，休息一會，當天的日報到了，他眼睛不好，小字看不清，翻翻標題。日報有《人民日報》、《光明日報》、《北京日報》、《文匯報》。有時寫寫回信。到上午十時左右，看兩大本參考資料。中午，吃罷午飯，午睡一小時左右。下午，常到北京醫院去看病，或者聊天。有時接到訃告，就去出席遺體告別儀式，或者去參加追悼會。晚飯後，不看電視，九英寸電視太小看不清楚，也不看書，閒聊一陣。在他的床頭放著一架舊半導體收音機，早上起身之前，晚上上床以後，他都要聽聽新聞，聽聽氣象預報。

這就是他每天的生活規律。

有時候，看了「大參考」，喜歡講些國際時事新聞，而且常常會講得有聲有色，滔滔不絕。「伊說……伊說……於是乎……」，這就是他的口頭禪，也可以說是他獨有的談話方式。有時講得興致勃勃，就索性站起來，兩隻手拎著兩隻褲腳管，走幾步，然後再滔滔不絕地說下去。

他在家裏穿著非常隨便，喜歡穿中式衫褲。穿些破舊的衣服，有時把德沚姐生前穿過的衣服也穿起來了。有一次，他穿了一件德沚姐的小腰身深藏青呢背心，胸前綴著三顆黑色大絞花紐扣。我見了哈哈大笑，笑得前俯後仰，合不攏嘴。「這背心，看起來不好看，穿起來倒是……很暖和，而且脫穿也方便。……」他自己也笑了，有些不好意思地向我解嘲。但是立刻，他轉過身，走回臥室，把它脫下了。後來再也不在我的面前穿出來了。雁姐夫常常說：「在家裏，穿得隨便些，倒可以自由自在。可是出門的時候，不能隨便，一定要穿得整整齊齊，這是禮貌啊！」的確，他每次出門，總是要更換衣褲，穿上筆挺的毛料服裝，換一雙擦得亮亮的老式皮鞋。

在家裏，雁姐夫吃得也很隨便，和家人吃一樣的菜，一樣的飯。從來不

點菜，不嫌鹹淡，有什麼吃什麼。不吃點心，也不吃零食。自己的生活，總是盡量由自己料理。衣箱、櫥櫃、抽屜，都整理得井井有條，一絲不苟。各種東西，都安放在一定的地方，一旦要什麼，拿出來就是。在臥室的矮櫃上陳列的藥瓶，也排列得很整齊，先吃這兩種，過十五分鐘，再吃另外那兩種，預放在一隻小瓷酒盅裏，很有條理，從不攪錯。

雁姐夫喜歡躺在床上看書報、看信，而且不脫鞋子，兩腳放在一小塊塑料布上。他說：「這樣的多臥少坐，可以防止下肢麻木。」他不穿拖鞋，害怕跌跤。出門的時候，自己更換衣褲，穿上皮鞋，拿好手杖，然後才按電鈴，服務員進來，扶他上汽車。回來的時候，服務員扶進內院，他就不要再扶，一手倒曳手杖，一手解脫鈕扣，忙不迭更衣換鞋，自己料理一切。

在陰天，看不成書報，寫不成字，悶得他進進出出，連聲說：「潮悶！潮悶！」只得躺在床上，閉目養神。他的臥室裏沒有一張沙發。在起居室兼書房裏，有一張舊式的高背沙發，他也不常坐。寫字寫信，都在起居室裏大理石面的紅木方桌上，坐的是硬椅子。

所謂起居室，倒真正是他日常活動的地方，也是他接待親戚和比較親近的朋友的地方。起居室的正中背壁，是一個約一米五高的玻璃書櫥，放著他本人各種版本的著作，包括外文版的各種譯本。櫥上，放了一些小擺設，還有花瓶、筆筒、硯臺之類。東邊一個較高的書櫥，放著古籍；西邊的兩個較高的書櫥，放了許多近代和現代作家著作的單行本和叢書，靠西廂門角的地方是一隻國產雪花牌冰箱，裏面主要是放些水果和藥品。起居室的兩旁沿牆都有長排矮書櫃。東邊的矮書櫃上放著電視機，熱水瓶。西邊的矮書櫃上放著檯曆和茶盤，還有一架電扇。正當中朝南是一張小圓桌，上面放著招待客人的煙具。兩邊是克羅米架子的黑色泡沫塑料有扶手的高背軟椅，東面的一隻是他經常坐的。沿著窗口，坐南朝北，放著一隻高背的舊式沙發，一張大理石面的紅木方桌。桌子兩旁，有兩把椅子。

臥室裏的傢具大而笨重，做工粗糙，沒有一面鏡子。雁姐夫卻得意地說：「這兩口大櫥，都是我自己設計、劃樣，請木工做的，非常實用，能放很多東西。」有一隻老式五斗櫥，是買的舊貨。上面放著德沚姐的骨灰盒，兩旁放了一些小擺設。一張老式而陳舊的單人小鐵床，放在兩邊窗的當中，鋪著藍白相間的床單，白色的枕套。床頭高架上掛著一大塊藏青色呢料子擋風，架子上夾著一隻沒有罩的電燈。床左旁是一張雙層的床頭櫃，上面放著一盞無罩的檯燈和一架半導體收音機，還有幾本書。進門靠右壁，有一排矮櫃，

櫃上放著各種藥品、茶盤，還有四隻可以疊在一起的方形漆器盒，內藏信封、郵票，以及來信。櫃內放著雜物。室內陳設十分簡單，比較突出的，僅是床右邊的一長排暖氣管，比別的房間多了些。

　　這就是雁姐夫日常生活的地方。

關於《李自成》

八月十五日

　　去年，姚雪垠從武漢來信，並寄來他寫的歷史小說《李自成》書稿，請雁姐夫閱後提意見。

　　雁姐夫說：

　　「去年，我的精神和眼力都比今年好。我把《李自成》的第一、二兩卷仔細地閱讀了，又看了大約七八萬字的全書內容概要，尤其是第二卷，約有七八十萬字的抄稿，抄寫的字跡潦草，看來十分吃力，有時在晚上燈光下看，很傷眼睛。常常看得神疲眼痛，流眼淚。為了調劑目力，不得不看看停停，停停再看，十分艱難。」

　　說著，他拿出《李自成》的抄稿給我看：

　　「寫得不錯，你有時間，可以看看。」

　　我翻閱了抄稿，字跡確實潦草，看起來有些費力。雁姐夫指著寫在原稿旁邊的字，以及夾在稿紙裏的一些紙條說：

　　「這些都是我提的意見。你有時間，請你代我抄錄在一個本子上，自己留著備忘。」

　　我逐頁翻看了一遍，只見雁姐夫對各個單元都提了意見，有的寫在稿頭、稿旁，有的用紙條寫了夾在原稿中。主要是把意見寫在紙條上。這些都是分析和評論的意見，有談藝術技巧問題的，有談某些學術性問題的，有談長篇小說創作的共性問題的，也提了一些建議，如把單元改為章回體，將三、四、五卷先粗略寫出等，多半是鼓勵和讚賞，但也指出了存在的某些問題，講析細緻，措辭親切，文句十分優美。

　　我答應抄錄。雁姐夫說：

　　「我還跟作者通了許多信，分析和探討有關《李自成》的一些問題，但

這些信，都沒有抄錄下來。」

他回到臥室。從五斗櫃的抽屜裏，拿出一封姚雪垠的信說：

「這封信裏有姚雪垠擬訂的寫作計劃，十分宏偉，我很佩服他的這種雄心壯志，佩服他不服老的精神。但願他能實現他的宏願。」

我接過信，看了一遍，還計算一下，照一般的條件和速度，這個計劃一直要寫到九十歲左右。我不禁對他那種能夠制訂出一直要寫到九十歲左右的創作規劃宏偉藍圖，衷心感到欽佩。

談魯迅和馮雪峰

八月十六日

雁姐夫拿出多年來保存著的麝香和蛤士蟆給我看。他說：

「蛤士蟆是張琴秋〔註7〕送給我的，她還送我沙魚腦子，是膠質的，很膩，有腥味，一點不好吃，也許是多年陳貨的緣故吧。」

蛤士蟆和麝香，我只是聞其名，知是補品，而從未見過。我就好奇地拿過來細看：蛤士蟆是一種肉乾，聞聞有點蝦乾的氣味。麝香是帶毛的，是麝的肚臍，聞聞有臭味不是香味。

雁姐夫指著那兩顆麝香說：

「這是解放初期，尼泊爾王國代表團的貴賓送給我的，有三顆，一顆已經轉送給馮雪峰，入了中藥吃了。馮雪峰生肺癌，開刀以後，情況很好正在休養。」

我問到馮雪峰和魯迅的關係。

「最初，馮雪峰不認識魯迅，」雁姐夫說「他是由我介紹，在我家裏認識魯迅的。〔註8〕後來馮雪峰住在魯迅家的三樓上，周揚、夏衍他們也不知道。他以魯迅為師，請魯迅當參謀。當時他不搞文藝，負責電臺視察，是黨中央的特派員，權力很大。魯迅以馮雪峰為黨的代表，對他信任。馮雪峰從陝北回來以後，魯迅更信任他。」

〔註7〕張琴秋：茅盾的弟弟沈澤民的妻子。
〔註8〕馮雪峰實際在約一年半前，早已由柔石介紹，認識了魯迅。

「姑嫂餅」

八月十七日

昨晚熱而悶，我開著房門睡覺。半夜，朦朧地聽得起居室裏有人開冰箱。今天早晨，我問雁姐夫：

「昨晚是您開了冰箱取藥的嗎？」

「不是取藥，是半夜睡不著，覺得肚子有些餓，起來取幾塊綠豆糕吃。」

雁姐夫平時很少吃零食，放在冰箱裏的兩斤綠豆糕，是我從上海帶來的，已經兩個月了，還沒有吃完。

綠豆糕是用綠豆碾成泥，中間夾豆沙，加素油，製成小方塊，甜而不膩，酥軟得很，適宜老年人吃。這是上海食品商店的暢銷貨。我因綠豆是清火明目的，也許對雁姐夫的目疾有好處，所以帶來給他吃。

綠豆糕是蘇式糕點。雁姐夫年輕時生活在江浙一帶，對蘇式糕點是熟知的。我們就從蘇式的月餅、雲片糕、杏仁酥、松子糕，一一的數說起來。我是寧波人，我說：

「雁姐夫，我說幾種寧式的糕點給你聽，不知你吃過沒有。」

「好啊！」雁姐夫饒有興趣地回答說，「上海南京路三陽南貨店，是有名的寧幫特色店，他們的桔紅糕、苔菜餅、藕絲糖，我都吃過。還有什麼，你說來我聽聽。」

我故意誇大地說：「還有，那大如臉盆的蜂糕，好像蜂窩一般，雪白雪白的，軟多多的很好玩。還有，那硬如印章、不太咬得動的印糕，吃起來要像敲驚堂木似的，一拍而碎，然後揀那小的入口。還有，火炙糕、三北豆酥糖……」我實在說不出還有什麼了，就問雁姐夫：「您說說京式糕點吧。」

「我不去商店買東西，也不愛吃零食，只知道京式有茯苓餅、棗餅。不過上海高橋有名的松糕、薄脆、一口酥，我倒也知道的。」然後雁姐夫得意地反問我：「你倒說說，還有什麼呀！」

我想起來了，我住的上海四川北路上有幾家廣東特色店，就樂滋滋地回答道：「我說廣式糕點：有利其馬、倫教糕、麻球、小鳳餅、雞子餅、開口笑、蛋撻……」雁姐夫看出我再也說不上了，就笑著說：

「虧你說得出一大堆名堂。好，我再來考考你：你知道烏鎮有名的糕點是什麼嗎？」

「烏鎮有名的糕點？」我搖搖頭：「我不知道。我只吃過烏鎮有名的三珍齋醬雞。的確，名不虛傳，醬紅油亮，鮮嫩肥香，色香味都好。」

「你還算是半個烏鎮人呢！」雁姐夫用手指點點我說：「居然連烏鎮百年有名的姑嫂餅也不知道！」

「什麼？姑嫂餅？我連這個名字也沒有聽見過。這是一種什麼樣的餅呢？」

「姑嫂餅，是一種比棋子大一點的小酥餅。」雁姐夫作具體解釋：它有甜中帶鹹的椒鹽味，製作精細，取料考究，吃起來油而不膩，酥而不散，既香又糯，是他童年時愛吃的零食，所以給他的印象特別深。

「那麼，為什麼叫它『姑嫂餅』呢？」

雁姐夫於是講了姑嫂餅的來歷，講得頭頭是道，像寫小說似的：

那是一百多年前，烏鎮有戶人家，夫妻倆小本經營，開了一家名叫「天順」的小小糕餅店。他們苦心經營，精選原料，用盡心計，摸索出一套特殊配料和焙製技術，使糕餅別具風味，香酥可口，遠近聞名，生意越來越興隆。他們生有一男一女。在兒子結婚以後，老漢心裏打定主意：決不把多年來苦心摸索到的配料秘方和焙製技術外傳。考慮到姑娘總是要出嫁，媳婦才是一家人，所以只傳兒子媳婦，不讓姑娘知道。當然，姑娘是一肚皮的氣。有一天，姑娘從窗外看見嫂嫂正在配料做餅，哥有事叫她出去，就竄進工場，抓了一把鹽，往那堆料粉裏撒下，拌了拌，狠狠地說：「看你配的好料！以後還教你做不做？」想不到有意栽花花不發，無意插柳柳成蔭，壞事竟變成了好事：這樣配出來的小酥餅，竟大受顧客歡迎，大家都說：「以前的小酥餅又香又甜，這回的小酥餅甜蜜蜜鹹滋滋，椒鹽味兒十分可口！」後來老漢追根究底，才知道姑娘在配料粉裏面撒了一把鹽。從此姑娘也參加配料做餅，配料裏多了鹽的成分──「姑嫂餅」也從此出了名，小小的糕餅店不僅越開越大，而且還在東南西北四個柵頭都開設了分支店！

參觀歷史博物館

八月十八日

歷史博物館發來了請帖。

我慫恿雁姐夫去參觀。他也覺得應該出去走走，活動活動，就立刻答應

了。

　　下午三時，雁姐夫帶我去歷史博物館。博物館址在人民大會堂對面。

　　雁姐夫坐著手推車參觀。樓下的部分，是從上古代開始，看到封建社會中期，已經是下午五時了。樓上的部分，有隋、唐、宋、元、明、清和現代的部分，再也來不及看了。看了兩個鐘頭，雁姐夫已經很累，但是他說：

　　「很有意思，看看我們祖先走過的道路，就好像在看中華民族的家譜。」

馮乃超夫婦來訪

八月十九日

　　上午，雁姐夫拿著一隻牛皮紙的中式舊信封，裏面不知裝些什麼，走到我跟前說：「給你吃。已經放得很久了，是我以前嘴裏覺得無味備著的。現在不想吃，你吃罷。」

　　我接過一看，裏面裝的是少量蝦米，拿一隻嘗嘗，還沒有變味。正要開口說話，服務員進來通報：馮乃超夫婦來訪。

　　雁姐夫「哦」了一聲，自言自語地說：「他怎麼來北京了？」說著，連忙要出去會客。

　　我扶著他緩步走到前院會客室。只見一雙老人從沙發上站起，迎上前來，彼此緊拉著手，細細打量，幾乎同時在說：

　　「多年不見，多年不見了！」

　　大家坐定以後，雁姐夫問：「你們不是在中山大學嗎，幾時來北京的？」

　　客人回答：「來了不久。這是因為她（指他的夫人李聲韻）患氣管炎非常嚴重，南方的氣候潮濕，不能適應，要求北調，好不容易才調到北京圖書館擔任顧問，還沒有到職，暫時住在組織部的招待所裏。」

　　他夫人接著說：「多年不見，大家都老了。你身體好嗎？想不到你夫人已經故世了。啊，你也禿頂了，乃超也禿頂了，不過他是假禿頂，現在已經長出頭髮來了。」

　　「馮老的頭包紮著，是怎麼回事啊？」雁姐夫好奇地問。

　　「唉！有一次搭乘小車時，一不小心，撞破了頭頂，流了很多血，去醫院急診，剃掉了頭髮，縫了幾針，變成現在這個樣子——禿頂啦！」

大家哈哈大笑了一陣。

話鋒轉了幾個彎，談到了《中山大學學報》（哲學社會科學版）1975 年 3 月號上登載的一篇魯迅的佚文《慶祝滬寧克復的那一邊》。這是《魯迅全集》所未收，《魯迅書簡》和《魯迅日記》也未提及的一篇雜文；全文有一千五百字，發表在廣州《國民新聞》副刊《新出路》第 11 期，是中山大學圖書館的同志因為協助中文系重新注釋魯迅《而已集》，在查閱資料的過程中，從館藏 1927 年廣州出版的報紙上發現的。

他們談得很熱烈。我覺得在旁有所不便，就退出會客室，到自己的臥室去了。我一邊走一邊想：我上海家裏，有一張馮乃超的照片，是 1946 年在上海拍攝的，看來非常英俊。可是今天看到的，怎麼完全不同了，連一點影子也沒有了？我懷疑也許是我聽錯了，他不是馮乃超吧。

過了一小時光景，聽到服務員扶著雁姐夫進內院來了。我走出臥室，打開起居室的門，攙扶雁姐夫進房。等他躺在床上休息，替他點上眼藥以後，我禁不住心裏的納悶，不由得開口問道：

「那位來客果眞是以前創造社的老將——馮乃超嗎？」

雁姐夫猛的睜開眼睛，看看我，奇怪地說：「怎麼會不是馮乃超呢，你聽他還有廣東口音！他是生長在日本的一個廣東華僑家庭，在日本長大，二十年代後期回國後，參加了中國共產黨。他是中國左翼作家聯盟的第一任黨團書記。我從日本回國，是他來邀我參加『左聯』的。郭沫若從日本回國主持軍委政治部第三廳工作時，他也在廳裏工作，並且參加中華全國文藝界抗敵協會的工作。日本投降以後的 1946 年，我們在上海經常見面。後來他先去香港，在中共中央華南分局領導下工作，任文委書記。1947 年底我到香港以後又見面了。解放初，他在北京工作，我們也常相見，直到 1951 年他調到廣州中山大學任黨委第一書記兼副校長，我們才難得見面。」

我不無感歎地說：「1946 年我見過他，到現在相隔不過三十年，可是，人的變化有多大啊，要是你不說是他，我無論如何是認不出來的。我讀過他早期唯美主義傾向的詩，也讀過他的小說，對他有較深的印象。」

「三十年，人有幾個三十年啊！即使是美人三十年後也要不美的，這是自然界的規律。」雁姐夫笑了笑，又說：「今天馮乃超的頭，包紮得像個傷兵，所以，你更認不出他來了。」

「擺樣子」

八月二十日

雁姐夫是關上門，自己一個人洗澡的。每次洗罷澡，大概是累了吧，總是喜歡赤膊，走到起居室休息一會兒，然後再穿衣服。

今天我從自己的臥室出來，看見他赤膊坐著，拍打著自己的胸部。他的兩個乳房很發達，就打趣地說：

「看相的人說，男人乳房大，好做大官。」

「是啊，」雁姐夫接嘴說，「做大官——我做的官可說是大了，可是正像我的乳房一樣，大而無奶汁，都是擺擺樣子的。」

出國照片

八月二十一日

看了雁姐夫多次出國時照的好多相片。有出席世界和平理事會的，有出席亞非作家協會的，有參加出國訪問團在各國遊歷的，有新中國成立前，第一屆政治協商會議的，還有以毛主席為團長的訪蘇代表團的，都是富有歷史意義的照片。

在那些國外拍攝的照片中，有很多還是雁姐夫自己照的，他說：

「你看看我的攝影技術怎麼樣——彩色照片，可不容易照哪！」言外之意，他很滿意自己的技藝。

我仔細觀看，也確實發現有幾張是照得比較好的，包括題材、角度、取景、曝光、彩色等等。在這些彩色照片裏，有郭沫若、陳叔通、蔡廷鍇、廖承志、陸璀、華羅庚、朱子奇等。

看著照片，雁姐夫做了介紹：

「這位是華羅庚。他出身貧苦，沒有念大學，數學上的成就都是靠自修得來的。他的右腳是蹺的，走起路來，伸腿以後要繞一個小圈子才能落地，每走一步都是如此，很費勁。後來動了手術，右腳短了一節，可是走起來不需要繞圈子了，雖然還是蹺的，但看起來雅觀不少。」

停停，又說：

「這位是陸璀。她的外語很好，風度也好，看起來好像是大家閨秀，給

人留下深刻的印象。……」

我聽著看著，不禁插嘴問他：

「這些時候，您有時間，何不去國內走走，也到家鄉去看看。自從抗戰開始到現在，您一直沒有去老家，不去看看家鄉的變化，憑弔沈伯母的墓地嗎？」

「是啊！」他回答。他說他已經好久沒有去南方了，心裏老是惦念著母親，想去看看她的墓地。可是人老了，總覺得一動不如一靜，懶得旅行，更害怕長途跋涉。這是心理的原因。其次，今年來氣短心跳，兩腿無力，走路不穩，即使出門理髮，不過百米路程，也要坐汽車。他說這絕不是講排場，而實在是不得已啊。而且晚上失眠，要吃兩次安眠藥，更加害怕走動了。白天，坐久了不行；出門，又怕感冒。老年人一旦感冒咳嗽有了熱度，就會引起其他許多老年併發症，這是生理上的原因。不說別的，單說去看看他母親的墓地，也是完全應該的。他在故鄉度過了完整的少年時代，青年時代的很多歲月也在故鄉度過，縱然千里迢迢，也隔不斷他的鄉思。可是如今心有餘而力不足，實在有些無能為力了。

他說：「你看，即使在北京，朋友來看我的多，我卻很少回訪朋友。你不是見我非不得已不出門的嗎，真是所謂『多病故人疏』。好在朋友們也都理解我的苦處，失禮之處，尚能諒解。」

謙和（吃西瓜）

八月二十二日

雁姐夫喜歡吃西瓜，西瓜上市後，我們天天吃。今天又吃西瓜，使我覺得雁姐夫的為人真是謙和隨意，毫無架子，而且首先想到的不是自己，而是別人。

雁姐夫每餐的飯菜總是吃得很少，不吃點心，有時連飯後的水果也忘記了吃。為了讓他多吃些碳酸化合物，可以有助於身體健康，在每次吃飯以後，我總是替他削好一隻蘋果，或者一隻梨，有時索性蘋果和梨子一起，各削一個。

「啊，太豐富了，又是蘋果又是梨。你呢，你吃了嗎？」

他總是要我削了一起吃，否則他就不吃。

再拿吃西瓜的事來說吧。我和他每天合吃一個西瓜：半個在午飯後吃，還有半個放在冰箱裏，到吃罷晚飯後取來吃。可是每次吃的時候，他總是先

想到別人，盡挖邊上的吃，留個「島嶼」給我吃。他說：

「這是尼羅河的島！」

「這是意大利靴子！」

「這是北大西洋的冰島！」

一連串的外國名字，今天說這個，明天說那個，說得挺風趣，目的是要我心安理得地吃那最好的部分。

我為了尊敬他，請他先吃，他卻反而塑造起各類「島嶼」來了，這怎麼成！後來我索性對他說：

「我再不客氣了——不讓您先吃了！」

我趕快拿湯匙、杯子，搶先挖邊上的，然後留給他一個「澳大利亞島」。

他發現了以後，還是在「澳大利亞島的腹地」，挖了幾塊大的給我，才算罷手。

觀看大型團體操

八月二十三日

下午四時，去工人體育場觀看大型團體操表演。

送來的票有十張，另有一張請柬，是給雁姐夫登上主席臺觀看的。

我和阿桑夫婦等坐在主席臺旁的座池裏。只見主席臺上有譚震林、周建人、胡厥文、陳錫聯、吳桂賢、陳永貴等。雁姐夫也坐在裏面。

大型團體操《紅旗頌》，共有八場，由幾千人不斷翻牌子，組成各種圖案的彩色動畫背景，看來十分雄偉。

雁姐夫借給我一隻望遠鏡，是捷克產品。阿桑他們用的是兩隻蘇聯造的，價格五十盧布。雁姐夫自己用的一隻綠色的蘇聯望遠鏡，構造比較複雜，價格一百盧布。這些都是小巧玲瓏的觀劇望遠鏡，觀看大場面是不適用的。但是雁姐夫卻說得很有道理：

「看任何事物，都要點面結合，才能看得完備。望遠鏡是解決點的，使你非常精細地觀察到構成偉大場面的點是怎樣的。面，是無數的點構成的；沒有點，也就沒有面。我們寫小說，也要抓點，抓不住點，就寫不好面。」

雁姐夫的這些富有哲理的話，引起了我的深思。

談柯慶施

八月二十四日

「柯慶施又名柯怪君」，雁姐夫說，我很早就認識他了，那時他還小，參加了共產主義青年團。第三國際開會，我國派了一個代表去蘇聯出席，這個代表就是他。他是見到列寧，跟列寧握過手的人。1921 年冬，陳獨秀住在上海漁陽里二號，有一天法租界捕房去陳家捕人，柯怪君也在，一同被捕，拘押五天後才保釋。後來，我從新疆回來到達延安時，又遇見了他。他已經不像從前那樣瘦小，長得又高又大了。站在旁邊的人開玩笑說：「他是有名的酒家之一。所謂『酒家』，是說他會喝酒。全國解放後，他先在南京當市長，後來當了上海市委第一書記，也抓起文藝來了。當然，他的身體比我好，年紀比我輕，但想不到他會死得比我早。」

觀察治療

八月二十六日

最近幾天，雁姐夫容易氣喘。大概是因為八月六日那天上午，去八寶山參加范長江骨灰安放儀式時，大家列隊魚貫往返，走得太快，而且下午又去八寶山主持辛志超的追悼會，體力消耗過多，一直感到疲勞、氣急。今天下午三時許，雁姐夫由阿桑夫婦陪同，到北京醫院住院部去觀察治療。

估計一星期可以出院。

八月二十七日

同阿桑一起，到北京醫院去看望雁姐夫。

走進病房，只見他正在看「大參考」。看見我們進來，他就說：

「主要是肺氣腫，引起了氣短。體溫正常。我想不久就會好起來的。」

我仔細端詳了這間病房，約有十來平方米，附有衛生間。地上鋪了厚厚的地毯，室內有沙發、茶几、寫字臺、電話、臺燈，壁腳還安裝著一盞地燈。伙食也不錯：二葷一素，一碗雞湯。

我們交談了一會。

胡愈之夫婦來探望他，我和阿桑就告辭回家。

八月二十九日

今天又去北京醫院探望雁姐夫。

「我沒有熱度。」雁姐夫說,「吃了利尿的藥,氣喘也好得多了。散步時,在走廊裏來回走四趟,也不覺得氣急。」

我聽了很高興。

這幢高幹病房大樓,就像一座高級旅館。門窗的玻璃都是雙層的,可以隔音、看來大樓才修好不久,園子里正在動工修柏油路,建花園,花木還沒有移植過來。住院的病人很少,現在只開放下層。雁姐夫住的一排,共有十間病房,只住了四個人,另外三位是余秋里、粟裕、周榮鑫。粟裕的病房門口,掛著限制會客的牌子,可能病得比較重。余秋里和周榮鑫都患心臟病,他倆工作忙,常常要出去開會。今天,我看見了余秋里,他的左胳膊是戰爭年代丟的,他穿著中式大褂,光頭,正在住院部門口跟一個服務員聊天。

九月五日

在平時,每天上午九十點鐘,國務院專送「大參考」的小汽車一到,服務員總是立刻收下,送進來,交給雁姐夫看。有時送的人來得遲些,他就會問:

「『大參考』來了嗎?」

或者帶些不耐煩的口吻,自己問自己:

「『大參考』怎麼到現在還不送來?」

事實上,「大參考」已經成為雁姐夫唯一的精神食糧了。因為他眼睛不好,每天的日報只能看看標題,書刊也是這樣,五號字看起來很吃力,要看新五號字或六號字,就更困難了。每天除了從半導體收音機裏聽聽新聞廣播外,只能看「大參考」。有時也看線裝古籍大字本或內部供應的大字本。

「大參考」的字體比較大,每天有上午版和下午版兩大本,新聞大致和《參考消息》差不多,內容更豐富些。這在報上很少看到國際新聞的情況下,就顯得特別新奇,因此雁姐夫更是愛看,成為他唯一可以看看的精神食糧了。「大參考」每天送一次,每次收到的是當天的上午版以及上一天的下午版。

這幾天,雁姐夫住在醫院裏,服務員一拿到「大參考」,就連同郵局送來的信件,一起送往醫院。

今天，服務員從醫院回來，帶回了雁姐夫的一張字條：

韻嫂：請把八月下半月的參考資料捆起來，以便明日或後日送往管理局。

雁冰五日

雁姐夫真是細心，在醫院養病，還是沒有忘記按期上繳的事。

原來「大參考」是國務院贈閱的，是內部刊物，看後要上繳。平時，雁姐夫總是交代：每天要按期整理好，半個月一捆，在每月月初，把上個月的兩捆參考資料一併送往管理局上繳。今天是五號，又該是上繳的時候了，就不等我下午會去醫院看他，先寫了字條，害怕我忘記。

我就遵照他的意思，捆紮了起來。

我在幹校的時候，學會打背包，也就學會了大件捆紮的手藝。我還在上海新華書店門市部長期勞動過，也學會了小件捆紮的本領。雁姐夫說：「你打的捆呀，比誰都結實、整齊。今後就請你擔當這件差事吧。」

九月十日

雁姐夫出院了，我真高興。

這次觀察治療，想不到住了半個月。他的氣喘好得多了，精神也很好。他說：

「出外十天，不如在家一天。到了家裏，就覺得自由自在了。」

爲王統照紀念冊題字

九月十一日

雁姐夫談到了書法。

他拿出上海作協魏紹昌請青年書法家周慧珺、陸康爲雁姐夫所作關於《紅樓夢》的詩詞寫的行書，要我評論哪一位寫得好。我認爲周慧珺的行書寫得比較好，他也表示同意。

他又取出他在 1957 年爲王統照的紀念冊所寫的兩頁題字送給我。那是寫得比較工整的小楷字。

「這兩頁，是在我寫好了以後，再從王統照的紀念冊上撕下來的。」

　　我仔細閱看，前面是恭錄白居易的一篇新樂府，題名《青石》。後面這樣寫：

　　一九五七年六月，劍三〔註9〕來京，出席人大會議。旋忽得病，入醫院，以書告余，謂臥病半載，近稍痊可，力疾來京，藉晤故人。不意出席大會一次，喘病復發，不得不入院療治云云。並附一小本，囑爲題數字。故人之託，何敢重違。因書白氏《新樂府・青石》如右。白氏生於封建時代，故有「慕爲人，勸君言」之言。但在今世，「君」亦可指人民，忠於人民，事人民。則白氏此詩，正亦未可以詞害意也。劍三以爲何如？

　　「這是中唐白居易寫的五十篇《新樂府》中的一篇。」雁姐夫說。「它指責當時濫立碑碣、虛製諛詞的惡劣傾向。與此相反，作品使青石賦予人的思想，描述了兩位『骨化爲塵名不死』而應該樹碑立傳的段秀實和顏真卿的光輝榜樣，藉以說明名實必須相符，眞正忠於人民，爲人民的幸福而赴湯蹈火的人，才配得上流芳百世，千古傳誦。」

　　「那麼，」我問，「在紀念冊上已經寫好了的題字，爲什麼又要撕下來呢？」

　　「給朋友寫紀念冊、寫條幅，抄錄人家的詩詞，不動一些腦筋，這是不好的，至少是不恭敬的。所以我把它撕下了。我終於自己寫了一首詩，抄寫在他的紀念冊上。」最後，他又補充說明一句：「這是我二十年前寫的。現在我可寫不出這樣細小而又工整的楷書了。」

第三屆全國運動會

九月十二日

　　下午，雁姐夫帶我去首都工人體育場，觀看第三屆全運會的開幕儀式。除了上月23日審查後略有修改的團體操表演外，有各省運動員的入場式。很多黨和國家領導人以及一些外賓都來參加了，陳錫聯致開幕詞，運動員代表講了話。

　　散場前，我因爲要去找小轎車，所以提早出場，站在汽車旁等候雁姐夫出來。今天小轎車停得滿滿的。很多是首長坐的紅旗牌小轎車。出來的首長

〔註9〕作家王統照（1891～1957），字劍三，山東省諸城縣相州鎭人。

裏有周建人。他走起路來比雁姐夫好得多，雖然也有人扶著，但那是因為眼睛不好，走路有困難。

在回家的路上，雁姐夫帶著天真的口吻說：

「看了那些運動員們矯健的動作，真使人羨慕得有些嫉妒了。一個人如果在老年，再一次得到返老還童的機會，那該是多麼好啊！那時候，他才真正懂得如何珍惜時間，珍惜生命，如何更加完美地給人類創造出許多物質和精神的財富來。」

「那是不可能的，是違背自然界的規律的。」我說。

「可是，」雁姐夫有些自信地說，「人是聰明的。人們能夠在認識和掌握這些規律的基礎上，如何設法相應地改變這些規律。馬克思的學說是：既承認客觀世界的存在，也承認通過人的主觀能動的努力，改造這個客觀世界。是馬克思給我們帶來了希望。」

談徐特立

九月十三日

今天談到中央幾位首長的健康情況。

雁姐夫說，給他印象非常好的，是朱德委員長。他身體很好，就是說話比較慢。「他真是個老好人！」又說到吳玉章和徐特立，是中央首長中最老的兩位老人。吳玉章的年齡比徐特立還大，但是徐特立患了老年癡呆病，腦筋不管用。雁姐夫說：

「有一次，徐老遇見一位以前的熟人。熟人向他點頭，微笑。徐老走近了，細看一番，連聲說：『啊，面熟得很。面熟得很！』那人主動向他攙攙手，報了名，徐老走了一圈，又遇到了這位熟人。再細看一陣，又連聲說：『啊，面熟得很，面熟得很！』那人很尷尬，向他說明：『我還是某某人啊。』徐老聽了點點頭，走開了，但嘴裏還在不停地說：『面熟得很，面熟得很！』徐特立是一位無產階級老教育家。毛主席在他六十壽辰時，盛讚他『革命第一，工作第一，他人第一』。到七十大壽時，周總理曾給他題了『人民之光，我黨之榮』的讚辭。後來，他患了這樣的不治之症，使我每次見到了他，心裏總覺得難過。」雁姐夫說罷，低垂著頭，沉默了一會兒。問我：

「你知道徐老改名的故事嗎？」

我搖搖頭，說不知道。

雁姐夫告訴我，徐特立原名叫懋恂，少年時就有抱負，志向不凡。他看不慣當時欺貧愛富的世俗，立志要為窮苦百姓謀福利，改名為「特立」，就是取「特立獨行，高潔自守，不隨流俗，不入污泥」的意思。事實證明，他以後的行動，就是他少年時為之改名的高尚情操的堅毅實踐。

雁姐夫說完，站了起來，慢慢地踱了一圈，又問我：

「你聽說過徐老兩次讓賢的故事嗎？」

我搖搖頭。

雁姐夫告訴我，徐特立同志第一次讓賢推薦瞿秋白擔任中央蘇區教育部部長。那是 1934 年初，徐老已擔任蘇區中央教育部代部長多年，很有成績。這時瞿秋白從上海到了瑞金。徐老見瞿秋白年輕有才幹，就主動提出教育部的工作讓秋白全面負責，自己協助做具體工作。中央同意了徐老的意見，改任他為教育部副部長。徐老和瞿秋白合作得很好，共同為蘇區教育事業作出了重要貢獻。第二次讓賢是在 1956 年，黨的「八大」前夕。徐老考慮自己年事已高，要求黨中央免去他中宣部副部長的職務，讓位給年輕有為、德才兼備的同志接替。徐老這種豁達謙虛、大公無私、不為名、不計位的高尚品德，在黨內外傳為美談，得到大家的尊敬。

談巴爾扎克

九月十七日

我在看巴爾扎克的小說。

雁姐夫發現我在看巴爾扎克的小說《高老頭》，就興致勃勃地對我說：

「我講個巴爾扎克的故事給你聽。」

我非常高興。立刻放下手裏的書本，從沙發上立起，坐到他旁邊的軟椅上，靜靜地等待著，聽他講述巴爾扎克的故事。

他從巴爾扎克原來不是一個作家談起。他說巴爾扎克窮得沒法生活，就想當個出版商，編一套文藝復興時期的名著出版，全套十二冊。因為作者都是古人，沒有版權，無需支付版稅，所以他估計：賺錢是很有把握的。他向朋友借了錢，到印刷廠去排印。可是出版以後，自己不開書店，怎麼發售呢？只得請書商經銷。書商卻故意殺了他的價，弄得他連排印紙張費也撈不回來，

背了債，還不清。爲了償還這筆債務，他不得不自力更生，用自己的手，發憤寫書。因此他是在債務的威逼下，無路可走，才當了作家。

雁姐夫抓住一個「債」字，非常細緻地談論了巴爾扎克如何虛心、認眞、踏實地工作。爲了還債，他總是先向書商預支稿費，限期交稿。因爲限期倉促，只能把初稿交去，等到看校樣時再認眞修改。校樣出來，由於修改得幾乎等於寫了同一主題的另一本書，印刷廠要求補償損失，支付改版費用。書商知道巴爾扎克有大改校樣的習慣，就事先議定：改版費用須由作者自負。雖然條件這麼苛刻，生活又是這麼艱苦，但是巴爾扎克對待工作卻一絲不苟，從不草率，寧肯自己背債，也要認眞修改，從不粗製濫造。比如從書商那裡拿到兩千法郎的稿費，校稿以後，卻要付出一千多法郎的改版費。前債未清，後債倒又接踵而來。如是周而復始，惡性循環，儘管他發揮了驚人的才思，緊張地勞動，卻永遠也還不清他的債務。

雁姐夫在說到巴爾扎克一心想要還債，忘我地埋頭寫作的那些故事情節，眞是有聲有色，令人聽來十分激動。他說巴爾扎克住在小小的閣樓上，習慣於晚上寫作——夜深人靜，埋頭趕寫，疲倦了喝咖啡，一直寫到天亮時，才下樓買兩塊夾肉麵包充饑。有一次爲了躲避債主，一清早溜了出來，買了麵包，跑到一個朋友家裏，十分疲憊地跌坐在沙發上，一邊啃著麵包，一邊對朋友說：「我借你的沙發睡一小時，到時候你一定要叫醒我。」朋友見他臉色蒼白，知道他寫了一夜。十分渴睡，該讓他好好休息，不去叫醒他。等到巴爾扎克一覺醒來，只見夕陽西下，將近黃昏，就一骨碌從沙發上跳起，破口大罵：「害得我損失了一萬法郎！」這話怎麼說呢？按他自己解說，如果他朋友準時叫醒他起來工作，他會完成一部小說的構思，而這部新小說，會給他帶來一萬法郎。可是朋友看見他睡醒以後，臉色紅潤，也就不吱一聲，隨他罵去。

雁姐夫對巴爾扎克的評價很高。他說巴爾扎克是十九世紀法國的文學巨匠，是批判現實主義小說的先驅者。他的作品題材廣泛，而且觀察獨到，描寫深刻，創造的典型最豐富。雖然受到時代的局限，他在思想上有落後的一面，但卻仍然能夠把十九世紀初葉法國社會的眞實畫面十分鮮明、細緻、生動地反映出來。當時法國社會正處在大變動的時代：封建勢力正在崩潰，資產階級統治日益鞏固，而作爲資產階級掘墓人的工人階級卻也逐漸壯大起來，這種由於階級鬥爭的尖銳化而引起的政治、經濟、文化以及人情風俗等各方面的劇烈變化，在巴爾扎克的作品裏，都能得到正確的反映。他寫出了

十九世紀前半葉的法國社會史，對資本主義的剝削和掠奪提出了強烈的控訴和批判，這是他進步的一面，也是主要的方面。當然，在政治上，他認爲天主教和君主政體能挽救這個罪惡的社會，是一個正統派，但是他在創作實踐上，從主題的選擇和構思的意義上看，卻和他的政治主張背道而馳。他既是一個逆時代進程的思想家，同時卻又是一個社會解剖家，接受階級鬥爭的理論，力圖暴露資本主義罪惡的歷史審判者，宣告罪惡的資產階級必然會滅亡的預言者。基本上可以說是一個唯物論者。

接著，雁姐夫數說了巴爾扎克一生宏偉的創作藍圖。他說巴爾扎克在十九世紀的三十年代中期，就覺得有必要把他塑造的人物在他所寫的各部小說裏互相穿插，把他們聯繫起來，構成一個整體的社會。1842 年，他把他從 1829 年起所寫小說的全部，彙集起來編成一個總集。定名《人間喜劇》，並寫下了《人間喜劇》的序言。他把自己的全部作品分成三個部分：風俗研究，哲理研究和分析研究。風俗研究又分私人生活場景、外省生活場景、巴黎生活場景、政治生活場景、軍旅生活場景和鄉村生活場景。這是《人間喜劇》的主體部分。《人間喜劇》的全部創作，有長篇、中篇和短篇小說等 144 部，實際是 142 部，但他只寫成 92 部，由於勞累過度，一說是由於長期飲食大量咖啡，有三萬杯之多，而中毒死去，年僅五十一歲。巴爾扎克下葬時，雨果致葬辭，大仲馬和雨果執紼。他死後沒有繼承人，因此出版他的書是不用付版稅的。

「巴爾扎克有著驚人的藝術成就！他給整個時代塑造了二三千個出色的人物，而且每個人物形象，即使是同一類型的人物形象，性格各不相同，從來沒有重複的感覺。這是難能可貴的。」雁姐夫說。

雁姐夫把所有巴爾扎克的小說，歸結到一個「錢」字。他說巴爾扎克把封建貴族的沒落、金融資產階級的興起以及隨之而產生的人情風俗的變態，都歸結到萬惡之源——金錢這個怪物身上。他在這方面的觀察精微細緻，他的那些比較突出的作品，幾乎都是顯示了錢財的糾葛。略舉幾個例子：比如《高布賽克》，描繪了一個兇狠無情的高利貸者；《夏倍上校》，寫一個軍官妻子爲了財產而不承認自己的丈夫；《驢皮記》，揭露人們的貪欲；《賽查·比羅圖盛衰記》，寫一個商人的破產；《紐新根銀行》，暴露銀行家的發跡；《攪水女人》和《於絮爾·彌羅埃》，描繪親屬之間爭奪財產的醜劇；《幻滅》，描寫資本主義自由競爭的吞併現象；《邦斯舅舅》，描寫爭奪一個古玩收藏家遺產的醜劇；《貝姨》，揭露了大資產階級的荒淫無恥；《高老頭》，揭露了金錢的

統治作用和拜金主義的種種罪惡；《歐也妮‧葛朗臺》，這是巴爾扎克的代表作，非常成功地塑造了一個狡詐、貪婪、吝嗇的資產階級暴發戶的典型形象，描寫資產階級罪惡的發家史，揭露了當時社會的醜惡的金錢關係。葛朗臺是資本主義社會初期大資產者的典型，是當時復辟王朝時期的實際主宰者。而像葛朗臺那樣的吝嗇鬼，在巴爾扎克筆下塑造出來的很多，但通過細節描寫，他們形形色色的表現，卻沒有絲毫重複。這是他的高超才能！

「巴爾扎克的故事就說到這裡。」雁姐夫說著，從坐著的軟椅裏站起了身。「因爲講得多了，不好記，你就記著兩個字吧。一個是『債』字：從生活上說，巴爾扎克的一生，是在債務裏度過的。爲了還債，逼得他當了作家；爲了還債，逼得他寫了這麼多作品，而且還導致他早死。還有一個是『錢』字：從藝術創造上說，巴爾扎克對資本主義社會特徵——金錢關係，觀察得十分深刻，他的作品，不論題材的擷取或主題思想的構成，都著力在『錢』字上，而且還運用豐實的細節描寫，取得了驚人的藝術成就！

談傅連暲

九月十八日

今天接到中國人民解放軍總後勤部的公函，大意說：傅連暲同志遭受林彪反黨集團的陷害，已於 1968 年 3 月 29 日在京逝世。現經毛主席圈閱的中共中央軍委 1975 年 16 號文件爲傅連暲同志昭雪平反，恢復名譽，並定於 9 月 20 日下午四時，在八寶山禮堂舉行傅連暲同志安靈儀式，請屆時參加。

關於傅連暲，雁姐夫向我介紹說：

「很早的時候，傅連暲在汀州的教會醫院當院長。紅軍打到汀州：他爲紅軍的傷病員治病，終於懂得了紅軍才是眞正的無產階級革命隊伍，是爲拯救祖國而戰，思想上受到深刻的教育。當紅軍要離開汀州，去二萬五千里長征的時候，傅連暲堅決要求跟隨紅軍，一起去長征。紅軍領導上勸他不要去，他一定要去，並預先把家屬疏散好。領導上看到他要求革命的決心大。不怕吃苦犧牲，也就答應了。到了抗戰初期國共合作時期，他把家屬接到了延安。他是 1938 年入黨的。全國解放後，他擔任中國人民解放軍總後勤部衛生部部長，兼國務院衛生部副部長的職務。他的兒子也是學醫的。」

魯迅的棺材

九月十九日

再過一個月，就是魯迅先生逝世三十九週年紀念日了。雁姐夫談到魯迅先生的逝世說：

「那時我在家鄉，痔病臥床，不在上海。德沚參加了魯迅喪儀的全過程。德沚後來告訴我說：是她，陪著宋慶齡，到上海的各家洋行去選購棺材。當然，棺材都是西式的，但必須要有一層玻璃，才能讓瞻仰遺容的群眾隔著玻璃看到他。後來看到了一具價值一千餘元的銅棺，是用紅木作框，上面有一層玻璃的，覺得既莊重，又合適人們的瞻仰，這就買下來了。瞻仰遺容的時間總共三天。那時天氣還熱，為了防腐，先把體內的血液抽盡，灌進防腐藥水，再抽出棺內的空氣，瞻仰三天以後，才把棺蓋蓋上。解放後，魯迅墓地從萬國公墓遷移到虹口公園，我去參加了遷葬儀式，宋慶齡也去了。把魯迅的棺材從萬國公墓的墓穴裏抬起來時，棺材是完好無損的。」

〔筆者附記〕

朱嘉棟同志曾是上海虹口公園內魯迅墓基建工作組成員，參加了一九五六年魯迅棺材遷葬的籌備工作。他在《魯迅研究動態》一九八三年第六期上著文說，他在魯迅靈柩遷葬的籌備工作中，曾多次去殯葬管理所聯繫，也到過萬國殯儀館的棺庫。經過查對，知道魯迅的棺材確是向萬國殯儀館購買，並非花一千餘元向某洋行購買。棺為楠木製作，也並非銅棺。1956 年 10 月初對萬國公墓魯迅墓進行啟穴，發現穴內滿是紫紅色的水，棺材泡在水裏多年，油漆脫落，木質敗壞，不得不重新加固油漆，因此也不是「完好無損」的。

朱嘉棟同志經過查證以後記錄的話，應該是可信的。至於雁姐夫所說「完好無損」，那可能是指他在 1956 年 10 月 14 日晨參加移柩儀式時看到的已經整修好了的靈柩。

解嘲

九月二十日

雁姐夫的聽覺很好，即使微細的聲音，他也能聽得很清楚；但是他的腸胃不好，常常要放屁，而且很響又很長。

我在起居室裏低頭織毛線，雁姐夫在書櫥前找書。忽然，聽到一陣連環響屁的聲音，我禁不住輕輕地笑了笑。可是他已發覺了，連連陪著笑：

「俗話說嘛，響屁不臭，臭屁不響，你說對不對呀？」

「對呀——」我索性哈哈大笑了起來。

談于立群

一九七五年九月二十二日

國家機關事務管理局送來了一架西德的彩色電視機，二十六英寸，是最近西德在北京展出的陳列品中最大最新式的一架。這是免費供雁姐夫使用的，作爲國家財產，將來得歸還國家。彩電放在他的起居室裏。

昨天是星期天。星期六晚上雁姐夫因爲吃了一隻多一點的螃蟹，又有低燒了（37.2℃），在家靜臥，休息了一天。今天仍然感覺不好，就去醫院診療，熱度 36.9℃，白血球較高，達 13000，拍了胸片，沒有問題。醫生說要住院。但他不願住院，過一天再去驗血。回來後，雁姐夫說：

「倒沒有想到去看看郭沫若。」

「您身體不好，怎麼去呢？」我說。

「他就住在北京醫院。」

「他也病了嗎？」

「病了，」雁姐夫說。「在參加傅連暲的追悼會上，我遇到了于立群，才知道郭老患了輕度肺炎，住在北京醫院裏。」

「1946 年的冬天，送您和沚姐去蘇聯觀光的時候，我就看到了于立群。」我說，「當時另境還照了幾張相片。有一張是于立群和女出版家黃寶珣，還有我三個人合影的，從相片上看，于立群是那樣年輕、漂亮，穿著一件皮大衣，兩隻手都套在前面的皮手籠裏。」

「啊！那是近三十年前的事了，一個人能有幾個三十年啊！現在的于立群，已經很胖，臉上也有黑斑了，比你老得多了，你現在看見她，一定是認不出來了。」

穿上了新毛線衫褲

九月二十四日

天還不冷，雁姐夫卻已穿上了我爲他新織的毛線衫褲。

　　他原來穿的那件機織羊毛衫，已經布滿了小洞，而且兩肘有兩個很大的洞，肘彎也露在外面，他的一件米色細毛線衫，是上海的堂妹以前送給他的，二十多年來沒有拆洗重結，已經結成硬塊，穿起來也不會暖和了。還有一件沚姐穿的黑色粗毛線衫，女式，是以前的保姆織的，是用兩種不同型號的黑毛線織成的，這些毛線已經拆結多次，磨損得厲害，除非重新在機器裏加工成毛線，再也不能拆結了。這些年來，因爲沚姐不會織毛衣，沒有想到該給雁姐夫拆結上衣，或補結一條毛線褲。我向雁姐夫建議：那件羊毛衫再也不要去穿了，那件米色細毛線衫拆洗後。可以改織成一條毛線褲；另外買些新毛線，織一件毛線衫。

　　他同意了。

　　阿桑知道以後，就送來了新的咖啡色毛線。

　　就這樣，這些天來，利用一些空閒的時間，我給雁姐夫織了一件毛線衫，一條毛線褲。

　　雁姐夫穿著新結的毛線衫褲，走來走去，踱了一陣，看看袖口，拉拉領子，伸伸腿，很滿意地說：

　　「我從來沒有穿過這樣合身的毛線衫褲！」

　　我聽了眞高興。

　　但是我仔細打量了一番，覺得毛線衫的肩頭還是寬了些，毛線褲的褲腿肥大了些。雁姐夫說了這樣的話，可能是要安慰我，讓我高興一些。

　　而我呢，的確很高興，因爲我爲他做了一件多年來沚姐沒有顧得上做的事。

　　雁姐夫很高興地踱進他的臥室，在五斗櫥放衣服的抽屜裏，翻了一陣，拿出五條女式中裝衣領，對我說：

　　「這是你沚姐做新衣時特地多做的備領。一直放在抽屜裏。看到這些領子，就會想到她穿那些衣服，出席宴會的情景。」他挑出一條寶藍色絲絨的衣領說：

　　「這件絲絨衣服，是德沚最寶貴的，也是她最心愛的。她不輕易穿，只有參加重大的宴會才穿。好幾年了，還是簇新的。」

　　我看見有一條印度綢的、紅綠咖啡小花的領子，指著說：

　　「這件衣服眞鮮豔，很美。」

　　雁姐夫很得意地說：「這是德沚年輕時穿的，是我陪她同去挑選的。鮮豔中又帶文雅，別人也誇讚選得好。這些衣服，她平時都捨不得穿。下廚房，

連舊衣服也要換下，另穿打補丁的衣服，比老媽子穿得還破。她去世後，我把她的旗袍送了表侄女。這幾條領子，你看你能作什麼用嗎？」

我心情沉重地接過領子，輕輕地撫摸，點頭回答：「有用的。我要好好保存，這是沚姐的紀念品。我可以從中瞭解沚姐的審美觀，知道她是怎樣選擇衣料的。』

我雙手捧著沚姐的五條衣領，走到自己的臥室，打開旅行包，把它們和前幾天雁姐夫送我的四條繡有「和平」兩字的白手帕，還有一塊剩餘兩尺許的藍色綢料、一塊零星的香雲紗，包在一起，珍藏著。

「賴臺精」

九月二十五日

彩色電視的天線裝好了。

二十六英寸的彩色電視屏幕，看起來很舒服，像看小電影一樣。過去，雁姐夫眼睛不好，晚上從來不看小電視。這一回，他也來看電視了。

今天播映的是全運會羽毛球比賽實況錄像。最初，看的人還不少，後來卻只剩下我和雁姐夫了。羽毛球比賽拖了很長時間，雁姐夫不耐煩地說：

「賴臺精！」

什麼是賴臺精，我聽不懂。雁姐夫解釋說：

「這是我老家烏鎮的土話。我們小時候在家鄉看草臺班演京戲，喜歡看武打，當看到臺上老是沒完沒了地唱個沒有底時，就罵『賴臺精』，一同起閧、怪叫，鬧著要換戲。」

從「賴臺精」，雁姐夫又回憶起小時候的情景，回憶起母親如何嚴格地督促他。他說他放學回家，也不敢在路上多逗留時間。只要回家稍遲一些，母親就會查問為什麼遲到。父親早死，她對長子的管教特別嚴。由於母親的管教，使他幼小的年紀就懂得做哥哥的一定要樹立一個好榜樣的道理。

「那時我自刻一個『沈大』的名章，」雁姐夫回憶他小時候深受母親教誨的光景說，「這是為了提醒自己，要擔當起作為一個長子的責任。」

談洪深

九月二十六日

　　我的三女和女婿旅行結婚到北京。他們在火車上聽人說：豐子愷死了，患的是肺癌，等到發現是癌症，已經擴散到腦神經，只半個月，就在上海的大華醫院裏逝世了。

　　豐子愷是著名的藝術家和文學家，爲人敦厚淳樸。他的漫畫獨具風格，他的散文清麗可誦，他也是一位老翻譯家。我曾在上海見過他。在和他多次交往中，使我覺得他是一位眞誠可親的長者。他和雁姐夫都是浙江桐鄉縣人。雁姐夫的二嬸和豐家是親戚。聽到這噩耗，我們都十分惋惜。雁姐夫還從豐子愷的肺癌，談到洪深的肺癌，以及他的外語造詣，他對我國戲劇和電影的貢獻。

　　雁姐夫說洪深也患肺癌。那是 1955 年，他正在波蘭，覺得有熱度，去波蘭醫院治療，診斷是肺癌，外國大夫告訴陪他治療的人，要他趕快回國，否則恐怕要死在國外。那時不告訴他患的是癌症，只叫他回國治療。洪深聽了很不高興，以爲是不信任他。後來還是回國了。哪裏知道，回國才兩個月，竟然在北京逝世了。直到死前，才告訴他患的是癌症。住院時，周總理也去醫院看望他。他是江蘇常州人，比雁姐夫大兩歲，很可惜，只活了六十一歲。在第一次世界大戰時期，也就是在他二十二歲的時候，就以優異成績被清華大學選送赴美公費留學。他起初的理想是「實業救國」，學的是工科。後來受到反帝反封建的五四運動的啓示，他的「實業救國」的理想破滅了，從幻夢中清醒過來，覺得此路不通。於是，1919 年轉入哈佛大學，專攻戲劇文學，希望用戲劇這種文藝形式來啓迪民族的覺悟，建立振興中華的自信心。他是我國第一個遠涉重洋去學習西洋戲劇的人，在美國，總共學習六年。回國以後，他重視電影藝術理論的研究和探討，是我國有聲電影先驅者之一，對我國電影事業的發展，起到創設性的推動作用。同樣，他對我國現代話劇的形成和劇場藝術水平的提高，也曾作出卓越的貢獻。他先後導演、創作、改編、翻譯了大量的話劇和電影劇本。他的劇作的特點，是著重人物的心理刻畫，有「心理劇」之稱。他確是我國優秀的戲劇藝術家和電影藝術家。

　　還有一件事給雁姐夫留下很深的印象：那是 1930 年，上海的大光明電影院放映一部美國帝國主義侮辱我國的影片《不怕死》。正當影片要放映時，洪深衝上舞臺，站在銀幕前當眾演說，向觀眾揭露這是一部辱華的壞影片，呼

籲大家抵制這部影片，並堅決要求當局宣佈禁演，向美帝國主義提出強烈的抗議。他激起了廣大觀眾的愛國主義激情共同聲討，指責影院老闆的賣國行為，憤怒離座，罷看而去。當時影院老闆勾結了英美巡捕，無理拘捕了洪深。這件事激起了上海各階層人民的憤怒，一致要求釋放被捕者、禁演辱華影片。鬥爭終於以取得勝利而告終。但通過這次有名的「電影《不怕死》事件」，人們給洪深送了個「黑旋風」的稱號。

雁姐夫說，抗戰開始，洪深率領「上海話劇界救亡協會戰時移動演劇第二隊」輾轉各地，從事劇藝救亡工作。抗戰勝利後回上海，除在復旦大學任教外，同時從事話劇、電影工作，並在《大公報》主編《戲劇與電影》副刊。全國解放後，被選為人大代表，歷任中國劇協副主席、作協理事、對外文化聯絡局局長等職。總的說，是從事文藝領導和中外文化交流工作。雁姐夫說到這裡，緩緩氣，微笑著說：

「最為人們傳為藝壇佳話的，是他晚年與著名京劇表演藝術家梅蘭芳、周信芳同臺合演京劇《審頭刺湯》。他善於辭令，鼓動性強。他的外語特別好，經常糾正翻譯的錯誤。他是一位不可多得的、多才多藝的文學家和藝術家。他和豐子愷可以說是同一類型的人物，但卻有著完全不同的性格和生活實踐內容。」

遊園

九月二十八日

國慶節快到了。節日的氣氛逐漸濃起來了。我想起今年五一節在上海報上見到雁姐夫和許多國家領導人在遊園時觀看演出節目的照片。我問雁姐夫遊園累不累，坐在小凳上看節目是否都看完，一起去的還有誰。他笑了笑，回答說：

「遊園嘛，當然允許帶家屬，可以帶五人，另外服務員一人，是扶著走路的。坐的時候，不嚴格要求按次序，只坐了十多分鐘。所謂遊園，其實只是拍張照片，登一登報。在到演出場地看節目前，是在另一個地方吃茶點，聊天。那地方離開演出場地只十多步遠，在看節目、照相以後，就上船遊昆明湖。在船上，也是吃茶點、聊天。遊湖半小時，到另一處休息，然後回家。汽車是可以開進園裏去的。就這樣，遊園一次，合計兩小時左右，我總共走

了幾十步路。家屬進園後，自由活動，下午三點進頤和園，到五點鐘光景，他們來到我遊湖後休息的地方，會齊後，一同上車回家。」

國宴

九月三十日

這幾天，請柬、戲票、電話多得很。國慶籌備小組送來了兩張紅色的遊園請柬，每張可去家屬五人；另外一張綠色的，只可去一人，參加國宴的請柬也送來了，雁姐夫的座位安排在主席團桌。這是用周總理名義邀請的，傍晚六時，管理局派員來接雁姐夫，宴會後送回來，已經八時多了。我問雁姐夫宴會的情況，他回答說：

「吃飯的實際時間是一小時，吃的是八個冷盆，四個熱菜。一個砂鍋是豆腐燒魚，水果是哈密瓜，點心是月餅。不吃飯的可以吃麵包。坐在我兩邊的，是谷牧和王震。谷牧對我說：『今晚夏衍也來了，周揚也要分配工作了。』」

今天下午，雁姐夫午睡起身後，慢步踱了幾圈，因為今晚有活動，又去躺在床上，休息養神。三點半了，我從冰箱裏拿出紅色的進口眼藥水，進去替他滴（每日兩次）。他說：「臧克家的覆信，不能再拖了。我不起床，請你代我動筆吧。」我去拿信紙，筆錄如下：

克家兄：

九月十六日、二十九日來信及附件敬悉。您預祝我八十歲的七律一首，獎飾過當，讀之感愧交並，萬萬不敢承受。您又要請許先生刻竹，尤其不敢當，千萬請不要費心。至囑、至盼！

我的氣喘病，依然如故，現在中西藥並進，求其不再惡化而已。多臥少坐，對下肢麻木有好處，故此信仍請人代筆。匆匆即請

痊安！

沈雁冰（簽名）

75、9、30

竹刻照片一張奉還。

醫院來去

十月二日

昨天是國慶，上午雁姐夫在家休息。我們拿了兩張國務院發的紅色請柬，去頤和園觀光湊熱鬧，玩了半天。下午雁姐夫往中山公園音樂堂。我的三女和女婿隨車進入園中。

今天一早，我到首都機場宿舍去看望大弟，回家時已經下午五點多鐘。我帶著一些鮮棗，想給雁姐夫嘗嘗，不料一進他臥室的門，只見他躺在床上，病倒了。

我問他感覺怎樣，他回答說：

「今天下午去會見外賓的時候，已經有熱度，回家量了體溫，有 37.7℃，吃了藥，還是發燒。還拉肚子。」

「這兩天來又是國宴，又是國慶，一定是累了。」我說。

我想給他吃一些稀飯，他說吃不下，什麼也不想吃。

晚上，將近十一點鐘，熱度仍然不退。給北京醫院打電話，請醫生出診，醫生要求我們送醫院，這樣可以驗血，驗大便。於是打電話給管理局服務處，請他們派車。阿桑陪去醫院。

十月七日

雁姐夫進醫院的第三天，就不拉肚子，熱度也退了。

現在正吃中藥調理，大概不久就會出院的。

十月十三日

今天上午，雁姐夫出院了。

他一回來，就忙著要我打開箱子，拿出衣服和棉被。他拿了一件沚姐穿過的舊皮短外套，一定要送給我。我一再推讓，他就說：

「留著作為紀念吧，你一定要收下。」

看到他如此懇摯，我也只能收下了。

接著，我幫他在每隻箱子的邊上，貼上了寫明箱子所藏何物的紙條，免得找東西時翻箱倒篋，白費氣力。雁姐夫作事細心，做任何事情，都是有條有理，一絲不苟。我禁不住說：

「您真想得周到。」

「我在醫院裏躺著的時候，就想到要做這件事。」雁姐夫說，「趁你還在，把箱子裏的衣物整理好。你上海有孩子，要照顧，在這裡住不長。等你走了以後，我自己取衣物時，再也不需要花很大的勁了。」

怪信

十月七日

雁姐夫出院前，曾要我代他寫幾封信。

一封是給戈寶權的。他來信詢問了很多有關魯迅與雁姐夫的事，我代筆寫信告訴他，說雁姐夫正住醫院，所問的問題，等他出院後再答覆。一封是給安徽的雁姐夫堂妹沈德汶的。另一封是寫給冷湖徐作部的信。

有三封怪信，雁姐夫要我帶回。

這是一個叫徐英武的來信。他是新疆伊犁伊寧縣一個公社的下放農民。從去年開始，他寫了很多信，還打來電報，說是從前在新疆某醫院做護士時與姐夫，沚姐認識的，當沚姐生病，是他看護，還說沚姐曾經送過他一件毛線衣，要來認雁姐夫做乾父，要求代他在京找個工作，為他的兒子開後門上大學，他寄來了他全家的照片。雁姐夫說沚姐在新疆時沒有住過醫院，根本沒有這一回事，一直沒有答覆他。想不到此人竟在上個月來到北京，尋到政協。因為打聽不到雁姐夫的住址，見不到雁姐夫，更是接連的來信，要求見面。此人在新疆的兒子，也打電報和寫信來認爺爺，要求上大學。真是糾纏不清，雁姐夫說：

「我只能一概不覆。魯迅在 1927 年後居住在上海景雲里時，有個青年來找他，說是從廣州來的，要求魯迅給他介紹工作，而且說沒有錢住旅館，在上海也沒有親友，無處借宿，要求就在魯迅家裏住。一住就是一個多月。有吃有住，絲毫也沒有要走的意思。後來還是請人跟他談了話，給了他一筆錢，才把他打發走。現在這個人，是老頭子，更加麻煩了。要是覆信給他，他可能會拿了我的信去招搖撞騙。前車有鑒，為了免得惹事生非，我只能不覆信。」

談文藝和生活

十月十五日

雁姐夫有一些印有花卉、人物的宣紙信箋，構圖和色彩都是古色古香，別有風味，平時，他捨不得用來寫信，可是今天，他卻拿出來，爲我的子女寫字留念。

我見到一張信箋，上面印有一位和尙，背向跪著，掀開架裟，裸露上身，用一柄「抓爬」，在背上搔癢，顯出一種舒適愜意的神情。我仔細地再看旁邊的題辭，只見如此寫著：「上些不是，下些不是，搔著恰當處，唯有自己知。」我看著不禁發笑。雁姐夫聽見笑聲，就停下筆，拿過信箋來看。我說：

「那構圖和題辭，眞是貼切。尤其是那四四五五言的題詞，簡直把畫上的模樣，概括得惟妙惟肖。」

「這就是人們喜愛的文藝小品！」雁姐夫說。「文藝創作，是源於生活的。作家必須善於捕捉那些蘊藏在生活裏的點滴閃光的東西，加以必要的提煉概括，用線條、色彩或用包含著形象的文字表現出來，就會成爲人們喜愛的文藝小品，如果作家在長期的生活實踐中，積累了豐富的素材，形成某種渴求表達的創作衝動，那就會構成短篇或長篇小說的主題思想，據此而將素材提煉加工，就會成爲短篇或長篇的文藝作品。」

談《一千零一夜》和鴛鴦蝴蝶派

十月十六日

今天談到了《一千零一夜》的翻譯。

雁姐夫說，翻譯《一千零一夜》的納訓，好像是四川人，懂得阿拉伯文。民國初年，商務印書館就出版過這部書的譯本，不過是用文言文翻譯的，書名叫做《天方夜譚》，那可能是從英文轉譯過來的，流行的英譯本書名叫做《阿剌伯之夜》，《天方夜譚》就是這個英譯本書名的華譯。因爲在我國古籍中，稱阿剌伯爲「天方」，就好比稱印度爲「身毒」或「天竺」一樣。文言文的《天方夜譚》，他以前看過，認爲譯得不差。納訓的白話文譯本《一千零一夜》，他沒有讀過。

接著他談了好幾種譯本，有幾種譯本，他是跟外文對照了看的，很仔細，

他說好的翻譯，不僅是把原文的意思完全翻譯出來，還要把原作的精神、風格完全表達出來，要有文采，這是很不容易的。

從翻譯，他又談到了創作。在談創作的部分，給我印象最深的，是談到了鴛鴦蝴蝶派的創作，鴛鴦蝴蝶派，又名「禮拜六」派，因為這一流派曾以《禮拜六》這個周刊為主要陣地，而所謂「鴛鴦蝴蝶」，則是因為作品的主角一般都是才子佳人，一見鍾情，難捨難分，就像一對鴛鴦或蝴蝶一樣。清末民初，這類言情小說，已經在上海產生。他們的文學主張是滿足城市小市民階層的消閒和享樂。雁姐夫過去曾寫過文章，給予批判。但是這一流派的有一些創作，能聯繫現實政治，反映一些具有積極意義的主題思想，這是可以肯定的。所以雁姐夫說：「鴛鴦蝴蝶派的作品有必須批判的一面，但也有真實地揭露當時黑暗社會的一面——這是應該肯定的一面。」他列舉一些作品，比如李涵秋的黑幕小說《廣陵潮》。他從頭至尾地把故事情節詳細地介紹給我聽，然後作具體分析，他還說：

「任何事物都應該是發展的、辯證的。對待具體作品，就不能一概而論，要作具體分析。過去，我在很多問題上往往存在片面觀點；有時候，甚至還或多或少地受到了一些極左思潮的影響，這決不是馬克思主義的治學態度。」

談地震

十月十八日

今天我新疆的女兒勝芳，帶了兩個孩子來探親，知道我在北京，就來京與我匯合，準備住半月以後，一同回到上海。

來京四個多月，快要回上海了，在這期間，我的子女常來姐夫家打擾，我向雁姐夫表示歉意，並致謝意。

雁姐夫卻說：

「我們是至親，你是我請來的，不要客氣。這次你來得很好，很是時候，要是今年上半年來，那就要碰到防震了。三月份的時候，預測要在北京地震，連幼兒園的小朋友也都傳達到了，說三天內將有五至六級地震，以後仍有較大或較小的地震，要過了五月，才可以脫離危險期。要求大家夜裏穿著棉衣睡覺，以便聽到警報，立即奔到室外。我已經老了，也懶得動，對地震不在

乎，就以不變應萬變，原地不動。至於夜間穿棉衣睡覺，這是我一貫如此的，倒不是因為要地震了，才把棉衣穿上睡覺。」

「穿了棉衣能睡覺嗎？」我很奇怪，「為什麼要穿棉衣？」

「你不要奇怪。」雁姐夫說，「我雖然每晚吃安眠藥，但一夜中還會醒來三四次，每次醒來，一定要小便一次，雖然室內溫度在暖氣封爐後的半夜，仍有十七八度，因為害怕受涼，就穿了棉衣棉褲睡覺。這正是老年血衰怕冷的緣故，以前，我看見吳玉章老，在秋天時就穿上皮衣，出席晚會，叫人奇怪。現在才知道，這倒是正常的，而且也已經輪到我自己在秋天出門穿皮衣了。」

「預報了地震，您不在乎，原地不動，可是別人呢，他們能安心嗎？」

「他們是有些顧慮的。但是後來，管理局和北京房管局來了七八個人，把我的住房逐間仔細檢查，還到屋頂上去看，結果沒說什麼，意思是經得起六七級地震的考驗，不會倒塌。這樣，大家也安心了。」

談諾貝爾文學獎

十月二十日

雁姐夫看書看得累了，從床上起來，走到起居室裏活動活動。

在臥室聽到雁姐夫走動的聲音，我就放下書，出去陪他聊天。我想起在上海時聽說他和巴金要合得這屆諾貝爾文學獎的事，就順便問問他：

「雁姐夫，聽說你和巴金都要獲得諾貝爾文學獎，有這件事嗎？」

「哦！那是在『大參考』上，有過這條消息。我再也不知道別的，『大參考』嘛，是給你參考參考的，不能當真。再說，東方人獲得諾貝爾文學獎的很少，連高爾基和魯迅也沒有得到過，我更談不上了。……」

「聽說魯迅是自己不願意要。真有這件事嗎？」

「真有這件事。那是在 1927 年的秋天，一個瑞典人名叫斯文海定的到我國來考察時，跟劉半農談起，想提名魯迅為諾貝爾文學獎的候選人，請他徵詢魯迅的意見。後來劉半農轉請臺靜農向魯迅探問。魯迅回信說：『我很抱歉，我不願意如此。』他認為他『不配』，他認為他的創作水平遠不及他翻譯的那本童話《小約翰》的作者──荷蘭的作家望·藹覃，而這位作家也還沒有得到諾貝爾文學獎呢。這當然是魯迅的謙虛。更重要的原因，是由於蔣介石叛

變革命，面對著蔣介石的反革命大屠殺，他不願爲蔣介石的反革命政權裝點門面。而且如果得了諾貝爾文學獎，再寫文章，一定會變成『翰林文字』，『一無可觀』，所以他寧可窮些，也不要這個『名譽』。」

雁姐夫要我查看魯迅在 1927 年秋天寫給臺靜農的書簡，他說那時正是魯迅即將被迫離開廣州到上海來的時候。

這時我又問：

「那麼，諾貝爾獎有哪幾個方面？是不是每年都評？」

「諾貝爾獎，從 1901 年開始發獎，每年 12 月 10 日頒發一次。獎金是根據瑞典化學家諾貝爾的遺囑，將他的全部財產 920 萬美元作爲基金，存在銀行裏，把每年 20 萬美元的利息作爲獎金，平分五份，分別授予物理學、化學、生理學或醫學、文學以及和平事業中最傑出的人士，而不論其民族和性別。但是由於政治利益和立場的不同，特別是文學獎與和平獎的頒發，是不公正的。」

這使我明白了爲什麼一些亞非拉第三世界的國家很少有人得到諾貝爾文學獎的原因。

辭別

十月三十日

我要離開北京，回上海去了。

將近五個月來，在雁姐夫家作客，聽了他講述往事的回憶、談論人事的看法、啓示並教導我如何學習和做人，不僅使我增長了知識，瞭解了他的生活，更加重要的，是使我親眼看到了他的思想的閃光。他那好學、謙遜、早年投身革命，畢生勤奮寫作、熱愛青年、誨人不倦的形象，已經深深地烙印在我的頭腦裏。

握手告別的時候，我鄭重感謝雁姐夫贈送我養老金，感謝他全家對我親切的接待，我流露出依依不捨的心情。雁姐夫似乎察覺到這一點，就寬慰我說：

「北京和上海之間交通方便，以後你再來嘛。要是你德沚姐還在，她一定不讓你走，要你陪伴她的。她常常提起你們，掛念你們孩子多。她……」

哪裏想到，雁姐夫想要寬慰我的話，反而引起我一陣哀思。我不等雁姐夫說完，立刻走進雁姐夫的臥室，呆呆地站在沚姐的骨灰盒前，隔著我湧在

眼眶裏的淚水，看著她的遺像。我想起了沚姐活著的時候，總是常常親切地
叮嚀我：孩子多，要料理好家務，把子女教育好。我好像又聽到了她的聲音。
但是我想到雁姐夫他們在外面等著，我終於擦去淚水，壓抑住悲痛，走向起
居室，強顏歡笑地向雁姐夫告別。

　　阿桑夫婦送我們上了去上海的火車。

第二部分

回　憶

記茅盾夫婦

訂婚

　　茅盾和夫人孔德沚，都是浙江省桐鄉縣烏鎮人。他們兩家是世交。祖父一輩，就已經是很知己的朋友，都在經商之餘，喜愛書法，能寫一手好字。尤其是茅盾的祖父，名恩培，字硯耕，是位秀才，屢次鄉試都沒有考上舉人，後來從商，書法出眾，人們都盛讚他的翰墨具有工整而圓潤的獨特風格。他為人家寫了不少匾額、堂幅、樓名、館號，乃至商店的招牌；也代人寫了不少對聯，都不署名。他也喜歡自撰自寫對聯，藉以自娛，並非為了名利。除此以外，他還熱愛器樂，能吹得一口好洞簫。德沚姐的祖父名繁麟，字樂愚，在喜愛書法的同時，還愛種花卉，自建孔家花園，取名「庸園」，表示本人並非高雅之士，正像他的字號「樂愚」一樣，意思是不求聞達，不慕名利，樂在愚庸之中。而由於他的悉心栽培，探究布局，還專程到蘇州請來名匠設計規劃，布置陳設，到外地購買名卉佳樹，運太湖石築假山，挖池塘，建亭樓。他所一手創建的「庸園」，後來竟成為烏鎮有名的花園。

　　沈恩培和孔繁麟，這一對情趣相投的知己朋友，就經常在「庸園」觀賞花卉，說古談今。有時還一起去「訪盧閣」品茗，或到西園聽拍曲（練習唱崑曲）。在他們品茗或聽曲的時候，恩培常帶長孫雁冰，繁麟常帶長孫女德沚同去。這時候，雁冰姐夫五歲，德沚姐姐才四歲。旁人看見這一雙無猜的小

兒女在一起玩耍，就半開玩笑半正經地說：「你們兩位如此相好，有了這現成的一對，何不結爲親家？」

說起這兩家聯姻的事，不妨在這裡補敘一筆。

原來沈孔兩家，在上一輩就有共修姻緣之交的心意，沈家有個兒子，孔家有個女兒，雙方的父母說定要給他倆成婚，結爲夫妻，可是沈家把孔小姐的生辰帖子要去，請算命先生一算，說是聯姻不得，有沖剋，婚事也就吹了。這件事傳到孔小姐的耳裏，她身體素來羸弱，受不住這沉重的打擊，竟一病不起，嗚呼哀哉。從此沈家總覺得十分內疚，好像欠了一筆「債」似的。

現在，有人提出孫兒一輩可以聯姻，倒是一個還「債」的好機會。因此就由沈家主動提出，得到孔家同意，終於不再卜吉問卦，很快就給雁冰和德沚訂了婚。

補課

德沚姐的父親名祥生，字問松，是位很守舊的老派人。雁冰姐夫的父親沈永錫，字伯蕃，十六歲就中了秀才，是位「維新派」人士。訂婚後，他向孔家提出兩點要求：一、要讓未來的媳婦德沚姐去讀書；二、不能纏足。但是孔家對此要求，不理不睬，固執地我行我素，不顧當時（清末）天足之風已經興起，硬要女兒纏足，而且認爲女子無才便是德，更不准她去讀書。纏足如同受酷刑，是很痛苦的事，俗話說：「一雙小足，七缸眼淚。」幼小的德沚姐受不住鑽心般的疼痛，哭泣著不肯纏。大姨娘見了就勸說：「外甥女已訂了婚，是沈家的人了，沈家既已提過不要纏足，她又哭著不肯纏，將來纏了足要怪你們的，你們何苦硬要給她纏呢！依我看，還是不纏的好。」這樣才算放了足。但是德沚姐卻因此變成了半天然足了。

1916 年，雁冰姐夫在北京大學預科第一類讀了三年書。畢業以後，因爲要負擔家庭生活，經濟上不允許他再繼續深造，便由表叔盧鑒泉（學溥）介紹，進了上海商務印書館編譯所工作。1917 年，雁冰姐夫二十一歲，德沚姐姐二十歲，兩家的親戚都說兩人歲數大了，結婚不宜太遲。這一年，他倆終於在故鄉烏鎮成了婚。那時的德沚姐正如雁姐夫在 1975 年 4 月 17 日寫給我的信中所說：「德沚還是一個不知道北京比上海遠或近的地方呢，只認孔字、沈字及數目字的嬌憨天眞的姑娘，但她有志氣，要求進步，在結婚後的三朝內，她就要我教她識字，講些關於歷史及國內、國外形勢的常識。十天後我

回上海工作，她留烏鎮，就由我母親教她識字寫字，以及其他知識，她進步很快。後來我們遷居上海，她眼界寬了，參加革命工作，朋友也多了，做婦女運動很積極，活動範圍除女學生、家庭婦女，還有女高級知識分子，以及革命老前輩如孫夫人宋慶齡。孫夫人很喜歡她，所以魯迅逝世時，治喪委員會派她專門侍候孫夫人，寸步不離。」

德沚姐婚後好似進入了另一個天地，她的求知欲和進取心都很強。她要求到離烏鎮不遠的豐子愷故鄉石門鎮上豐子愷長姊豐瀛主辦的振華女校去寄宿讀書。德沚姐在娘家原名世珍，「德沚」是她的學名，因為雁冰姐夫是「德」字輩，而且規定「德」字下面的一個字，必須是三點水旁的，所以取名「德鴻」。老夫人沒有女兒，就把媳婦當成女兒，按規定取名「德沚」。在振華女校，她是唯一的已婚女子，年歲較大，坐在教室的最後一排，同學們都叫她「大姐姐」，後來到了上海，又在愛國女校讀書，直到要生孩子的時候才中途輟學。

征途

德沚姐第一次跟隨姐夫來到上海時，是個初出家門、年輕幼稚、膽小怕事的農村少婦。他們先從烏鎮乘小火輪到嘉興，再乘火車到上海。一路上德沚姐東張西望，一切都感到新奇，睜大了眼睛，問這問那。火車進入上海站，他倆把行李取下，由姐姐看守行李，姐夫去叫黃包車，那時的上海火車站不在租界，而黃包車大都是領了繁華地區英、法租界的照會。沒有中國轄區照會的黃包車是不能進火車站的，而雁姐夫工作的商務印書館編譯所在閘北寶山路，因此找的住房也在閘北寶山路的鴻興坊，都是中國轄區，一定要找有中國轄區照會的黃包車才能去，就這樣，雁姐夫叫了很多時候才找到，這時沚姐可等急了，她眼看火車站上人來人往全是些陌生人，自己孤零零地一個人站著，真不知怎樣才好。等了好久好久，一見雁姐夫，差不多要哭出來了，她哭喪著臉，訴說她守著這一大堆行李，害怕極了，有好多人不懷好意地看著她，好像是壞人，要來搶行李似的，嚇得她的心怦怦直跳。雁姐夫忙不迭地說明黃包車難找的道理，耐心地安慰沚姐。

雁姐夫跟我談到當時沚姐的情況，他自己也禁不住呵呵地笑了。他說那時看到沚姐，確實非常緊張，只見她急得額頭上也淌了汗。「一見到我，」雁姐夫帶笑地說：「兩個眼眶裏裹著淚水，差一點要哭出來了。」

這是德沚姐剛到上海時的情況。

可是後來，在接觸到革命以後，她卻完全變了樣了。雁姐夫收斂起笑容，用嚴肅的口吻給我介紹說：

「你不會相信：她幹革命工作，膽子可大得很，能夠沉著、機智地應付敵人！」

革命

那是 1922 年的事，雁姐夫在 1919 年尾就開始了馬克思主義的研究，接著，和陳獨秀、李漢俊、陳望道、李達等參加在上海的馬克思主義研究小組和共產主義小組，並爲「中國共產黨發起組」出版的黨內秘密宣傳刊物《共產黨》月刊翻譯文章，宣傳和介紹馬克思列寧主義的學說。1921 年雁姐夫就成爲最初的「上海黨小組」的成員，是我黨最早的黨員之一。黨在上海創辦了我黨第一個培養婦女幹部的學校——以半工半讀爲號召的平民女校，雁姐夫在業餘擔任義務教師。同時在《民國日報》的副刊《婦女評論》上撰文，積極提倡婦女解放。沚姐在雁姐夫的影響和教育下，逐漸成長爲一個有覺悟的新女性，參加了革命工作。最初，沚姐在紡織女工補習學校擔任義務教師，學校設在里弄內，負責人叫「小史」，她本是紡織女工，是共產黨員，被日本人的紗廠開除出來後，專做黨的地下工作。沚姐每次去上課時，都要到弄堂口的小店去買包香煙，摸摸情況。這一次，她照例去買香煙，那店員神態有些異樣，對沚姐做了個嘴臉，搖搖手作暗示。沚姐知道學校出了事，買了香煙便回頭往別處走。事後打聽，果然「小史」在學校被捕，「包打聽」（暗探）們留在學校，等候抓人。隔了兩天，沚姐在家正擔心學校的事，心神不寧，聽到敲門聲，開了門，只見一個陌生人，歪戴著帽子，嘴裏叼了根煙捲，樣子像「包打聽」，又瞥見弄口有「小史」的身影，一閃而過，心裏便有了底。那來人問：

「這裡有姓孔的嗎？」

沚姐脫口而出：「有的，不過她昨天已經搬家了。她是住在亭子間裏的。」

「你是什麼人？」來人問。

「我是二房東。」沚姐坦然地回答，並若無其事地帶領那人去看亭子間。

那亭子間是雁姐夫的母親陳愛珠老夫人住的，這時沈伯母剛好到烏鎮去了，房子空著。來人看了以後，信以爲眞，也就無精打采地走了。後來才知

道，那來人果眞是「包打聽」，是因爲「小史」經不住嚴刑拷打，供出了沚姐的名字，還領人來逮捕沚姐。虧得沚姐靈活鎭靜地應付了這場災難。當天，她不敢再在家里居住，住到別處去了。

鬥爭

雁姐夫擔任黨中央聯絡員的工作，一直持續到 1925 年的春天，他還被選爲上海地方兼區執行委員會執行委員，負責國民運動中的統一戰線工作。他白天在商務印書館編譯所當編輯，晚上幹革命，工作十分繁忙，家裏的事完全交給沚姐。那時沚姐也入了黨，在管好家務，照顧好孩子的同時，總是出色地完成黨交給她的任務。從外貌看，沚姐有著「少奶奶」（家庭主婦）的風度，容易蒙混反動派的鷹犬，因此地下黨總是把一些出頭露面的事，交給她承擔。

有一次，黨組織了一個「三八」婦女節集會，要沚姐出面去借禮堂。她借到了藝術學校的禮堂。當時有規定，開會必須報告租界當局備案，藝術學校去報告了。開會那天，巡捕房派人在門口監視，並派人去會堂內巡查。作報告的同志講的是些男女平等、婦女解放之類的話，倒也沒什麼。可是到散會時，忽然有人散發傳單。「包打聽」禁止發傳單，但已措手不及，就找藝術學校的人講話。學校的人說與學校無關，這是姓孔的來借的禮堂。「包打聽」就找沚姐，氣勢洶洶地問：

「你是什麼人？」

沚姐很鎭靜地回答：

「我是啓明小學的教師。我們開會講的什麼，你們不是都聽見了嗎？有什麼違法的嗎？傳單又不是在馬路上散，是在會場上散。傳的內容正大光明，有什麼違法的嗎？」

一連幾問，問得「包打聽」啞口無言。最後他們惱羞成怒，非要沚姐一起到啓明小學去證實她確是這個學校的教師不可。事實上，沚姐並不是這個學校的教師，因此她有些心慌，一路上提心弔膽，害怕露了底。幸虧到了啓明小學，出來接見的人是認識沚姐的。沚姐搶先一步，說在「包打聽」的前面：

「陸老師，他們不相信我是本校教師，還要我把他們帶來……」

陸老師看出沚姐要甩掉這些「尾巴」，也就不等她說完，緊接著說：

「孔老師，你班上的兩個學生找你老半天，你到什麼地方去了？」

陸老師真機智，她不給沚姐作正面證明，卻用問話來說明沚姐是他們學校的老師。兩個「包打聽」聽了這些話，看看陸老師，看看沚姐，再也無話可說，只得垂頭喪氣地走了。

像這類的事，遇到過多次，都被沚姐機警地應付過去。鬥爭是那麼激烈，那麼驚險！

逃難

大革命失敗以後，雁姐夫被國民黨反動派通緝，經常處在國民黨特務的監視和跟蹤之中。

1938 年 12 月 20 日，雁姐夫和沚姐帶著兩個孩子，應杜重遠的邀請，從香港乘船到海防，經滇越鐵路到昆明，再到蘭州，在路上走了兩個多月，其間騎了 40 多天毛驢，直到翌年三月才抵達目的地——新疆迪化（今烏魯木齊）的新疆學院。雁姐夫想到新疆，在地下黨的領導下，和前來支持的進步文化人一起，把新疆開拓成紅色的文化基地。可是到了新疆以後不久，盛世才的反共反人民的反動獨裁本色逐漸顯露了出來，地下黨員不斷被捕。雁姐夫打了幾次報告，要求離去，盛世才不讓走。處在這樣險惡的環境裏，雁姐夫表面上裝得很鎮靜，而且特別注意不求名位，表現出毫無主見、無所作為的樣子，實際上卻在暗中設法逃脫軍閥盛世才的魔掌。沚姐和姐夫密切配合，表面上裝扮成一個不問政治、只管家務的家庭婦女，在家料理家務，出外也常帶著孩子，實際上，她卻代替了雁姐夫，跟一些進步文化人串連通氣，交換情報，研究對策，策劃逃離新疆。盛世才和他的爪牙們看到雁姐夫碌碌無為，沒有野心，安分守己，是個懦弱無能的書生，也就放鬆了對他的防範，但是仍舊不批准他走。由於他們夫妻倆密切配合，風雨同舟，患難與共，終於在1940 年 5 月，在一次招待會上，雁姐夫利用盛世才標榜的所謂「忠孝」之道，當眾提出要奔母喪，回家鄉安葬母親的要求。盛世才礙在眾面，一口答應，可是事後隻字不提，拖延著不發路條。最後在黨幫助下，迫使盛世才不得不開路條。一拿到路條，雁姐夫急忙和關西大漢張仲實一起，帶了家屬，只帶隨身衣物，裝作還要回新疆的樣子，匆匆逃離虎口。到了蘭州，黨告訴雁姐夫說，盛世才打電話給機場，要截住他，不讓走。此後不久，果然傳來了不幸的消息：杜重遠等不少進步人士慘遭殺人魔王盛世才殺害，趙丹、徐韜、

王爲一、朱今明等幾位劇團的同志也被捕入獄。這次如果不是地下黨幫助雁姐夫他們到了延安，在新疆早就沒命了。

第二次逃難，是在 1941 年 12 月。當時，日本向英、美宣戰。太平洋戰爭爆發。18 日，日軍突襲並佔領了香港，約有一二千進步文化人羈困在淪陷了的香港，茅盾夫婦也在其中。東江游擊隊奉黨中央的命令，組織力量，妥善布置，協助這一二千進步文化人分批陸續由香港轉入內地。

雁姐夫和沚姐同廖沫沙、葉以群、胡仲持組成五人小組，在東江游擊隊的協助下，從香港出發，取道東江，逃到桂林，全程歷時約一個月，那時正值舊曆年關，冷雨連綿，北風怒吼，更增添了路途的艱辛困苦。爲了避開敵人，每晚摸黑走五六十里山路是常事。有時露宿荒野，大家背靠背取暖。沚姐雖是解放了的小腳，隨同男同志們長途跋涉分外艱難，但她咬著牙跟隨大家，誓不掉隊。有一次，他們在漆黑的夜晚摸黑過橋，又不敢照手電，只聽得「噗通」一聲，原來是沚姐一腳踏空，掉到二丈深的河裏去了。幸虧冬天水淺，河裏全是水草和爛泥，沒有受傷。大家把她拉了上來。可是全身已經濕透，凍得發抖，又沒有衣服替換。雁姐夫怕她受寒，忙脫下棉衣遞過去。沚姐硬是不要，只說，快走吧，走走就不冷了。勇敢地繼續趕路。還有一天雨夜，五個人跟著游擊隊的向導，疏散到全是小松林的山上。那裡離敵人只有八九里地。在夜色和雨點的掩護下，他們繞道到了惠陽，那時全身已經濕透，而惠陽城剛被日寇燒掠，找不到吃的，凍餓交加，大家不禁相顧失笑。

東江游擊隊護送他們到惠陽爲止。從惠陽到桂林，是國統區，改由地下黨的「交通」護送。

兩次逃難，可以說是既驚險又艱辛，但沚姐表現得十分堅強、勇敢，從未掉隊。

珍愛

解放以前，沚姐持家儉樸，不僅參加革命，料理好家務，而且還代替雁姐夫做了許許多多掩護、接待、聯繫等工作，使雁姐夫能專心從事寫作，不再有後顧之憂。

1947 年底，黨爲了雁姐夫的安全，把他和一些進步民主人士從上海轉移到香港。1948 年底，應黨中央的邀請，離開香港，經過大連，進入解放區。1949 年 1 月，北平解放，他們就在瀋陽乘集體專車來到北平，雁姐夫參加籌

備新中國人民政治協商會議的工作，並籌備召開第一次全國文代大會。沚姐在大好的革命形勢鼓舞下，也迫切要求參加革命工作。她向周恩來總理表白了自己的心意，周總理認真地考慮以後，回答她說：

「好，我給您安排一個對您最重要、也是最合適的工作——照顧好茅盾同志。他是我們國家的寶貴財富，今後要他為新中國描繪新圖，為新中國作出新的貢獻。您要好好照顧他，這是黨交給您的任務。這比您做任何工作都重要！」

德沚姐領會了周總理的囑託，更加全心全意地照顧好雁姐夫。

為了安排好雁姐夫的生活，就像解放前一樣，沚姐親自上菜場，親自下廚房，穿著一身打著補釘的廚房衣服，給雁姐夫做一些他喜愛吃的菜。自從他倆結婚成家以後，雁姐夫能創作出一部部我國現代文學巨著，在這些偉大的成就裏，顯然也有德沚姐的一份功勞。對此，雁姐夫有著深刻的體會，因而對沚姐十分眷愛。正如他在 1975 年 4 月 17 日給我的信裏所說：

「我和德沚雖不是先認識，談戀愛，然後結婚，但我愛之敬重之。」

德沚姐生於 1897 年，卒於 1970 年 1 月 29 日，享年 73 歲。六十年代的後期，正值「文化大革命」的高潮，她患糖尿病，臥病在家，沒有得到應有的治療，最後送到醫院，不久就去世了。在她臨終前的日子裏，年邁的雁姐夫親自陪夜，眼睜睜地看著老伴昏迷不醒，卻無能為力，心情十分沉重。沚姐死後，因為是在文革時期，只有少數幾個親友得訊弔唁，冷冷清清地火化了。沚姐的骨灰盒上鑲著照片，長期放在雁姐夫臥室的五斗櫃上，並在骨灰盒的周圍，陳列著多件雁姐夫和沚姐一同出國時國際友人贈送給他倆的珍貴禮物。沚姐雖然去世了，但她的骨灰仍然與雁姐夫朝夕相處。雁姐夫經常看望著沚姐的照片。有一次，我才跨進他的臥室，卻看見雁姐夫呆呆地站在骨灰盒跟前，很久很久，默不作聲，像在回憶著什麼往事似的，情意深厚，使我見了感到十分沉痛，悄悄地退出了他的臥室。

1981 年 3 月 27 日雁姐夫仙逝的時候，我在上海。我趕到北京，重新來到雁姐夫的臥室，看到沚姐的骨灰盒還像過去那樣安放在五斗櫃上，可是再也見不到雁姐夫默默地凝視著沚姐骨灰盒時的神態了。我噙著淚花，把從上海帶來的兩個小花圈，一個放在雁姐夫的遺像下，一個放在沚姐的骨灰盒前，以表示我對他倆——這一對互敬互愛、團結戰鬥的革命伴侶的衷心敬意和深切哀悼之情！

茅盾和他的女兒

　　抗戰勝利後的 1946 年 5 月中旬，茅盾夫婦從重慶轉道香港小住後，回到了闊別八年的上海。我和他倆雖是至親，但因戰事遠隔兩地，幾年來只見書信，從未見過面。得知雁姐夫和沚姐已乘英商怡和公司的怡生客輪將到上海時，我興奮地帶著兩個孩子，到預先爲他倆準備好的住所——大陸新村六號二樓去等候，迎接景仰已久的雁姐夫和沚姐。這是我初次和他倆見面。

　　住所裏的傢具雜物，一半是雁姐夫和沚姐原先留在上海親戚家的，一半是由另境和范泉同志在虹口虬江路物色的歸國日僑傢具，倒也布置得一應俱全。雁姐夫和沚姐對這一切都很滿意，連說：「很好，很好，難爲你們想得周到，你們辛苦啦，謝謝！謝謝！」

　　稍事休息後，沚姐和我整理出被褥鋪床，雁姐夫拿出文具用品，整理書桌。我偶一抬頭，只見雁姐夫手裏拿著一個刻花的竹製小小照相框，裏面鑲嵌著一幀姑娘的相片。他正呆呆地凝視著，坐在椅子裏一動也不動。沚姐也發覺了，立刻閉住了她那正在說話的嘴。室內頓時沉寂下來。我突然意識到這張姑娘的相片，可能就是他倆的愛女沈霞的遺像，因爲雁姐夫去年在重慶曾經寫信給另境，表露過對沈霞之死的悲痛心情。我忙把兩個孩子推到雁姐夫和沚姐身前，教他們叫姑父好，姑媽好，這才打破了這個沉寂的僵局。

　　沈霞小名亞男。她怎麼會在陝北突然死了的呢？

　　1940 年 5 月，雁姐夫全家從新疆迪化逃出軍閥盛世才的魔掌，好不容易幾經顛沛流離，到了延安。本想在延安住下，在魯藝講學，不走了。但是，黨中央的意見，認爲他在國內外有影響，如果回到國統區，更能爲黨多做工作，因此還是動員他回去。在周恩來同志的勸說下，他終於接受了黨的安排，夫婦倆在 1940 年初冬，離開了延安，而把自己心愛的一雙兒女交給了黨，由黨去教育他們成長。夫婦倆雖然身離延安，但是他倆的心卻是和黨緊密聯繫在一起的。

　　1945 年，24 歲的沈霞和 30 歲的蕭逸結婚後懷了孕，因爲一心想著革命工作，在動亂的年代有孩子是不便的，就毅然決定人工流產。可是不負責任又疏忽大意的醫生，竟用沒有消毒好的醫療器械動了手術，把毒菌傳染到她的體內，結果沒幾天就中毒而死。沈霞是死在 1945 年 8 月 20 日，可是茅盾夫婦直到 10 月初才得到這不幸的消息。雁姐夫意志素來堅強，「但此番我有月餘之久胸中如塞冰塊，現在只要靜下來時也郁郁難以自解。亞男如果死於

戰鬥，我倒不會這樣難過的！昔年澤民之不幸，我聞訊一慟之後也就排遣開了。我並為亞男悲，因為她力求上進，犧牲了青春時代應有的享受，但結果如此；她是一顆『未出膛的子彈』，這是人的浪費！該醫生應負責任！其他有關人員也應負道義上的責任的！……」（1945 年 12 月 2 日茅盾在重慶寫給孔另境的信。亞男就是沈霞。）雁姐夫痛心的是一顆「未出膛的子彈」，是人的浪費！這是多麼沉痛的話呀！

　　失去了愛女的沚姐，看見人家有好女兒常要羨慕。文化大革命時，我的兩個女兒去北京串連，見到久別的姑父姑母，姑媽很喜歡她們。雁姐夫給我寫信說：「德沚因為自己的愛女不幸早世。看見人家（何況是至親）的好姑娘總是垂涎三尺的。」雁姐夫見了我的女兒和女婿，也多次在信裏讚譽他們，慶賀我有好女兒好女婿，並且還經常鼓勵和教育我的子女，關心他們的成長。

　　1975 年我在雁姐夫家長期作客。有一天，他從書房內專藏他自己著作的各種國內外版本的書櫥中，捧出一個用紅布包著的小包，對我說，這是他女婿蕭逸的遺物，裏面是日記本和寫作計劃。他說，這是蕭逸犧牲後，他的戰友給送來的。

　　蕭逸原名徐德純，小名廣景，1915 年 6 月生，江蘇省南通縣竹行鎮人。中學畢業後，因為家庭經濟困難，不再升學，到上海口琴廠當工人。愛好體育，會製作口琴和鋼琴。他的胞兄徐德勳，在上海商務印書館當工人，深受進步思想的影響，也影響了他的弟弟德純。經過兩人秘密商量，由於經費不足，先讓德純於 1937 年去延安參加革命，哥哥在次年 1 月到達延安。德純在魯藝學習，德勳在抗大學習。學習結業後，先後離開延安，到抗日前線工作。德純用「蕭逸」這個筆名，開始寫戰地通訊。他是新華社華北野戰軍的前線記者。北平解放後，蕭逸隨軍進入北平，才見到岳父岳母，那時他想留下來從事寫作。雁姐夫卻鼓勵他：等全國解放後，然後再搞創作，那就更好。蕭逸聽從岳父岳母的教導，繼續奔赴太原前線。總攻太原之前，敵人陰險狡滑，假稱投降。蕭逸站在碉堡裏，用話筒從槍眼中向敵人喊話，宣講黨的政策，要他們放下武器。不料垂死掙扎的敵人射來了罪惡的子彈，蕭逸就犧牲在敵人偽裝的詐謀中。雁姐夫的悲痛是雙重的：他悲痛國家失去了一個有為的青年；悲痛蕭逸不死在總攻時的炮火下，而死在敵人的詐謀中。女兒女婿都是「壯志未酬身先死」！這是他最痛心的。

　　雁姐夫用平靜的語氣介紹他女婿的不幸遭遇。他早已「學會」了把眼淚

化成憤怒，把悲痛化爲力量！

雁姐夫的眼睛患黃斑盤狀變形，左目視力尤差，幾近失明，每遇陰天光線弱時，就看不成書。1970 年 1 月沚姐去世後，雁姐夫孤獨地住在二進四合院的內院裏間，冷靜而寂寞。1975 年「四人幫」尙未打倒時，他較空閒。一個陰沉天，我在他旁邊結他的毛衣，只聽得他在自言自語：「霞，霞，沈霞，霞的名字起得不好，朝霞、晚霞，雖然美麗，可都是短暫的，不長久的！」我知道他又在想女兒了。的確，要是他有個女兒在身旁，該有多好呀──女兒總是會貼心的，是會耐心地聽他絮語，解除他心頭的寂寞和煩悶，關心他的起居飲食，尤其在他的晚年，是多麼需要有個這樣的女兒陪伴他啊！我也爲亞男的夭折感到惋惜，而陷入無限的愁思中。我有時還聯想到亞男致死的醫療書故，聯想到那不負責任的醫生……可是雁姐夫卻從來沒有跟我說起過那個失職的醫生。

是一次偶然的機會，有人告訴我那位醫生的有關情況。他參加革命很早。全國解放後，他的職位也很高。就像一般老幹部一樣，文化大革命的烈火照例也燃燒到了他的身上，而造成沈霞夭折的醫療事故就是揪鬥他的重磅炮彈。造反派認爲雁姐夫是受害者，肯定會提供重要材料。於是來到雁姐夫的住處要他寫揭發材料。出乎造反派的意料之外，雁姐夫竟拒絕寫揭發材料，他說：「死者不能復生，在當初醫療條件差的情況下造成的醫療事故，現在就不必追究了。」

這是何等高尙的品質！

全國解放後，失去了愛女的雁姐夫，沒有把曾經轉戰在華北和東北前線的獨子沈霜（又名沈桑，參軍後改名韋韜，不用姓）留在身邊，而繼續讓兒子參軍，遠離自己。解放多年以後，韋韜夫婦才調到北京工作，可以照顧父母親的生活，父子倆才得以團聚。的確，雁姐夫的一生是經受了嚴峻的考驗的，他那一切爲了革命、不計個人得失的思想和行爲，給我們後輩樹立了光輝的榜樣！

茅盾與司徒宗

文藝界的朋友大都知道茅盾有一個在文教系統工作的內弟──孔另境，卻很少有人知道茅盾還有另一個內弟，也在文教系統工作，名叫孔令傑，又

名孔彥英，筆名「司徒宗」。

司徒宗是茅盾夫人孔德沚的小弟弟。沚姐原名世珍，在兄弟姐妹中排行第三，小名三娜（讀音 noJ）；另境排行第六，小名阿六、六倌；司徒宗排行第八，因「八」字的諧音不好聽，小名就叫阿福、福倌。其餘的兄弟姐妹都先後夭折了，只留下孔德沚、孔另境和司徒宗姐弟三人（桐鄉的習俗，女孩多稱 X 娜，男孩都叫 X 倌）。他們的父親孔祥生，是個胡塗人，閒蕩了一生。德沚姐恨父親不長進，使母親過早地氣死。母親死時，司徒宗只有九歲，德沚姐已出嫁。她比幼弟司徒宗大十二歲，同肖雞。母親死後不久，她就把十歲的幼弟司徒宗，帶到上海，在商務印書館附設的尚公學校念書。雁姐夫那時在商務印書館編譯所工作，併兼任地下黨領導的上海大學的教學工作。

雁姐夫的家庭是個革命家庭。老夫人陳愛珠深明大義，思想進步，不僅支持她兩個兒子和媳婦參加革命，還和雁姐夫一起，贊成沚姐讓幼弟住在上海他們家。兩年後司徒宗高小畢業，到湖州第三中學住宿。學雜費大部分是沚姐負擔。

雁姐夫兼職的上海大學，有許多教師是中國共產黨的領導者和我國現代進步文化的先驅，如：瞿秋白、惲代英、施復亮、陳望道、茅盾、鄭振鐸、沈澤民、劉大白、楊賢江等。1925 年，上海大學的革命師生在黨領導下，積極參加了偉大的「五卅」反帝運動，取得了勝利。那時，「上大」的校址是在公共租界的西摩路（今陝西路）。帝國主義仇恨「上大」，採取了報復手段，由租界的工部局出面，封閉了這所學校。因此學校不得不遷移到郊區江灣，到了 1927 年，蔣介石發動「四‧一二」反革命政變時，國民黨反動派再一次把學校封閉了。從此，這個有著光榮革命歷史的上海大學只得解散。雁姐夫是在學校被封閉前終止了兼職。1924 年底，司徒宗生了一場大病，輟學在鄉。1925 年初，重回上海，住在沚姐家，進「上大附中」讀書。因發傳單被捕。釋放後寫了處女作《獄中雜記》，發表在《東南晚報》副刊上。不多久，「上大」被封。司徒宗由哥哥另境介紹到故鄉植材小學教書。雁姐夫則早在 1926 年元旦離開上海，去廣州參加了革命。

1938 年初，司徒宗的家鄉浙江桐鄉烏鎮淪陷了。他不願在敵人的鐵蹄下生活，七月初到了上海。那時司徒宗已二十九歲，是個多愁善感、沉默寡言的人，與他哥哥另境的豪爽、急躁、固執的性格迥然不同。他在家鄉已經當了十年的小學教師，深受學生的愛戴。他曾以終身從事鄉村小學教師為志願。

要不是因為日寇侵佔家鄉，他是不會離鄉背井的。由於長期以來在鄉鎮生活，他有一種較近乎農民型的淳樸、淡泊的氣質，他從小喜愛文學，少年時期在上海中學念書時，就已經發表過短篇小說。因此雁姐夫知道他能寫點東西。1938 年 8 月 1 日，雁姐夫在香港主編《文藝陣地》時，在給另境的信中提到：「福弟有閒，可寫點居鄉（指烏鎮）聞見來。」另境當時在上海協助搞《文藝陣地》的校印工作，雁姐夫經常有信和他聯繫。司徒宗在雁姐夫的鼓勵下，學習寫作，先後寫了幾篇總名為《江南的故事》的報告文學性質的文藝作品。第一篇是《一次經歷》，刊登在《文陣》一卷第八期，內容描寫一位游擊隊員外出執行任務，途中遇到假冒「游擊隊」的匪徒，差點被槍殺，後來終於設計脫逃的故事。雁姐夫對《一次經歷》的評語是：「司徒宗稿，第一次我看了筆跡，就知道是誰。文字欠生動，而最大的缺憾是沒有一股力。至於形象化不夠，亦一大病。」司徒宗在雁姐夫的幫助下，修改了多次，終於在刊物上發表了。這使他鼓足勇氣，繼續創作。第二篇《火花》，寫的是兩個農村青年在城鎮知識青年的宣傳鼓動下，參加了抗日工作，刊載在《文陣》一卷第十期。第三篇《黎明前》，寫一些匪徒掛了游擊隊招牌，勾結漢奸，敲詐勒索，胡作非為，鄉民們在日寇、匪徒的雙重壓榨殘害下，忍無可忍，最後團結起來，奪取武器，趕走匪徒，抗擊日寇的故事。刊載在《文陣》二卷第五期。雁姐夫在 1938 年 9 月 20 日和 11 月 16 日寫給另境的兩次信中，又對司徒宗的作品指出了缺點，教導他如何創作與學習，他說：「此次寄來之司徒宗一稿，應當再寫得長些（其中有些地方還可以簡練些），——把人物開展起來，多描寫性格，不要那麼勾幾筆，只給了個概念。其實他不必定要死抓住游擊隊來寫，鎮上小市民（他所最熟悉的幾個人）、自蘇嘉路吃緊以後直至鎮上來了敵兵後的各種動態，都可以寫的，譬如我聽說最初是煙賭盛行，市內及修真觀（廟宇名，已毀）空場上公然聚賭，這也是好材料，可以寫成報告的。」「附二紙是給阿福的，我對他作了嚴格的批評。初作者立即多產，是危險的，而他已經到了這危險。他應當再用功。多寫是練習之道，但寫時必須『惜墨如金』，冗詞泛語，不必要的枝節通通刪去。再者，他的感覺，也不見銳敏；故而無論寫心理寫自然都不免於浮面而平凡。這方面，其實也可由刻苦學習而得進步的。」雁姐夫的這些教導，對初學寫作的司徒宗幫助很大。雁姐夫一貫用實際行動引導和幫助自己的至親走革命的道路，一起奔向抗日的洪流。他們兄弟倆一生靠攏黨、跟黨走，是跟雁姐夫的薰陶分不開的。

　　司徒宗到了已經淪爲孤島的上海後，經哥哥介紹，在上海大學同學會辦的華華中學附小擔任教職。課餘從事兒童文學的寫作，曾寫了不少兒童文學作品和小教工作感想，刊登在 1940 年《中美日報》范泉主編的副刊《堡壘》和其他刊物上。1946 年經上海永祥印書館聘請，和歐陽翠一起，合編《少年世界》半月刊。他從創刊號起連載兒童小說《小壞蛋》。《少年世界》有魏金枝、許傑等進步作家的作品發表，共出六期，因國民黨反動當局不允許登記而被迫停刊。他平時很少寫雜文，但鑒於孤島的形勢，也拿起雜文這一文藝武器，刺向敵人，寫了《母和子》、《血債》等，分別刊載在《魯迅風》1939年第四期和第十二期上。他在華華小學執教時，晚上幫助另境辦理華光劇專的事務工作，接觸到很多戲劇界的朋友，寫了《曙光在望——戲劇朋友的談話》；並參與方言劇的論爭，寫了《方言劇的嘗試》。這些都發表在 1940 年《中美日報》魯思主編的副刊《藝林》上。1946 年是他創作最旺盛的年代。他的作品主要取材於教育界和鄉村城鎮，這與他的生活實踐有關。先後出版的小說集有《迷霧》和《昨日》，永祥印書館 1946 年出版；《血債》，雁姐夫作序，華華書店 1947 年出版，其中有一篇小說，寫的是他在建承中學教書時，突然闖進日寇，逮捕他和同學們以及校長戴介民（巴克）的情景，描繪了他在日本憲兵隊的獄中生活。

　　1946 年，司徒宗在上海把他兩本新出版的小說集《迷霧》和《昨日》寄給在重慶的茅盾，徵求他的意見。雁姐夫在回信中說：「兩本小說都收到了。還沒工夫全讀。匆匆間的印象是：你有材料，但觀察尚不夠深入，技巧方面，通暢有餘而變化不足。你的造句都不大有變化也即一例。又氣魄也不夠闊大。你如能多研究名著，得益必將更多也。」在雁姐夫的指引下，司徒宗也就開始進一步認真學習世界文學名著。

　　司徒宗獨身一輩子。他爲什麼不結婚呢？有人說是因爲他少年時所愛的姑娘死了，所以發誓不結婚。我沒有問過他。只是我曾盡過做嫂嫂的責任，爲他介紹過幾次對象，都被他婉言拒絕了。他在《迷霧》一書的後記中說：「《迷霧》是一個戀愛故事，可是自己缺少戀愛的經驗，那些戀愛時微妙的心理，實在非常隔膜。」從這些話看來，他似乎沒有發生過少年時的戀愛悲劇，但是後來在 1947 年出版的《血債》後記的末段，卻說明以這集子紀念他生平第一次的戀愛，並祝福這集子問世時，有一個美滿的結果。不幸他並不能如願。而且奇怪的是，我做嫂嫂的竟不知道有這樣的事。我估計這也許是一次短暫

的戀愛，否則他一定會告訴我。

在雁姐夫的培植和影響下，司徒宗終於在五十年代中期光榮地加入了中國共產黨。他生於 1909 年，卒於 1967 年，是患高血壓、肝硬化病逝的。當時他在上海復旦大學附中任語文教研組組長。在學校裏的名字是孔彥英。他的語文教學經驗很豐富，同事們反映：在他上語文課時，即使最調皮的學生，也會屏息凝神，瞪大眼睛，一絲不動地坐上 45 分鐘聽完他的課，因此他被評為優秀教師。他一生的成績，主要在教育方面，他的學生真可謂桃李滿天下。可惜他的才學沒有來得及充分發揮，他的教學經驗沒有來得及總結，就在文化大革命的淒風苦雨中默默地去世了。文化大革命初期，雖則因為他長期癱瘓而沒有直接受衝擊，但復旦大學宿舍裏的「臭老九」們所遭受的「戴高帽」、「剃陰陽頭」、「掛黑牌」、「遊街示眾」等的遭遇，以及文革初期驚天動地的陣陣鑼鼓聲，宿舍附近批鬥時的怒叱聲、呼號聲，對他這個中風后半身不遂的病人來說，真是深受刺激，而促成了他的早亡。他是孔氏姐弟三人中死得最早的。德沚姐逝世於 1970 年 1 月 29 日。另境受林彪、「四人幫」迫害，於 1972 年 9 月 18 日去世。姐弟三人先後死於文化大革命的浩劫中。另境和司徒宗兄弟倆的一生，正如雁姐夫於 1979 年 6 月 20 日，在上海龍華公墓大廳追悼孔另境時的唁電中所說：「一生為新文化教育服務，兢兢業業，卻遭林彪、『四人幫』迫害致死。含冤十年，現得以平反昭雪，將慰死者於九泉之下。……」這幾句話，可以說是他們兄弟倆一生的寫照。而司徒宗的一生，從求學、寫作以至走上革命的道路，成為光榮的中共黨員、優秀的人民教師，更是同雁姐夫的身教和言教分不開的。

茅盾向「雙槍老太婆」致敬

1975 年 7 月的一天上午，服務員拿進一疊來信。我接下來，一封封地剪開信封，走進雁姐夫的臥室交給他。

雁姐夫正和衣躺在床上看「大參考」。他接過來信，看了看信封，揀出其中的一封成都姓胡的來信，坐了起來，問我：

「你看過長篇小說《紅岩》嗎？」

「看過。」我回答。「是羅廣斌、楊益言合寫的。寫得好極了，我們都搶著看呢。可是，《紅岩》卻批成了大毒草，批得可厲害吶！」

「在《紅岩》這部小說裏，你印象最深的是誰？」雁姐夫苦笑了笑，又問。

「要數『雙槍老太婆』！她的本領真大，雙手能開槍，百發百中，有勇有謀，出生入死，爲了革命，獻出了自己的丈夫和兒子，真是了不起！」我激動得滔滔不絕地說著。

雁姐夫點了點頭，微笑著說：「這樣說來，你也是敬佩『雙槍老太婆』的了！你看，這種人真的會有嗎？」

我不經意地說：「那當然不會是真的。寫小說嘛，特別是典型人物，雖然來自生活，但總是經過作家藝術加工的，不可能真有這樣的人！」

這時，雁姐夫突然變得嚴肅起來，帶著感觸的口吻說：

「《紅岩》倒不像我寫小說那樣，綜合很多人、很多事而塑造出來的，《紅岩》中確有不少真人真事，『雙槍老太婆』就真有這個人！」

「哦！是真的嗎？」我有些吃驚，接著就問：「她還活著嗎？她現在在什麼地方？她的真名叫什麼？」

雁姐夫把信一揚，肯定地說：「她的真名叫陳聯詩。」

接著，雁姐夫從這封信說起，介紹了他是怎麼知道「雙槍老太婆」的。他說這是胡錫榮寫來的信，胡錫榮又名胡原，在成都，是四川省話劇團的編劇，認識「雙槍老太婆」的女婿林向北。胡原告訴他：「雙槍老太婆」不但槍法好，有謀略，而且文武雙全，會做詩，會繪畫。解放後，是四川省文聯的副主席。已經去世。她有個女兒名叫廖寧君，嫁給林向北，在 1975 年 6 月患糖尿病逝世，享年 50 歲。四川省的領導爲廖寧君舉行了隆重的追悼會。大家開始不明白：爲什麼對這位並不出名也無地位的女同志，竟如此重視，開這麼盛大的追悼會。後來才明白：這是借廖寧君的逝世，爲「雙槍老太婆」昭雪，爲《紅岩》平反。前幾年，不是誣衊「雙槍老太婆」是女土匪，不是說《紅岩》中的革命英雄是叛徒嗎？寫《紅岩》的兩位作者，不是一個被逼死，一個也被搞得很慘，《紅岩》被批成了大毒草嗎？給《紅岩》平反確實是必要的。

「是啊，批《紅岩》是大毒草，我們也不清楚，原來是因爲小說裏的人物，有些是真人真事的緣故。」我恍然大悟地說，「雁姐夫，您是怎麼認識胡原的？」

「此事說來話長。」雁姐夫慢慢地站起來，走到隔壁的起居室（也是書房兼內會客室），坐在軟椅上，憩了一下說：

「這要從 1945 年，我 50 歲時說起。」

那年 5 月，蘇軍攻克柏林，德國無條件投降，結束了歐戰，國內外形勢一片大好。抗日戰爭時期的大後方重慶，彙集著很多作家，我們黨就組織了「紀念茅盾五十壽辰和創作活動二十五週年」的活動，名義上是借用柳亞子、沈鈞儒、邵力子、郭沫若、葉聖陶、巴金、老舍、洪深、陳白塵等二十四位文化界和文藝界人士的名字發起的，規模很大，整個霧都重慶都知道了這件事。雁姐夫說：「我很惶恐，因爲我沒什麼貢獻，不值得慶祝。」6 月 24 日，重慶的《新華日報》發表了社論《中國文藝工作者的路程》。還出版了專刊，雁姐夫自撰《回顧》一文，新華社記者寫了採訪報導，文藝界朋友們也吟詩、撰文、表演，以表慶賀，熱鬧得很、一位以前曾加入過共產黨的開明工商界人士，是雁姐夫小說的讀者，竟捐獻國幣十萬元作爲賀禮，當然雁姐夫不肯收下，再三推辭。但是那位商人堅決不肯收回，相互堅持不下，最後由沈鈞儒先生出來代爲接受，經過朋友們一起商議，將此款作爲一個獎勵青年寫作的文藝獎金。雁姐夫也表示贊同。8 月，文藝雜誌《文哨》月刊發表「茅盾文藝獎金徵文」啓事。先聘請馮乃超等三人爲評選委員看稿選拔，對象是初學寫作的青年。後稿件太多，三人來不及看稿，增爲五人。不想應徵的稿件又大批湧來，五人也來不及看，最後又增加成馮乃超、老舍、靳以、馮雪峰、荃麟、楊晦、以群等七人爲評選委員。

在當選的初學寫作青年中，有一位用「田苗」的筆名投稿選中的，就是這個胡原，從此以後，胡原就和雁姐夫經常聯繫。後來不知怎麼的，有很多年失去了聯繫。直至 1974 年開四屆人大時，雁姐夫的名字在報上披露了，他才又來了信。雁姐夫告訴他：由於年老血管硬化，而又不服老，用目過度，左眼引起眼底血管破裂出血，造成後遺症，變成老年性黃斑盤狀變形，視力模糊，看東西好似隔著一層紗，看人三尺內但見其形，不辨其眉目，打針、吃藥也不見好轉。右眼患初期老年性白內障，視力只有零點三，全靠右眼還能看大字書和寫字。

胡原關心雁姐夫的眼病，他請林向北介紹四川中醫學院頗負盛名的七十多歲眼科名醫，按照寄去的病歷開了處方。在那位老中醫的處方中，有一味「空青石」。爲了這味空青石，驚動了好幾位親友，問遍了北京、上海、杭州等地也買不到，只知道空青石是一種小小石卵，佳者中有密封的自然水，搖搖有聲，四川農民稱爲「響石」，外形象瑪瑙、水晶一般的礦物，非人工所能

製造。後來還是請四川中醫學院的老中醫解決，在醫學院的附屬醫院藥房裏買到了空青石粉。但是藥物雖然有靈，還是醫不好老年人的病。雁姐夫歎了一口氣說：「這是生理現象，也是自然規律。我但求能維持現狀，不再惡化，也就可以了。」說著，雁姐夫緩緩地抽出胡原的信紙，戴上眼鏡，看起信來。

雁姐夫一面看信，一面皺起了眉：「這個胡原，真是……」隨手把胡原的信，交給了我說：「我馬上寫回信給他。」

原來「雙槍老太婆」的女兒廖寧君逝世時，胡原同林向北都有信來，告訴雁姐夫要開追悼會。雁姐夫立即匯去二十元，請胡原代辦花圈，弔唁廖寧君，這是出於對「雙槍老太婆」的敬意。但是花圈花不了二十元，還餘十元多。胡原打算買廣柑寄來。廣柑難買，他到處託人代買，事未辦成，卻已託了好多人，雁姐夫去信再三謝絕，但胡原覺得餘錢難以處理，仍來信堅持說要設法買了廣柑寄來。

一會兒，雁姐夫把回信寫好，拿給我看。他在信上寫得很懇切，請胡原千萬別再操心，以防人家議論他貪圖享受，不惜勞師動眾，要人從遠地搜購廣柑吃，給人影響不好。我看完覆信，連連點頭，說了聲「這樣比較好」，便貼上郵票，封好口，走出去交給服務員，請他馬上投郵。

雁姐夫的一生是儉樸節約的。即使在老年，也從來不提要吃什麼，想吃什麼，飲食起居非常隨便馬虎。在日常生活裏，即使一紙一繩，也不隨意拋棄。他用的信紙，常是廢物利用，背面是印過字的；床架上掛著一條條不忍捨棄的短繩備用。家常穿的是中式舊衣，有幾件還綴著補丁。出門穿的皮鞋，還是四十年代的尖頭皮鞋。而對待他敬愛的人，他卻彬彬有禮，捨得花錢。為了弔唁素不相識的廖寧君，他要買一個二十元的花圈——情真意切地表達了他向革命英雄「雙槍老太婆」致敬的心懷，表達了他為遭受不幸的小說《紅岩》及其作者的平反而歡欣鼓舞的心情。

〔作者附記〕

本文於 1982 年在《青海湖》月刊 3 月號發表後，田苗同志也寫了一篇回憶，發表在該刊 1983 年 3 月號上，說明「雙槍老太婆」陳聯詩的有關情況，是他告訴雁姐夫的；雁姐夫匯款囑購花圈鄭重弔唁陳聯詩女兒廖寧君的病逝，也是由他代辦的。他還補充記敘了許多情節。

1983 年 8 月 18 日，我讀到了上海《文匯報》上發表的《紅岩英魂逢春記——中美合作所殉難人員覆查紀實之五》一文，說《紅岩》中「雙槍老太婆」的原型，指的

是鄧惠中烈士。我就同時發信給四川省文聯和田苗（胡錫培、胡元）同志詢問。四川省文聯在 1983 年 9 月 21 日覆信中說：「陳聯詩同志原在重慶市文聯，我們聽說『雙槍老太婆』就是她，現在又說是鄧惠中同志，對此我們也不瞭解。……」田苗同志的覆信，則詳敘他熟悉《紅岩》的作者，知道「雙槍老太婆」的原型有陳聯詩。他說：「陳聯詩和她的丈夫廖玉璧夫妻二人 1926 年就從南京東南大學回川，在岳池老家開始搞武裝。在華鎣山一帶訪貧問苦，組織工人農民武裝上山，拉起了幾千人的隊伍。陳聯詩能打雙槍，隊伍的重大後勤工作多由她親自解決，常往來重慶岳池之間，並聯繫上層人士。隊伍幾起幾伏，但聲勢日益壯大，以後成了川北紅軍第一路軍（農民自衛總隊）。1935 年 2 月，廖玉璧被敵軍誘捕，當即遭到殺害，將人頭掛在城牆上示眾。隊伍又因聯繫差錯，未能與川北紅軍一起北上抗日，在群龍無首的情況下遂致失敗，雖有許多同志努力奔走，終於未能東山再起。那時，陳聯詩正在重慶七星崗開了一家服裝店，為隊伍偽裝成敵軍而製作軍服，並可籌措經費，兼作聯絡。廖玉璧遇害的消息傳來時，她這位經理正站在櫥窗裏擦玻璃，既不能暈倒又不能流淚，和《紅岩》小說中江姐看見彭松濤的人頭時情景相似。抗戰期間她在萬縣搞抗戰。解放戰爭中又回到岳池，搞上層聯繫，做統戰工作，對武裝鬥爭未直接參與多少。《紅岩》寫的幾段有關老太婆之事，多屬拼湊虛構的，如坐轎子化妝襲敵等事，就是陳聯詩三十年代的事情。解放後，陳聯詩本人活著，又在文聯住著，故成渝兩地文學界都知『雙槍老太婆』就是指的她。……現在鄧惠中平反了，故有人提及，但不能否認陳聯詩是原型之一，陳聯詩也早平反了，早恢復了組織關係。若將來把三十年代的華鎣隊伍弄清了黨的領導關係時，恐將更有變化。……」

　　從以上四川省文聯和田苗同志的覆信看，可以明確三點：一、陳聯詩確有其人；二、成渝兩地文學界都知道陳聯詩是「雙槍老太婆」；三、作為小說《紅岩》中塑造的藝術形象「雙槍老太婆」的生活原型，確有陳聯詩的部分，但也有鄧惠中的部分。

　　四川省文聯和田苗同志協助我澄清了以上事實，謹在這裡表示衷心的謝意。

1983 年 10 月

茅盾談沈澤民

　　8 月 1 日到 3 日，連續三天，雁姐夫談到有關他胞弟沈澤民的事。

　　澤民的學名叫沈德濟，比雁姐夫小四歲。1917 年秋，他考取了南京水利局河海工程專門學校。他在學校努力學習，但也喜歡文學。入學一年以後，他譯了不少外國文學作品。雁姐夫也曾和澤民合譯過美國的科學小說《兩月中之建築談》，在《學術雜誌》上連載了八期。後來又合譯了《理工學生在校

記》。澤民譯的俄國安得列夫的劇本《鄰人之愛》，發表在革新後的《小說月報》第一期上。到了 1921 年春，在革命怒潮的衝擊下，他寫信給雁姐夫說，在校學習橋樑建築和公路工程等學科，實在枯燥無味，想中途輟學，參加革命工作。那時他離畢業只有一年。雁姐夫寫信勸他繼續求學，到畢業以後再說。不料在 5 月下旬，他突然來到上海。雁姐夫回家見到他時，他說母親已同意他退學。問了母親，母親說同意他去日本半工半讀，和他的同學張聞天一起去。張聞天比他低一個年級，也已經退了學，也將來到上海，和澤民同去日本。他倆早已商量好，到日本去學好日文，可以閱讀馬克思主義著作的日譯本。而這類書，在當時的國內書店裏是很難看到的。

1921 年 6 月，澤民和張聞夫去日本。他在東京住了一年，認識了田漢，常給《小說月報》寫稿。一年以後，因爲張聞天到美國舊金山的一家專供華僑閱讀的華文報《大同日報》去當編輯，留下他一個人，很寂寞，因此就回到上海來了〔註 10〕。回國後，他就在我們黨辦的第一個學校——上海平民女學教書，從事革命工作。他在那時入了黨。入黨的支部會議就在雁姐夫家裏舉行。〔註 11〕1923 年，鄧中夏在《中國青年》上發表文章，提出了「革命文學」的口號。當時上海共有四個黨小組，澤民是編在商務印書館的第二組，和雁姐夫一起過組織生活。1924 年年初，澤民在改組後的國民黨上海執行部任宣傳部的指導幹事。當時，中共上海地方兼區執行委員會也在 1924 年 1 月進行了改組，改選了上海地方兼區執委會，選出沈雁冰、沈澤民、施存統、徐白民、向警予五人爲執行委員。1925 年，澤民經楊之華介紹，和上海大學的學生張琴秋結婚。張琴秋是浙江崇德縣（現屬桐鄉縣）石門鎮人，和豐子愷是同鄉，曾在豐子愷的大姊豐瀛辦的石門振華女校讀書，和德沚姐同過學。張琴秋十五歲時在家鄉積極參加「五四」運動，被選爲石門灣學生代表，出席縣裏的會議，參加演講、遊行。十七歲考入浙江省立杭州女子師範學校，在女師一千多名同學中，最先毅然剪掉髮辮。結婚時，她已是中共黨員，和楊之華等一起，在黨辦的補習班工作，給女工教書。補習班的房子底層，作爲教室，樓上就是澤民和琴秋夫婦倆住的新房。

〔註10〕據武漢工學院武英林提供：澤民是在 1920 年 7 月和張聞天同去日本，於 1921 年 1 月同回上海。

〔註11〕據武英林口頭提供：包惠僧在回憶錄中說，他在 1921 年 1 月至 5 月在滬做黨的地下工作，曾參加在沈雁冰家裏召開的通過澤民入黨的會議，還有董鋤平在《黨成立前的回憶》中說：澤民是 1921 年初夏才入黨的。

不久，黨派張琴秋先去蘇聯中山大學學習。第二年，即 1926 年，澤民隨以鄧中夏爲團長的中國工人代表團去蘇聯參加國際職工（赤色）代表大會，工大會議結束後，澤民留在蘇聯，曾任蔡和森的英語翻譯；還在中山大學學習並當俄國教師的翻譯。因爲當時懂俄語的中國人很少，所以俄國教師用英語講課，由澤民翻譯。烏蘭夫對雁姐夫說起，澤民是他在蘇聯學習時的老師，此後澤民考上了紅色教授學院，學哲學。他學習十分用功，取得優異的成績，並掌握了俄文，但也從此得了肺結核病。這是促成他後來早亡的一個原因。

澤民夫婦在蘇聯時，生了個女兒，名「瑪婭」。後來他倆回國，把女兒留在蘇聯的國際兒童保育院撫養長大，最後在蘇聯大學裏學雷達，直到解放後才回國。她完全不懂中文，不會講中國話，只得和外國使館的孩子們一起學中文。即使現在，她的口音也像外國人講漢語。（作者附記：張瑪婭已在文化大革命後期「反右傾翻案風」時遭受迫害自殺身亡。）

1930 年 9 月底，澤民夫婦分道從蘇聯回到了上海，那是因爲共產國際爲糾正立三路線的錯誤，陸續派了一些在蘇聯學習的中共黨員回國。澤民是屬於最先回國的黨員之一。爲了保證他回國時的安全，黨安排他轉道法國來到上海。1931 年 1 月 13 日在上海召開的中共中央六屆四中全會上，他當選爲中央委員、中央宣傳部長。

1931 年 4 月的一天，澤民夫婦突然到雁姐夫家裏來辭行，說黨中央決定要他們到鄂豫皖蘇區去，那裡雖然環境艱苦，但革命形勢很好，大有可爲。他倆滿懷信心，十分高興，終於在 5 月初離開了上海。從此以後，直到澤民去世，雁姐夫再也沒有見到過他。

鄂豫皖蘇區，是中央蘇區以外的最大蘇區，位於長江以北，與長江以南的中央蘇區及各地蘇區，遙相呼應。中共中央爲了加強領導，派張國燾、沈澤民、陳昌浩三人同時於 1931 年 5 月進鄂豫皖蘇區。張國燾、陳昌浩到新集，沈澤民到金家寨據武漢武英林提供：澤民是 1931 年 3 月 22 日到達皖西蘇區二天門，又走了 6 天到金家寨。任中共鄂豫皖邊區中央分局委員，又任蘇區省委書記。7 月設立中央分局，張國燾集黨、政、軍大權於一身。1932 年蔣介石命衛立煌率部「圍剿」，蘇區告急。張國燾主張帶領隊伍出走，澤民主張就地疏散埋伏，意見未能統一。但是當天夜裏，張國燾卻不吭一聲，偷偷地率領大部隊逃跑，留下的人數不多。當時澤民已患瘧疾，帶病率領一支小隊伍進入山溝隱蔽，另一部分由別人率領，疏散埋伏。澤民是文職人員，從未

帶過隊伍，加上生活條件差，缺醫少藥，患了一年多瘧疾，吃了大量奎寧中毒，病勢越來越沉重。就在這樣危急關頭，澤民在一件襯衫上寫了向黨報告的密件，由成仿吾穿在身上，帶到上海。成仿吾先找內山書店的老闆。內山完造見他臉黃肌瘦，幾乎已經禿了頭，認不出來了，問他怎麼會弄到這步田地。他說在鄉下生了病，要找魯迅先生。後來通過魯迅，找到了雁姐夫。他說要找黨領導人，雁姐夫就和楊之華接上線。楊之華告訴他：黨會派人去找他的。後來楊之華告訴雁姐夫，那件密寫的襯衫髒得不得了。那是成仿吾長途奔波，流汗未洗，所以髒成這個樣子。其實密寫藥水是不怕洗的，只要塗上另一種藥水，就能顯出字跡。

澤民在襯衫上向黨寫了秘密報告後，與世長辭，草草地埋葬在湖北紅安縣。那時名叫黃安縣。也曾有一個時期，因為衛立煌「剿」共立「功」，蔣介石把它改名為「立煌縣」。

順便插敘一下雁姐夫對成仿吾的看法。

誰都知道，成仿吾跟魯迅打過不少筆墨官司，因而有人對成仿吾另有看法。其實成仿吾是個直性子人，有什麼想法，肚子裏擱不住，就要直說出來。這樣的脾氣不一定壞。試看 1936 年，當他在延安聽到魯迅逝世的消息後，特地寫了一篇悼念文章，不遠千里，輾轉託人捎來，要雁姐夫介紹給報刊發表，以表達他對魯迅的敬仰和痛悼之情。——他確是一位正直的人。

雁姐夫得到澤民逝世的噩耗以後，有意不告訴母親，害怕她老人家傷心。不料國民黨的《社會新聞》卻居然無中生有地造謠，說什麼雁姐夫在上海的某某寺院大做佛事，為弟弟澤民的死而超度。雁姐夫剛巧訂了這份小報。他母親看見報上的報導以後，就問雁姐夫澤民怎樣了，他撒謊說不知道。他母親說：「你不要瞞我，我早已知道。」說著，她從籐椅的座墊底下拿出了這份小報給他看。雁姐夫看了只得說：「我怕你傷心，沒有告訴你。」他母親卻很平靜地說：「我不傷心！老二在三歲的時候，生過一場大病，虧得六外公（陳渭卿）一帖藥扳回來。現在，他已做過一番事業，為革命而死，我有什麼傷心的！」

雁姐夫的母親真是十分堅強，沒有流下一滴眼淚。

解放後，大約在 1956 年吧，過去四方面軍的老同志，去到紅安縣當時澤民隱蔽的山溝裏，把澤民和別的同志的遺骨取出來，重新築墓安葬，鄭位三同志曾經寫信給雁姐夫，說要刻墓碑，詢問澤民出國前的經歷。對澤民的評價，據說有兩種意見，褒貶不一。因此墓碑上就只寫「壯烈犧牲」簡單的字

樣。鄭位三是湖北省紅安縣人，雁姐夫同他通過信，沒有見過面，想不到在雁姐夫講述他胞弟事蹟的今天（8月1日），竟接到通知，說鄭位三在京病逝，要雁姐夫去北京醫院向他遺體告別。

8月3日，雁姐夫去參加了鄭位三同志的追悼會。追悼會由鄧小平同志主持，李先念同志致悼詞，徐向前、譚震林、王震等同志都參加了。鄭位三同志多病，享年74歲。

澤民是1933年犧牲的，終年33歲。他生前曾當選爲中華蘇維埃第一次全國代表大會執行委員。這是1931年11月7日在瑞金召開的。澤民的妻子張琴秋到了蘇區擔任彭楊軍事政治幹部學校政治部主任，開始了戰鬥生涯。1932年6月敵人進行第四次「圍剿」，黨派琴秋到敵人重兵壓境的河口縣任組織部長，不久，又任蘇區第一位女縣委書記。她善於發動群眾，擴大紅軍隊伍，建立河口縣婦女獨立團兼任政委和團長。這是我黨最早的「紅色娘子軍」，配合主力紅軍擊潰衛立煌部的先頭部隊，在反「圍剿」中發揮作用。以後歷任要職，爲川陝革命根據地的鬥爭，作出卓越的貢獻。她也曾當選爲第二次全國蘇維埃代表大會第二屆中央執行委員，大會是1934年1月22日在瑞金召開的。抗日戰爭期間，她在延安任抗大女生大隊大隊長、中國女子大學教育長等職。解放戰爭期間，擔任中央婦女委員會委員，和解放區婦聯籌委會秘書長。曾出席國際民主婦聯第二次代表大會。中華全國民主婦聯正式成立，她當選爲全國婦聯執委，解放後，她任紡織工業部黨組副書記、副部長，工作了近20年，對發展我國紡織工業有重要貢獻。這位文武全才的巾幗英雄竟在十年浩劫中被林彪、「四人幫」一夥誣陷、迫害，於1968年4月被從高樓推下，終年64歲。

1979年6月黨中央爲她平反昭雪，黨和國家領導人參加追悼會。悼詞說：「張琴秋同志是一位久經考驗的老同志，參加革命四十餘年，一貫忠於黨，忠於人民，忠於無產階級革命事業。」「她的一生是革命的一生，戰鬥的一生，全心全意爲人民服務的一生。」

茅盾談范長江

1975年8月初，雁姐夫接到中國科學院的通知，說范長江的骨灰將在8月6日上午安放到八寶山革命公墓。這天早上，他去了八寶山。回來以後，

和我談了有關范長江的事。

范長江是我國著名的新聞記者。從三十年代中期開始，他就在《大公報》上發表了一系列的旅行通訊和戰地通訊。他的第一冊採訪通訊彙集——著名的《中國的西北角》出版後，在全國引起很大震動，連出7版，膾炙人口，一舉成名。此後連續出版一些採訪通訊結集，如《西北近影》、《陝西之行》、《塞上行》、《西線風雲》等。他第一個衝破蔣介石的新聞封鎖，公開報導了紅軍二萬五千里長征，使社會上各階層讀者對中國共產黨和紅軍開始有了正確的瞭解。他本人也在陝西之行以後，由一個正直愛國的新聞記者而最終在1938年成為一名自覺為民族和階級利益而鬥爭的共產黨員。解放初期，范長江任新華社總編輯、解放日報社社長、人民日報社社長等職；五十年代後期起，在科技部門擔任了領導工作；死前是全國科學技術聯合協會秘書長，會長是李四光。他的愛人沈譜，是沈鈞儒的幼女，學化學。在文化大革命中，范長江被長期關押，受盡折磨，最後被逼跳井自殺。中國科學院對他的結論是：「敵我矛盾」。

當時，衝擊范長江並定為「敵我矛盾」的理由，是正在勞動改造的某蔣軍軍官揭發了蔣軍在紅軍長征時期堵截紅軍時，記者范長江曾告訴他紅軍可能自毛兒蓋突圍。當時蔣軍軍官認為毛兒蓋地勢險惡，突圍困難，紅軍是不會走這條路的，因此並未派駐重兵。可是後來紅軍果真從毛兒蓋突了圍。文革中著重審查了范長江的這段歷史。范在那樣的情況下，有話無法申述，終於被逼跳井自殺。

范長江於1970年10月23日在河南的確山去世。其妻沈譜懷疑他不是自殺，因為他在幹校寫給家裏的信中，毫無厭世之辭，等林彪死後，沈譜要求調查，並無結果。最後她寫信向毛主席申訴，毛主席批示：「范案重新調查，定案結論要家屬同意後交中央批准。」幾經反覆，終於重新定案為「不正常的死」，作人民內部矛盾處理，保留黨籍。

此後，到幹校附近埋葬范長江的地方，挖出屍體，火化。但是八寶山革命公墓不同意存放他的骨灰，因為凡是自殺的人不能進八寶山，除非中央批准。經歷了一年多的時間，才解決了這一問題，但仍規定不舉行追悼儀式，不登報、不發消息。這次去八寶山弔唁的人，大家都在休息室閒談了一陣，才魚貫而入，到安放骨灰的地方，向范長江骨灰盒鞠一個躬，就出來了。一起在那裏鞠躬的，雖有幾位現任部長，但絕大多數是文革中被沖洗過而現在已經安置的人，新近組成的國務院政治學習研究所的同志如胡喬木、胡繩夫

婦、吳冷西、熊復等，他們是在中南海紫光閣武成殿辦公的，也都去了。

　　據說南漢辰也是被逼自殺的，他的骨灰，也進了八寶山，是跟范長江同樣的格式，讓親友們向骨灰憑弔，不舉行任何儀式。

〔作者附記〕

　　「四人幫」打倒以後，於 1978 年 12 月 27 日，在八寶山革命公墓隆重舉行了范長江追悼大會，爲他平反昭雪，恢復名譽。

　　范長江有 4 個兒子，都像他們的父親，長得很高大，而沈譜像她的父親沈鈞儒，是很矮小的。沈譜說：「我長期力爭，都是爲了孩子的前途，現在不白之冤終於得到昭雪了。」

茅盾的信——爲紀念雁姐夫逝世兩週年作

　　今年 3 月 27 日，是雁姐夫逝世兩週年紀念日。

　　去年 3 月，我看到了雁姐夫在 1909 年（時年 12 足歲）寫的作文，文筆流暢，字跡清秀。在一篇《文不愛錢武不惜死論》的作文題目前，當時的語文老師批寫了這樣的評語：「揚揚（洋洋）數百言自得行文之樂。」從這一句評語看，也可以揣測到少年時代的雁姐夫，已經是熱愛寫作，自得其樂。他的這種旺盛的寫作熱情，一直保持到七十二年以後的臨終時候，那時他病臥在床，昏迷不醒，但卻還是常常作出要戴眼鏡、找鋼筆的手勢，嘴裏含糊不清地不住念叨著要寫回憶錄。

　　從 1909 年以來，除了學習和參加革命工作外，雁姐夫一値勤於筆耕。這是誰都知道的，但是有誰能知道：他在文革時期，也曾經靠了邊，被迫擱筆，心情非常沉重。

　　這種沉重的心情，可以從他寫給我的一些信裏看出來。

　　1973 年 6 月 6 日，雁姐夫在寫給我的信裏說：「我近來深悔當年爲糊口計，不得不搞創作，暗中摸索，既走了彎路，也有不少錯誤。假使我當年有擔石之儲，不必日日賣文而做古典文學的研究工作，庶可以無大過。」同年 6 月 20 日的來信說：「把我作爲一個作家的身份，估價太高，我是十分不安的，浪得虛名，適足爲累，過去已然，今後安知其不復然。『評價』，對人對事，常因時因地而異。若干大人物尙不免。蓋棺亦未必論定也。我眞願大家不把我作爲一個作家，偏偏時有不相識者來信仍如是觀，眞使我笑啼兩難。」1970 年德沚姐去

世後，雁姐夫的心情曾經一度消沉。他在 1974 年 5 月 3 日寫給我的信裏反映當時的情況說：「德沚去世後，有一個時期精神消沉，自念恐亦不久於人世。」

雁姐夫在 1964 年辭去文化部部長的職務，原是準備專心寫作的。可是在大革文化之命的文革時期，他卻和全國正直的文化人一樣，被迫靠了邊，中斷了十年的筆耕，懷著不勝負疚的心情，後悔搞了創作，對當時混淆黑白不分是非的「四人幫」一套做法，唏噓不止，而且坐以待罪，栗栗不安。在粉碎「四人幫」以後的四年裏，他才又抓緊時機，趕寫回憶錄，想把自己走過的道路記述下來，留給後代，作為歷史的見證。但是他畢竟已到了垂暮之年，自歎已力不從心。1978 年 11 月 4 日，他在寫給我的信裏說：「我現在是時間不夠，寫作方面不能集中於一件事，忽而不得不搞古典文學，忽而搞外國文學介紹等等，寫回憶錄也是不能專心，常常擱起。老了，精神大不如前，而人家則以二三十年前之我看待，那就沒法說了。」這種自歎精力衰竭、力不從心的話，也涉及到他寫字和寫信上。1977 年 10 月 10 日，他在信裏先說寫字，覺得「越來越壞，因為眼力大不如前，腕力也易倦」。又說到寫信時不斷出錯：「即以寫信而言，現在寫封短信，錯字百出。」但是即使如此，雁姐夫還是以驚人的毅力，在生命的終極時期，奮勇拼搏，寫作回憶錄，一直寫到油盡燈滅——生命的最後一刻。僅僅這一點，已使我對他無限敬佩。而且我還聯想到：要是他不遭遇十年浩劫，被迫靠邊，他又將會留下多少不朽篇章，為我國瑰麗的新文學寶庫增色。

雁姐夫曾經先後給我寫了大約近五萬字的信。其中的一部分，為了躲避「四人幫」的清查，曾遵照他的囑咐「付諸丙丁」。今天，我再一次翻看他的來信，寫了有關他寫作生涯中一度波折的一點感想，作為我對他逝世兩週年的紀念。

茅盾的童年

一

茅盾是在 1896 年（清光緒二十二年）誕生於風景秀麗、人材輩出的浙江省桐鄉縣烏鎮。這是個水網交叉的魚米之鄉。父親沈永錫，字伯蕃，十六歲就中了秀才，是位「維新派」人士，也即當時所謂的「新學」者。雖然他是

內科中醫師，卻酷愛數學，經常託人到上海購買新出版的數學書，曾學到微積分。壯年時患了骨癆，臥病在床，手不能動，請夫人把書翻開豎著給他看。他較早地接受科學和民主思想，對兒子，要求完成他自己未能實現的實業救國的壯志——學工藝，在科學方面有所造就，所以在茅盾未進小學前，就教他數學。後來，他臥病時手不能動，就口述講解。可是茅盾從小不喜歡數學，而愛好文學，算術學得不好。這使父親為此煩惱，常常歎息。父親臥床兩年後就逝世了，享年三十四歲，那時茅盾才十一歲。母親陳愛珠，出身書香門第，是位有才幹、有見識、知書達理的女子，六七歲時，就在大姨夫設立的私塾裏讀書。姨夫是位秀才，並無子女，愛茅盾的母親如同親女，悉心教導。在姨夫的培植下，她在文學方面很有造詣，還喜歡看書讀報，對時事政局頗有卓見。這在當時生活於封建大家庭守舊環境裏的婦女，是十分難能可貴的。丈夫死後，她就擔負起撫養教育兩個兒子的重任。她對大兒子茅盾要求更嚴，要他作弟弟的楷模。兄弟倆有什麼差錯，首先遭到責備的總是哥哥茅盾。

茅盾從小聰穎悟事，讀書用功，循規蹈矩，不使寡母氣惱。老夫人遵照丈夫遺囑，要兒子學理工科。可是茅盾對數學不感興趣，而國文和英文的成績卻特別好，是個品學兼優的學生。老夫人見此情況，只好放棄要茅盾學科學的打算。

茅盾小學時期最盼望的是暑假快快到來，可以隨母親到表舅舅家去看心愛的書。每年暑假，表舅總要請他們母子去住一陣。舅家有很多書，但是茅盾愛看的舊小說如《三國》、《水滸》、《七俠五義》等，在那時是稱為「閒書」、「禁書」的，不准小輩們看，怕他們看入了迷，荒廢正當的學業。這些書一直收藏在隱蔽的角落，不容易找到。可是表舅的大兒子蘊玉和茅盾的年歲相仿，也喜歡看舊小說，早就發現了這個「寶藏」。表兄弟商量好吃罷晚飯，躺在床上假裝睡覺，等表舅鴉片煙抽足，興致勃勃地跟他母親等閒談時，就偷偷地溜到藏書處，在煤油燈下加快速度，大看特看。舊小說的生動精彩的故事情節，深深地吸引住童年時代的茅盾。他完全沉醉在小說中，往往從晚上九時看到十一二時，夜深了才歇手。茅盾眼睛不好，就是在那時看壞的；而後來他能從事文藝創作，實際上也在那時已經初步準備了條件。

茅盾十二歲小學畢業。那時有位鄉紳名叫盧學溥，字鑒泉，是茅盾的表叔，中過舉人。他是全鄉很有聲譽的人，在桐鄉辦鄉學。他主辦全鄉小學畢業生大會考。作文的考題大意是如何才能富國強民。茅盾參加了考試，很快

地做好了文章，結語是「大丈夫當以天下爲己任」。主考人盧鑒泉閱後大加讚賞，用硃筆密圈批註，贊曰：「十二歲小兒能作此語，莫謂祖國無人也！」盧舉人確是慧眼獨識的「伯樂」，在茅盾童年時就發現了這匹「千里馬」。後來，是他鼓勵茅盾上北京大學預科第一類讀書。讀完預科三年，茅盾因爲要負擔家庭生活，沒有繼續深造，經盧鑒泉介紹，進上海商務印書館編譯所英文部工作。從此茅盾進入文學界，開始展示了他的文學才能，不久便成了名。

二

說起舅家，這並不是茅盾自己的外婆家，而是他母親堂兄弟的家。茅盾自己的外公，年老得子，取名長壽，可是長壽偏偏壽不長，不滿三十歲就去世了。因此茅盾的母親是獨生女兒。

茅盾到了他母親堂兄弟的舅家以後，舅舅見到這位聰穎好學的內表侄到來，每次總是非常喜歡，因爲他的大兒子可以有個榜樣，有個學伴，兩個人可以在一起用功讀書。在他倆學習的時候，舅舅常要出個作文題，讓他們表兄弟倆同時作文章，還點起一炷香，比賽誰做得好、做得快，做得又快又好的得獎。不用說，茅盾總是比他舅舅的兒子做得好做得快，得獎受表揚的總是茅盾。舅舅也明知自己的兒子比表侄差得多，只不過借這作文比賽的機會，來激勵兒子向表弟學習——用功求學而已。

茅盾在舅家看書，範圍十分廣泛。可是他表兄蘊玉卻專愛看武俠小說，甚至看得入了迷，一心想做俠客，要模仿俠客使用飛鏢和袖箭。他向母親要了錢，到打鐵鋪去定做飛鏢。打鐵鋪不會做袖箭，只得自己動腦筋，想辦法做。當然，飛鏢和袖箭既沒有做像，也沒有學好。

這時候，茅盾對那些飛簷走壁、神出鬼沒的武俠們，也是非常傾倒，想要學會這一手絕招，可以鋤奸濟苦，除暴安良。可是他很懂事，不向母親要錢定制飛鏢，而是自己動手，試做袖箭。他用銅絲繞在銅筆套上，做成彈簧，用竹筷做箭，再找一端有節的小竹管做箭筒。先把彈簧裝進箭筒，然後按進竹箭，用手指捺住箭頭，緊壓以後迅速放開。結果由於銅絲彈力不足，「箭」只能從竹管口裏無力地吐出，不是迅猛地噴射出來，傷不了人。鋤不了奸。於是他想方設法，苦心鑽研，改用鐵絲做彈簧，還把「箭」的重量減輕，把彈簧的圈數增加，確實費了一番心血，但結果還是沒有成功。

過了兩三年，茅盾開始閱讀偵探小說。他看到小說裏的那些偵探或犯人，

用了什麼奇妙的藥劑，能使人昏迷過去，又用了什麼藥劑，使昏迷過去的人清醒過來。富有好奇心的茅盾，也就不再研究袖箭，開始研究「化學」，心想學會這套本領，為受苦受難的人伸冤雪恨。但是要做「化學」實驗，就不像製作袖箭那樣，花二百小錢即可辦到，因此他只能夠「紙上談兵」，從《西藥大全》之類的「新法」書籍裏去找尋答案。正因為是「紙上談兵」，無法實驗，體會不到那些偵探和犯人所用藥劑的真正奧妙之處，因此也不得不拋棄了用「化學」來除暴安良的心願。

飛鏢和「化學」，可以說是茅盾兒童時期曾經真正熱心「研究」過的兩件玩意兒。

第三部分

書　信

一、致金韻琴〔註12〕

韻嫂及乃茜侄女：〔註13〕

六日來信早已收到。七日小曼的信（我附加了一兩句），想能於十二日收到。現在這信到時，料想阿桑他們已經見過您及海珠等等了。你們見過小鋼〔註14〕，那時她不過五歲，轉瞬十五歲過去了，父母對她的「理想」都成空想，現在是稂不稂，莠不莠，而明年冬大概又要復員；復員後如何？她父母又有個「理想」，可是我怕還是一場空。世事瞬息萬變，三、四年後如何，誰能逆睹？

小曼再去幹校事，現在看來又可能推遲一年多。本來，出版局擬照中央規定，凡已工作者三年一輪下幹校一年，文學社七一年調京的有若干人今年輪到，結果，或則有病正在治療，或則有其他原因暫時不能下去，所以，一個也沒走。現在是搞運動為主，而運動則要搞到年底（據說如此），預定要下去的就不下去了——暫時如此；但事情瞬息萬變，最後如何，誰知道？嫂退休後如能來京多住些時，甚為歡迎。至於代我管家務，則不敢有勞，這不是我客氣，因為嫂事實上退休後長離上海一年是不便的，因為表侄、侄女等在上海者多，有些事一定要您操心、主持。所以我只盼望嫂退休後來京住幾個

〔註12〕據手稿編入。金韻琴，（1919～1995），孔另境夫人。
〔註13〕乃茜即孔乃茜，金韻琴之三女。
〔註14〕小鋼即沈邁衡，茅盾之長孫女。

月，以後每年來京停幾個月，那就兩全其美了。

至於我的目疾，乃茜認爲應當找個醫生朋友看看，免得瞎跑。醫生朋友是有的，可惜都不是眼科。我們一些老人都是在北京醫院會診室看病的；名爲會診室，可想而知是個特殊診室，如果必要，也能請北京其他醫院的專家來「會診」，那眞是會診，平時只是給老人們一個方便，隨到隨診，不用等候，本院各科大夫必要時都到此室（其實是一個區，另門出入，有診室九間，候診處擺了一排沙發，可以聊天）來診。我的病在左目，經放大瞳孔檢查，確定爲「老年盤狀變形」，此是術語，我不解釋，總之，是老年常有的，例如周建人，十年前和我今日之病情相仿，而今日，他的雙目已幾乎失明，三尺外不辨五指但見指形。這不是稀奇古怪的病，據說是老年人血管硬化而又不服老，用目過度，引起眼底血管破裂出血（其實當時不見血，只是眼酸痛而已），成此後遺症。據說是沒法治好的。我打針（已卅五針，尙有五針）、服藥、點眼藥水等等，只是爲了不使右目也同左目一樣，並使左目不致完全失明。更進一步說，只是推遲惡化的過程而已。而藥石之效究竟有限，主要是少用目，不要三四個小時不斷用目，即不使目力過勞。下月我就滿七十八歲了。竟然活了那麼多年，非始料所及。但最近一年來血管硬化已顯然可見，手指麻木，例如寫這封信，開始時，眼、手指，都還聽指揮，到後來，字跡歪斜，就是眼、手指，都不大聽指揮了。這樣的老年人，甚多；弄得好，還可以活五、六或七、八年。我但願如此，別無奢望。不寫了，祝嫂身體健康，諸姪、姪女均此致意。

乃茜創作的稿本，由阿桑等帶上，想已收到。

姐夫　雁冰　六月十五日上午（1974年）

二、致金韻琴（據手稿編入）

韻嫂：

本月二日信及照片（您與勝芳〔註15〕姪女合影）均早收到。我的目疾情況如下：雙目均爲老年性白內障（初發期）；右目視力0.3，左目視力0，一尺外不辨手指的數目。此因視網膜退化之故，醫學名爲老年性盤狀變形。總之，都是老年病。打針、服藥、點眼，都只能（從最好一面說）保其不再退化，

〔註15〕勝芳即孔勝芳，金韻琴之次女。

或延緩其惡化而已。所幸右目尚好，看書（大字）寫字勉強可以對付，但必須少看，看的時間不能長，半小時即須休息十多分鐘然後再看，寫字亦然。因此，我盡量少寫信，寫得短些。嫂來信中想像到退休後到我家情況，我亦有同樣想望。您一定還能幫我作許多事也，但願我能渡過「兩個五年計劃」，即再活十年。

現在寄上一個紙箱，內裝紅棗及膠鞋兩雙，一是還你們的，二是送給你們的，因為在我們是多餘的。取貨憑單隨信附上。貨運慢些，接此信後三天去問，大概已經運到了。

京中連日較熱，仍少雨。上海如何？

又：嫂二日來信大概忘記封了，我接到時封處開口，而又不是封後被人拆開。照片等都不缺少。

匆此，祝健康。各侄女均此。

姐夫　雁冰　七月十日（1974 年）

給小曼買的汗背心早收到，她也有信給您了罷？

我現已暫停打針（即為目疾而注射），天氣涼些，還要打。

三、致金韻琴（據手稿編入）

韻嫂：

您好！收到七月九日信及所附照片兩張。兩個孩子弄不清誰是誰，戴眼鏡的年輕婦女猜是慧今，餘則海珠、乃茜是認得的，猜到和您同坐而不戴眼鏡的大概是勝芳。其餘的就猜不出來了。現在我也寄上我們的全家合影，一共只有六個人，你們一看就知道是誰了。這一張還是沒有拍好，原因是對著陽光，我的眼睛受不住，不能睜得大大的，好像是在瞌睡。

至於目疾，驚動了各地好多親友，紛紛為我探索治療之方。杭州陳表弟介紹了上海新華醫院的針挑白內障，但我雙目是老年性白內障初發期，可以不動手術而服中藥使其消退或至少不使發展。陝友介紹了一例，川友則為我弄來一個藥方（係按照我所寄去的病歷，請成都醫學院頗負盛名的七十多歲的老中醫開的方子）。可是該方有一味名為空青石的藥，北京各藥房多不知為何物，有些中醫也都不識；北京醫院會診室的中醫魏大夫（我

－127－

請他治病有半年多了）知之，並曾見過，知爲治眼藥，但謂此物難得，北京買不到，不知四川有沒有。據謂此空青石爲小小石卵，佳者中有密封之自然水，搖之有聲。此如瑪瑙、水晶之爲礦物，非人工可能製造也。我已函川友，詢四川市上有此藥否？如無，則何者可以代替。現在順便告訴嫂，請詢你們認識的中醫，知此藥否？滬上有售否？方便時間問便了，請勿爲此勞神。

　　又，七月十五日寄來的保健按摩及信亦早收到。謝嫂關注。保健按摩頗有道理，猶諸簡易太極拳，都是增強體質的祖國醫術的精髓，但恐我不能持久行之。青年時對於運動、體育鍛鍊等，知其有效，但不能持久行之。如今老了，未必能堅持；但當勉力試爲之。今每日都散步（在室內）數次，期能漸增其次數及每次之時間，醫謂此亦助消化、愈失眠、強體質之一道，此則較易行之且堅持下去的。但能消化好，睡眠好（我已十多年非服安眠藥不能成睡），就滿足了。

　　近正物色新屋，擬搬一個較大較涼快的屋子。今所居，夏日則三樓甚熱，而阿桑他們則住在三樓。期於夏季過後必搬。嫂明年退休，來京住時較舒服些；蓋將專有客房以供嫂也。

　　爲了節省目力，不多寫了；但嫂如有暇，請多來信，長些也不妨。看信也還不太吃力。專此祝健康！

姐夫　雁冰　七月廿五（1974 年）

四、致金韻琴（據手稿編入）

韻嫂：

　　八月三日信讀悉。你從照片上看來，我精神很好，然而實際上近來一年不如一年，容易疲勞，走路兩腿發抖，手指麻木，用腦稍久，比方說，半小時許，額上皮膚繃緊，如貼膏藥。醫生謂此乃血管硬化逐年加劇之表現。最近全身檢查，結果是各種老年病逐漸發展，心律不齊，冠狀動脈硬化，慢性支氣管炎又新加肺氣腫，僅腸胃病較好轉，則服中藥半年之功也。醫生謂：只可稍微、慢慢散步，十多分鐘即止，如心跳則立即停止。至於保健按摩，

我以爲可行，而醫生以爲不可；且諄囑若行之數分鐘心跳，即應停止。總之，血管硬化、心臟病，是主要病，保健按摩於血管硬化有好處（對於老年如我者，好處已不大），而於心臟病有壞處，此是矛盾。醫生謂：凡廣播操、太極拳、保健按摩等等，皆爲對中年人的說法，至於年近八十而體質素來弱者，皆不但無益而有副作用。猶之，快將報廢的汽車如開快車則一定出事故。我想，醫生的話，有道理。但醫生仍謂，如保養、休息得法，我是不會馬上出事的，總之，體力勞動不相宜了，連保健按摩也不相宜。用腦時間應少，不可緊張。這樣，大概還可活五、六年或者再多一些。然而須防感冒發燒轉爲肺炎。現在，每天服西藥四、五種，VC 我自己服（京中早傳常服多服 VC 有如何好處，原因是去年一個華裔美籍醫生訪京在北大演說有此言，其實是誇大的）。治心臟病、血管硬化之藥二、三種亦天天吃。然而這都是延緩惡化過程，非能起死回生，或返老還童也。對於病，我既不悲觀，亦不存幻想。對於治療，可行者則行，不可行者則止，如此而已。至於目疾，雙目都爲老年性白內障（初發期），可服中藥以冀消除。川友所致方藥，昨開始煎服，如何之處，一、兩個月方見分曉。但左目爲黃斑盤狀變形，視力幾等於無，一尺外不辨物形，此則無法治好，雖打過四十支針，現仍內服藥及滴眼，也只是防其或延緩其惡化而已。尙幸右目視力爲 0.3，能看大字書，寫信，然如霧中看花，彷彿而已。此信字跡不勻，半由目力弱，半由手指僵木。

京中連旬多雨，潮悶，室內三十度上下，雖不太熱，但潮悶使人昏昏然。目光漸昏花，不多寫了。即頌健康。

並問侄女侄兒們安好！

姐夫　雁冰　八月八日（1974 年）

五、致金韻琴（據手稿編入）

韻嫂：

八月十一日信敬悉。

京中在八月中旬已經涼快，我甚至要穿襯絨襖。不料二十日後又突然連熱，室外氣溫從卅度到卅三度，室內也升到廿七、八度，幸而昨夜一陣雷雨，夜間涼了，今天又是多雲，雖最高氣溫室外是卅度，但室內只有廿五度左右。大概以後不會再有前幾天那樣熱了；不過，今年全世界氣候反常，也難說就此一直涼下去了。

前信所說反革命匿名信的案子有何下落？這件事，在充分發動群眾的情況下，是會水落石出的。

乃茜曾講起上海新建五層大樓未竣工突然倒塌，死傷多人，不知查明了原因沒有？我們猜想是地基負荷計算錯誤或鋼材質量不好之故。鋼材不合規格而造成嚴重事故的，外國經常有之。

治目疾（主要是消退雙目初發期老年性白內障）的中藥已經吃了十五帖。當然不會看出效果來。那位川醫原說服食一個月後看情況轉方。現在就打算這樣做。川友代買的空青石粉有二斤之多，每帖藥用五錢，估計可以用一個半月。那是一種黃土一樣的東西，據說是四川中醫學院（那位給我開藥方的大夫即屬此學院，也是七十多歲了）附屬醫院的工作人員親自上山收集然後加工成粉狀的。原來形狀似雀卵，中空有核（據云初出土時中間有水，後來，此水就凝爲固體），搖之有聲，四川農民稱爲響石。此物出四川彭縣某山某灘，離成都不遠。川友代買的石粉即在該附屬醫院藥房買得，大概四川外間的藥房裏也不一定有，難怪京、滬、杭都沒有，且不知有此物也。附屬醫院藥房賣此石粉是通過內部的，僅一毛六分錢一斤，便宜之至。該方子除此味外，尚有七、八味藥，都是便宜的東西，都是治目疾的。又，三七粉稍貴，七元多一兩，每帖用一錢。三七粉另外沖服，此粉味苦澀，大概這些藥都不利於消化器官，所以那位大夫後來又加了一味雞內金，炒、研成細末，也是沖服。

嫂安慰我，不要憂病；那封信大概嚇了你一下罷？那是偶然憂慮的表現。談實在話，我的大患在於全身血管逐漸硬化，年年有增。即如寫字，最近筆劃常常歪斜，即因手指僵木較前爲甚之故。如用毛筆寫大字倒好些，因爲那是用腕不用指也。不多寫了，祝健康。盼常來信消磨寂寞。

姐夫　雁冰　八月廿八日（1974 年）

六、致金韻琴（據手稿編入）

韻嫂：

八月廿九日的信由興華〔註 16〕帶來，早已讀悉。我的健康情況和全家情況，興華這幾天都知道個大概，我不多說了。我的目疾仍吃川醫的中藥，現已吃了二十多帖，當然不會就見效。大概吃它一個半月再轉方。

〔註 16〕興華即陳興華，收信人之長女婿（孔海珠的愛人）。

張令萃，我記不起來了。許志行是在廣州認識（一九二六年），後來也常常聽到他的情況。不過我懶於寫信（過去是忙，近來是精神不支），人家不來信，我無事也就不寫信了。金學成是在抗戰勝利後我去蘇聯訪問之前住在上海的半年時，由另境介紹來過我寓，從此認識。請代我對張、許、金三同志表示問候，因目疾不多寫字，恕不另柬。偉成〔註17〕和明珠託他甚好。今年不成，也許明、後年有機會，因為，聽說明、後年各省、市要招一大批工人，插隊幾年的青年將有最大的機會。北京市今年把下放郊區已三年的青年連同去年（還有前年）、今年末下放（獨子等等）的青年共五萬人都分派了工作，其中分派到財貿系統的占一半，即二萬五千人。小寧也分配去管倉庫（煙、酒及食品倉庫），據說是要把他們（倉庫收高中畢業生是第一次）培養成骨幹，目前先到第一線鍛鍊，即做裝卸工作。這是市級領導親自對他們說的，但世事萬變，將來不可知。但總算有個盼頭了。嫂對偉成、明珠事，也應作如是觀。

現趁興華回滬之便，請他帶上三百元，為嫂過節及雜項費用。鋼絲行軍床很好，難為海珠奔波。料想興華、海珠不肯收床價，請嫂在三百中分五十元給她，給疊疊〔註18〕添置衣物玩具。

乃茜何時結婚，請事先告訴我。

我們看定了一所房子，四合院，設置齊全，共有二十多間，我們可以有兩個會客室，兩間專用客房（現在沒有，所以興華來，只好委屈他睡行軍床），現已動工修理，大概早則十月中，遲則十一月上旬可以搬進去。嫂如准退休（大概會批准），一定要來京住較長時間。紙也盡了，不多寫。祝健康！

姐夫　雁冰　九月七日（1974年）

七、致金韻琴（據手稿編入）

韻琴：

九月十八日信收到已久，所以遲覆，是因為病了。興華是十六日早上赴皖的，我也是這天早上有低燒（卅七‧六），且咳嗽，八時半到北京醫院，又是驗血，又是放射科去拍照，半小時後洗出照片，謂是氣管周圍發炎，即去年住院

〔註17〕偉成即孔偉成，收信人之次男。以下的明珠，收信人之幼女。
〔註18〕疊疊即陳宏疊，孔海珠之長子。

一個月（八月末到九月末）所犯之症。醫生要我住院，我因只是低燒，且住院後白天家中只有男、女服務員，有事無人作主，故堅決不住院，且注射慶大黴素加內服藥一二日後看情況再作計較。幸而十七日即退燒，但不穩定，注射三天後（每日上下午各一次），醫生謂須再注射四天（連星期日也去），又繼續注射兩天，因兩股硬塊壘壘（吸收不好之故），無處下針，體溫最高只是卅七度（廿一日中午一次，廿二日中午一次），醫生饒了我，不再注射，改服強力黴素。昨天上午是最後一針，今天起不必每日兩次去醫院，就寫此信。如果體溫再高，那就不能不住院了。因為此病，停止服用治眼的中藥，而且積壓不少來信，——好在都是可以拖一個時期的。乃茜要給小曼、小鋼各做一件長袖尼龍襯衫，你們的心情我是完全理解的，但乃茜也很忙，此事不急。很巧，小鋼出差到山東，又來北京，是前天到的；大概要過國慶節然後回部隊。這兩天忙於公事，小曼又拔牙，量尺寸竟顧不上。嫂既叫我做做動員工作，我一定照辦。

大司務做菜，油水本不重，興華覺得油水太重，大概是碰上我們叫他做陳皮鴨（用的是填鴨，當然很肥）和虎皮肘子之故。阿桑能吃，但因發胖，不敢多吃，小曼則老胃病又滿口只剩一對牙齒可供咀嚼，因而本來少吃，小寧分配工作後午飯常不在家吃，這兩天小鋼來了，她能吃。

勝芳留在天津的毛衣等，早經令震兄〔註19〕託人帶來，我也去了信。興華在京時竟忘記告訴他了。一星期前覆勝芳自新省來信，竟也忘記此事，可見我疏忽。

不多寫了，謹祝健康！並致意海珠等姊妹。

　　　　　　　　　　姐夫　雁冰　九月廿六日（1974年）

衛平〔註20〕的病想來好了，甚念。

八、致金韻琴（據手稿編入）

韻嫂：

六日信敬悉。小鋼是五日夜車走的，還沒有來信。她在北京十四日，又要玩，又要購買人家託買的東西，實在很忙，人家託買帶去的東西（吃的用的），裝了一個大旅行包，足有三十多斤重，又一個小些的旅行包，大部分是她帶去分給戰友們吃的東西，也有十七、八斤重。臨走前三天，不斷有人找

〔註19〕令震即孔令震，孔另境的堂弟。
〔註20〕衛平即孔衛平，金韻琴的幼子。

她，都是託帶東西的。其中甚至有烙餅。她們部隊裏經常吃高粱，有些戰友（十七、八歲的小姑娘）就想吃烙餅。

　　興華帶去的衣服尺寸，據小曼說，不是小曼的，是興華弄錯了。現在將由小曼寫信告訴你她的身材尺寸等等。其實乃茜不必急。倒是她的瘤，何時開刀，我很惦念。祝她順利，並祝開刀後人會胖起來。韻嫂，你看小鋼多胖？由於身材不高，顯得更胖了。我常問及乃茜的婚期，一則因為她年齡到了，二則我有薄禮為她「添妝」。這不光是我一人，也代表故去的德沚的一點意思。文革時，乃茜來過北京，德沚見過她，很喜歡她。德沚因為自己的愛女不幸早逝，看見人家的好姑娘總是垂涎三尺的。她很早就為小鋼、小寧準備了結婚時用的絲棉被，各人兩條，都是綢緞被面，還有繡花枕套。這些東西，現在裝在一個箱子裏。她若在世，看到現在提倡遲婚，而且小曼他們早就不贊成那樣華麗的被子，她是會有夢想落空之悲的。解放前，她持家儉樸，不過在衣著用具方面，她還是講究的，至少比我的嬸子們講究；解放後，我勸她改一改她向來持家的嚴格作風（主要對男、女服務員），她不聽，還是要自己上菜場。為了當時她經常出席各種宴會，她做了好多衣服，但在家又不捨得穿，另做家常衣服；為了自己下廚房，又有打補釘的下廚房衣服，——卻又怪，她不肯穿下廚房用的罩衫。想想，真叫人悲傷。死後，她的衣服（旗袍、西式上衣），誰也不能穿，也不好改，現在還保存，有一些，送給我的表姪女（即陳瑜清之親姪女），她丈夫是歸國華僑，現在華僑事務委員會工作；另有大部分，仍填箱底。

　　紙也完了，不多寫了，明天再寫一紙給乃茜，一同寄上。祝工作順利，身體健康。

姐夫　雁冰　十月九日（1974 年）

九、致金韻琴（據手稿編入）

　　韻嫂及海珠、乃茜內姪女：

　　十四日來信昨午後收到。興華明天（十八）回滬，趕寫此信，託他帶上。未接你們的信時，已寫一短簡，並錢貳百元交給他了。錢是分給嫂與乃茜的。

　　興華在我處，倒覺熱鬧些，只是我們款待不周到，有些抱歉。他也講到乃茜的男朋友，我們聽了很高興。兩人合計，正滿五十歲，我們以為結婚不遠了，哪裏想到上海規定要滿五十五歲，那就得再等待二年半，不知我能否

看到他們成立圓滿的小家庭？但願能看到。

韻嫂說乃茜信上說的七十年代標準媳婦的話，會惹我發笑。老實說，我笑了，但不是笑她自吹自擂，而是贊許的笑，又是憐愛的笑。我看乃茜自提的幾個標準，一點也不誇大，她固已有之，現在學燒菜，有志者事竟成，她是聰明人，有什麼學不會的。但是看了她的信，我也有感慨，首先是爲了衛平，其次爲了乃茜。我不記得曾見過衛平否？但看他堅決要回江西（儘管他的插隊兄弟都賴在上海，他現在一人回去，生活上有困難），他這堅毅的精神是叫人欽佩的。他的主意也是正確的。將來他際遇究竟如何，自難逆料，但眼前他只能這樣辦。北京青年去插隊而又回來不肯再去的，據說不在少數，——將近一半，天津情況不會好些。前天有個朋友來談，她在公園中遇見五、六個青年，同他們閒聊，知道他們全是去插隊而又回來不願去的。她問他們是否有苦悶（指在農村沒有精神糧食等等），他們都說不是，而是「消極」。也就是說，看不到生活的意義和目的。我這朋友聽了這話，大爲感慨，認爲從長遠看，這是一個大問題，因爲即使像這樣的青年是少數，但也許還有沉默的多數在。所以我贊許衛平，雖然也爲他感到悲涼，像乃茜說的在秋雨瀟瀟中送走了他時心上悒悒。

乃茜給過我幾封信了，我從中看到她心潮起伏，最近這封使我感慨：她眼前不這麼設想她的未來，難道還能有別的設想麼？而從這中間，我看到她的開朗的心情，我是極爲讚美的。她對自己的病的態度是正確的，不知她一面吃藥，一面胃口如何？如果胃口好，要買點富於營養的東西吃。我給她的一點錢，聊供少助。將來繼續服藥，如果手頭不夠，儘管對我說，我做姑夫的，這方面還勉強可以幫助解決。乃茜也許不肯開口，韻嫂你代她說罷。衛平看來生活自給是困難的（這是普遍現象），韻嫂，你老實說，要我幫助麼？偉成如何？他在何處？小妹明珠如何？希望便中相告。

海珠和乃茜都說到我的病，都很關心，韻嫂也在關心。其實，我不過是老病逢秋偶發，北京醫院會診室（高幹的特殊門診室）的大夫一定要我住院，所以就住了，不料一住就是一個月。現在好了，已不服藥，也不咳了，——倒是興華，我看他的咳嗽比我嚴重。海珠介紹的「桔紅丸」，我可以去弄到，廣東方面有熟人。不過我現在試服靈芝酒（興華知道，可惜他一點酒不能喝，否則也可以試試，北京有賣，錢不貴，一元五毛一瓶），此藥的說明書說得天花亂墜，效果如何，且看久服以後了。不多寫了。祝你們健康如意。

姐夫　玄　十月十七日上午（1974 年）

十、致金韻琴（據手稿編入）

韻嫂及乃茜、仕中：

接到乃茜從醫院寫的十七日信及仕中〔註21〕在乃茜開刀後一切順利的訊息，非常高興。我先看了乃茜十七日的信（其時尚未開刀），心裏不免沉重。接著看了仕中十九日的信，這才放心了。醫生既然肯為乃茜胃部拍張片子，仔細檢查一下，這是大好事，一定要徹底診治一下她的胃病。祝願她的胃沒有大問題。並再次祝她此後會胖起來，會比開刀前更強健。再者，如果檢查胃有癌症，你們一定要和醫生商量，能趁早開刀最好。希望乃茜加強戰勝病魔的勇氣和決心。癌不必怕，在於能先發制之。

匯上三百元，是給乃茜、仕中日後結婚的微薄意思。我們都盼望乃茜康復後便準備婚事，男女到了一定年齡而不結婚是不正常的。從前，「女子二十而嫁」，德沚二十歲結婚，孔家和我家的親戚都說太遲了。我的母親，因為是獨女，外祖父擇婿頗嚴，十九歲上半年訂婚，下半年就結婚，親戚們還說出嫁晚了。現在提倡晚婚，二十五歲結婚是適當的年齡。

仕中雖然第一次和我通訊，但我沒看信尾署名，單看那一筆流利秀娟的行楷，就猜到是他。給我寫信有什麼冒昧？我喜歡你有暇常常來信，講些你們的所見所聞。興華在我家住過，知道我少出，但每天總有一兩封來信，大部分是外地來的，有認識的，也有不相識的；有老的，也有中年和青年的。有些不認識的人來信訴冤，他們以為我可以幫他們解決問題，其實，我不在其位，只好把此種來信轉給有關部門而已。明知有關部門接到這些告狀的信也是擱起來的（要原諒他們實在忙，而且隔了幾級，不瞭解情況，他們也難以下手處理），但我算是盡了人事。

韻嫂和乃茜每次來信我都喜歡讀之再三。因為你們都講了些我所聽不到的事，而且也是我意想不到的事，——雖然是些瑣事。不過因為目疾，我的答信總是短的，這是無可奈何，很遺憾的事。

不多寫了，再次祝乃茜早日康復，祝你們都健康，身心愉快。

姑父　雁冰　十月廿三日上午（1974 年）

月前勝芳從新疆來信，說她的一個同事寫了些詩，想寄給我看看，問我允許否？我回答說可以。但至今未再來信，我怕信未寄到，因為我只照勝芳

〔註21〕仕中即陳仕中，孔乃茜的愛人。

來信寫的通訊處是新疆阿克蘇大光毛紡廠；太簡單，也許寄不到。韻嫂如有信給勝芳，乞爲我詢問一下。

　　海珠來信，已由小曼回答，想已收到。傢具夠了，不要從上海再買了。興華的病想已好了。

十一、致金韻琴（據手稿編入）

　　韻嫂：

　　十一月廿九日信收到了。我們的參觀於上周二結束。現在我們忙於搬家；新居爲「大躍進路七條胡同十三號」。大約本月十五日以前搬去。昨天去看了修理後的新居，還滿意。以後來信可用新址，寄舊址也可以轉到。

　　寄來的襯衫收到了，顏色很好，乃茜手藝很好。小曼大概另有信給你，謝謝你們；並且不要再給小鋼做了。因爲她已有好幾件襯衫，現在不需要再添了。乃茜又得一個月的病假，就該好好調養；如果她胃口好，那麼，多吃點東西，一個月內雖不能胖許多，也會比過去豐腴些。至於小曼，是老腸胃病，雖然早已上班，但仍在服中藥。

　　建英〔註 22〕也說有辦法託火車上的列車員帶油，但我以爲其實也不便。因爲除非列車員的家在北京，帶到後放在北京，一面電話通知我們，我們派人去拿（而且也不能接到電話立即派人，有時派不出人來），那還可以；否則，列車員當然不能送到我家裏，而他又要跟車回去，那就麻煩了。所以，請你帶便去信談到這點，不要勉強。我們這裡也不是太缺油。況且已經帶來十斤，還有放在上海的十斤。匆匆，即頌
健康！

雁冰　十二月四日（1974 年）

十二、致金韻琴（據手稿編入）

　　韻嫂及海珠、興華、乃茜：

　　海珠倆由陳國元同志帶來的信及油十斤早已收到。其時正值搬家前夕，

〔註 22〕建英即孔建英，收信人的長子。

十分忙亂，不能即覆。搬後又是忙亂了將近半個月，現在算是基本上安置好了。這次搬家自看定房子、修理（本來認爲小修理即可，結果是暖氣管全部換新，加了二個廁所，──服務員及大司務等使用，──車庫──停放我專用的小轎車──拆造，其他上房也有拆造的，因而是大修了，但工人們謂屋頂基本上未動，算不得大翻修），未搬前書、物裝箱（買了廿多元的紙箱，又麻袋十來元），搬後的整理布置，共花了七個月，然而搬，只一天完成，有三架卡車輪流往返搬運，在舊居裝對象上卡車的有十人左右，在新居卸貨的也有十多人，這些都是機關事務管理局的處級、科級及以下幹部，作爲勞動來幫忙一夭的。我們本來以爲可以找「搬運公司」，但管理局說：「搬運公司」現只有老、弱、婦女，基本是街道組織，大非文革前之舊貌，找他們不解決問題，而且他們沒有卡車，只有用人力的由三輪車改造的板車，小搬家（十來件東西，一、二板車裝完），他們尙能應付，像我這樣大搬家（指書籍、什物、衣箱、傢具之多），他們吃不消，只有管理局有車有人（幹部勞動），才能辦。這眞使我們長了見識。我自四九年春由瀋陽到北京，先住北京飯店，後來搬進文化部宿舍，其時只有箱子二隻（還是在瀋陽集體專車赴京時公家發的木箱，以裝什物，──因爲在瀋陽一個月，德沚隨同一些民主人士太太天天上街買東西，無非瓶瓶罐罐之類），鋪蓋一個；傢具等等，文化部當差給辦了，不料一住二十七年，成了官僚，不知世情；韋韜他們搬過兩次家，都是找「搬運公司」，時在文革前，憑此經驗，還以爲仍可找「搬運公司」，卻不知道不是那回事了，眞可笑。新居是八月初動工修理的，十一月中旬通知我；基本修好，讓我去看，其時，粉刷、油漆剛完，已生暖氣一個月，但外院尙未打掃乾淨，他們意謂我將在十二月尾搬去，但我們因自十一月上旬起已將書籍、瓷器、掛在衣櫥及壁櫥裏的衣服都裝了箱，樓上樓下全是紙箱、網籃、麻袋，幾於無處下足，因而決定於十二月十二日搬，通知了管理局，他們也覺措手不及，但我們要早搬，他們只好照辦。這一來，就把打掃新居一事馬馬虎虎做了一下，因而搬進以後，除我住的後院上房因是地板，早已油漆，是乾淨的，韋韜夫婦住的前院上房因是花磚地，瓦工修房時落在地上的石灰、水泥，現已乾透，鏟也鏟不下，大家叫苦；至於前院兩廂房，作爲飯廳及客廳的，情況亦復如此。這，都只能慢慢地用水磨工夫了。由於限期完工，外表倒挺好看，內部門窗及各個房門新配的鎖都有問題，門窗關不嚴，鎖不靈等等，直到現在算是都弄好了。半個月來，我們整理書、物，同時木

匠來修門、窗、鎖，我坐不定，所以直到今天寫這回信。

現在先答海珠信上談的一些事情。

胡喬木在北京醫院時或碰到，說些閒話；他是前年春就回北京的，那時在北京醫院看到，他說有病。今年國慶露面，他是不是四屆人大代表，我不知道。我只知道中央建議由上海協商選出的四屆人大五十五人的全部名單（其中大部分是住在北京的），至於北京市、天津市的代表名單，我不知道；也有住在北京（或工作在北京）而由各省選出的（向例如此，例如我一直是山東代表，趙丹在上海，而也一向是山東代表），我也不知道。以後如碰見胡喬木，當代海珠代達問候之意。

十一月中，統戰部組織了一次集體參觀，多時達四百人，我也參加了；參觀了部隊（北京軍區×××師，即外賓們去參觀的那個部隊），看了軍事表演，一整天；此外都是半天，項目是公社、工廠、大學（北大、清華）、新北京飯店，最後，北京市委請全體參觀者在北京飯店宴會廳吃了一頓「便宴」，其實夠豐富了，但還是說「便」，吳德同志等全部出席，他們是主人。此事，在十一月底結束，十二月起，我們就忙於搬家。因為，側面消息，四屆人大可能在新年一月下旬召開，開完會過春節。此所以我們要提前於十二月十二日搬家。

韻嫂十二月十八日信上說起中、西醫結合療治中心治視網膜脈絡膜炎有奇效，並說北京協和眼科是出名的，但協和眼科尚不及同仁醫院。我沒有到同仁去看過，因為我這病並不新奇，左目是老年性黃斑盤狀變形，右目是初期老年性白內障，後者正服中藥，同時點西藥眼藥水，可望不致於迅速惡化，條件是少用目力。至於前者，據說國際上對此尚無辦法。周建人六六年兩目同時（略有先後）患此疾，多方求醫，直到前年，視力只有二尺，根本不能看書（即使是大字書）寫字，他才死了心，不再皇皇然求醫了。他告訴我：國際上的經驗又謂，倘一目患此症而另一目不患此症，則不患者可保不再患此症了，所以我的右目大概能保持現狀。

現在給乃茜講幾句。

希望她經過這短時間的休息，能夠漸漸胖起來。她能多睡覺，極好；多睡多吃就能胖起來。年青人本來瘦的，無所謂，本來豐滿而忽然消瘦就該使它胖起來。想不到仕中有那麼個慢性格，無怪乃茜生氣，應該教訓他，使他改過來。但希望乃茜還是保持對他的感情，因為這不是有關政治、思想的大

事，這是一種生活上的習慣。你們大家都對仕中這個不好的習慣痛下針貶，該可以使他改過來。不過，「鬥爭」他的不好習慣，還該用熱忱愛護的口氣，不可用硬話（乃茜也應如此，應當軟硬兼施，委宛勸他），因為青年人自有自尊心的，傷了他的自尊心，會作出無理智的反應，要是弄到像乃茜信上所說的「拉倒」，那就太不好了，兩人心上會永遠留下個創傷的痕跡。韻嫂想能理會我的意思，善為調處的。

小鋼何時復員尚無確信，大概新的一年的上半年總可以實現罷？至於將來工作，現在雖有種種想法，總待那時看情況方能有把握，因為事情常有變化。反正，打算讓她在家呆一個時期，不急。

希望韻嫂來京玩玩，隨你喜歡住多久，就住多久。我們為你準備的房間在前院上房（韋韜夫婦住的）與後院上房（我和小寧住的，將來小鋼來了，就換小鋼）之間的東小房，出門是個院子，到前院上房與後院上房都只幾步，隔窗叫一聲就聽到。我住的是兩大間（都比舊居最大的客廳還大些），外間作起居室，內間作臥室，起居室東小間現住小寧。紙完了，不多寫了。祝你們都過愉快的新年！

姐夫　雁冰　十二月廿八日（1974 年）

十三、致金韻琴（據手稿編入）

韻嫂：

二日的信，附乃茜信又彩色年曆片都收到了；另寄的年曆片十六張也收到了。但是您說上月卅日您寄過一信內附年曆片，卻至今沒有收到。想來被人盜去年曆片，連信也給丟了。不知信中有何事見告，要緊不要緊？希望下次來信見告。

從今日下午起，我將參加一個「學習班」（此事請勿外傳），離家十來天（仍在北京），在此時期，不能和您通信了。小曼他們仍在家。

我家的門牌換了，是交道口南三條十三號，小曼昨天給您寄信，也講到這個。

您想像我們的新居很好，但來住時一定會失望。我們未搬進時先來看，覺得很好，搬進後也失望。因為一則工程潦草，外觀堂皇，內裏粗糙，有些門、窗不密縫，至今還找木匠來修；二則只有兩排上房（坐北朝南的）還寬

敞些，其他都是小間，不過從前大陸新村正房三分之二大；三則除了我住的兩大間是地板（廣漆），其他的都是花磚；花磚原來也不壞（看房子時就覺得那花磚光潔乾淨），然而因為修理，石灰、水泥掉在花磚上沒有及時擦掉（泥瓦匠不負責），現在乾了，就同天生一般，紅色花磚（那是小塊拼成的）有了許多白癬，一時沒法弄乾淨。鏟也鏟不掉，想不出辦法。也許到今年夏天，還不能還花磚的本來面目。

乃茜和仕中性格不同，不是原則問題，一急一慢，正好相濟，比兩個都是急性或都是慢性要好些。韻嫂說乃茜應當鼓勵仕中，這是很對的。今天沒有足夠時間，我不另外給乃茜寫信了。

韻嫂很關心我的目疾，謝謝。老年性白內障初發期可以服藥消退，或至少阻止其惡化，我現在中西藥並進。至於左目（老年性黃斑盤狀變形），乃不治之症，國際上尚無辦法。

匆此，祝

健康。

海珠、興華、乃茜均此。

雁冰　元月七日（1975 年）

十四、致金韻琴（據手稿編入）

韻嫂：

前寄一信，想早收到。人大開過，我因稍稍累了，小病了二、三天，現在恢復健康。現在全國都在學習人大通過的文件，想來你們也是在學習，一定很忙罷？但是我希望你能抽工夫給我們寫個信來，我一直在惦念乃茜的健康，以及她和仕中的事。海珠夫婦身體好麼？胡喬木是人大代表，我和他同組開會，已為海珠代致意。

昨天匯上三百元，是給嫂過春節及其他雜用的。我一直替你想，你一定經濟上緊；雖然海珠、乃茜他們能自力更生，但三個插隊的孩子，恐怕不能完全自給。我逢時逢節送你一點錢，實在是杯水車薪，無濟於事。但郵匯每次限於三百元，而且一定恐怕弄得鄰居都知道，恐防影響不好，所以只是逢時逢節或逢便人（如興華出差來京）。你如今年退休，到京來住幾個月，我將為你準備一筆不大的存款，你帶回上海，你以為如何？至於衛平他們將來結婚，請通知我，讓我送一點小禮。

每次你收到錢後，總是再三感謝，倒反使我不安。朋友有通財之義，何況至親？何況我是比較富裕的。你到京來住，就看到我們買了若干不必要的東西，弄到搬家時背個大包袱，整理了半個月也還沒整理齊全呢。

你聽得上海一般群眾對人大的反映麼？如聽得，請來信時隨便寫些，我很喜歡聽。

不多寫了，祝健康！

海珠、興華、乃茜等均此問好！

　　　　　　　　　　　　　　姐夫　雁冰　元月廿五日（1975 年）

十五、致金韻琴（據手稿編入）

韻嫂：

一月十八日航空信及附乃茜信，又二月二日信，都收到了。乃茜信中說仕中的「慢」、「拖」的脾氣果真在改，他們已去登記了傢具，聽了我很高興。

嫂十八日信上說偉成上調到航道局工作，這是好消息，現在想已報到，不知派的什麼工作？祝他此後一切順利。

人大開會期間，小組會是在京西賓館進行的，住在北京而由上海選出的代表就集中在那裡，為了保密，不能與外邊通電話等等，直到十八日（剛好是嫂寄航空信那一天），才解禁，各人都回家。可是，年老、體弱、多病的人（住在北京而由上海或天津選出的），可以不參加小組討論，而只參加十三日的開幕式，聽三個報告，十五日的主席團會議及十七日最後一次會議。我是沒有參加小組討論的人之中之一個。各小組（全國各省、市、自治區的代表團的各小組）的簡報共一百號，由大會秘書處送到我家裏看了再退回，這些簡報，內容大致彷彿，沒有提什麼問題。又：大會前（一月八、九兩日），由上海、天津選出的住在北京的部分代表（老、病及有日常工作者除外），曾在前門飯店開預備會，閱讀並討論三個文件，我給嫂的信說將離家集中學習，就是住前門飯店開預備會，這個會也是保密的。從前我常住旅館，現在卻住不慣了，雖然旅館是上等的，設備齊全，且有醫務人員以備代表們之萬一，因此，大會期間，我就沒有到京西賓館去了。各小組討論發言，只看簡報（那是真正的「簡」報，不記發言人姓名及發言內容，只報導某組××人於某日上午（或下午）開會學習、討論三個文件，發言熱烈，一致擁護……云云），但據參加小組討論的朋友們說，大致情況正如簡報所說。因為我不參加大會

期間的小組會，所以上海來的代表，我都未接觸到，只有陳望道和吳耀宗（基督教三自革新會）在主席團中看見了，但陳、吳均不能走，用轉椅推進來的，而且兩人都說話異常（人家聽不懂他們講什麼話，其實他倆只偶而啞啞幾聲，表示同相識者打招呼——當人家去招呼他倆時，否則，就一聲不發），看來比同年齡的老人，衰弱得多。陳大概是八十四歲，而吳或許八十出頭而已。聽說大會期間，死了一個代表，是一百○七歲的湖南農民（苗族），那是晚餐時吃了四個饅頭，覺得飽悶，後來上床睡，就此長眠不醒了。又有兩個女代表，大肚子，到京後就分娩，各生一個女孩子。這，也許嫂還沒聽說。

嫂二月二日的信，用的信封是廢紙改做的，紙倒挺好，但一頭封口漿糊年久失效，我收到時這一頭竟是開著的；希望以後如用這種信封，必須把兩頭封口重新用漿糊封固。

此信到時，大概春節已過，但仍祝嫂春節愉快，海珠等都過個愉快的春節！

我家人少，不熱鬧，只買了些花炮來放；小丹丹是最喜歡這個的。

不多寫了，祝你們快樂，健康！

姐夫　雁上　二月七日（1975 年）

十六、致金韻琴（據手稿編入）

韻嫂：

十三日信及彩色年曆片均收到，小丹丹十分喜歡，謝謝「舅婆」，舅婆這個稱呼，是我教她的；她很記得興華，不教她，她自己就呼叔叔，反正她見中年人稱叔叔，阿姨，老年人稱老爺爺，但「舅婆」是什麼關係，她不明白；我只好說：同奶奶一輩的。她知道奶奶，也認識，因為家裏有照片；但「同一輩」，她卻不能理解。幼兒院教唱「歌頌四屆人大」，「批林批孔」的歌或快板，她都記住了，能唱，雖然不懂意義。她極愛看電影，《閃閃的紅星》看過七、八次，有些臺詞她會背誦；甚至《渡江偵察記》也看不厭，情節完全記住，比我強。現在的孩子早熟，是普遍的。

偉成的工作問題解決了，我也代你高興。小妹的，走著瞧罷。現在事情多變。

青年思想問題，照來信所舉三個例子，實在令人杞憂。最近……〔註23〕

〔註23〕以下略有刪節。

小寧近日身體不好，疑是肝炎，正驗血；他這工作是很累的，因為天天打雜，東奔西走，例如新機器到了，他和同樣學徒工的兩、三人就得去搬來；老師傅病了，送醫院，也是他們的事，而他夜間又睡得遲，早上六時必須起身。因此，他自己感覺沒精神，易疲，食欲不好。如果肝功能正常，那麼，他這病態，只要多睡，工作之外，不再勞累（例如，有人拉他看電影，便不該去），過一個時期是會好的。

不多寫了。上海有什麼新聞，來信請寫些，以解悶。東北地震，小鋼幸無恙。匆匆即祝健康！海珠等均此。

姐夫　雁冰　二月十九日（1975 年）

十七、致金韻琴（據手稿編入）

韻嫂：

二月廿六日來信及年曆片（給小丹丹的），又乃茜、仕中二月十五日信都讀悉，遲遲作覆，因欠信甚多，久欠者不得不先覆也。乃茜、仕中信甚有味；乃茜謂春節期間代嫂到各姨處拜望，我知嫂姊妹甚多，但不知究有多少？大概都在上海罷，想來是很熱鬧的。仕中說到東北地震破壞之嚴重，大略與京中所傳不相上下。究竟如何，現尚保密也。至於北京預測地震，最近連幼兒園也傳達了，謂於近期內夜睡不可脫棉衣，以便聞警即起至室外。嫂謂我全家可到上海避之，能與嫂晤，並見見表侄女、兒輩，當然很好；但北京地震預測，謂本月七、八、九，三天當防有五至六級地震，又謂此後仍然會有或較大或較小之震動，日期現尚不能預告，並謂過了五月，乃脫離危險期，然則此非可短期趨避也。又謂最近之震中當在通縣（離京二十公里），北京機場即在通縣，若然，則到時機場的飛機大概要避一避了。飛機跳舞是會爆炸的，或先放掉機油，但機身也會碰壞。

總之，我們以不變應萬變，原地不動，至多晚上穿棉衣睡覺而已；而我則向來是穿棉衣睡覺的。嫂聽這話，大概會奇怪；其實，不算奇怪。因為我一夜中要醒三、四次（雖然服了安眠藥），每醒必起而小解，雖然室內氣溫是十七、八度（那是在暖氣封爐後，即在半夜兩、三點鐘），但恐受涼（受涼則咳嗽，咳嗽則有發燒而得肺炎之慮），故穿薄棉衣、褲睡覺。這些情況，十足是暮年血衰怕冷氣候；從前（十年前）見吳玉章老秋季出席晚會時穿了皮大衣，（我們只穿毛衣）深以為奇，今乃知不足奇，而且也輪到我自己了。

眼睛有點昏眊了，因爲已寫了兩封信，這是第三封，不再多寫了，以後再談。祝嫂健康。海珠姊妹等均此致意！

姊夫　雁冰　三月六日（1975 年）

十八、致金韻琴（據手稿編入）

韻嫂：

三月十二日來信敬悉。

北京地震預測日期早過去了，全無動靜；反而是東北地震時北京有輕微震動。據說將來還會有警報，直至五月云云。上周，管理局（全名爲國務院機關事務管理局）及北京房管局來了七、八個人（據云中間有工程師），把我的住房逐間仔細檢查，還到屋頂上去看，結果沒說什麼，意即此房經得住五——六級，甚至七級地震也不會倒塌，這樣，連小曼也安心了；本來我和韋韜是不在乎的，小曼最擔心。

嫂擬於下月來京，歡迎之至；但看來信口氣，似乎申請退休甚易得到批准；我們卻不這樣想。小曼社中有人申請退休，已經一年多了，仍然被擱著。嫂趁早申請是好的。我們祝您此事順利完成，早日來京。

《創業》影片，北京仍在放映（最初是七、八個電影院同時放映）。也早聽說有問題，略如來信所述，其所以仍放映，是不便一下收，恐影響不好，要慢慢地收。我是最早在政協看的，其時外邊尚未公映。紙完了，即頌健康！

姐夫　雁冰　三月十七日上午（1975 年）

十九、致金韻琴（據手稿編入）

韻嫂：

三月廿四日來信及乃茜信早已收到。因事未能即復爲歉。我於三月廿二日發燒，住院打針療養，於本月三日出院。幸而三日燒退，但醫生謂仍須注射，以期鞏固。在此期間，卻不得不參加了兩次活動，都是從醫院出去又回醫院。現回家已一周，今日有時間，趕快寫這封信。

嫂退休事既已談妥，我們等著您於六月中旬來京。我現在的房子在夏天是比較涼快的，您至少要住過了夏、秋才回去，您同意麼？看乃茜來信，似乎他們結婚即在近期，不知定了日子沒有？我們主觀的想法是：他倆結婚後

如能有兩星期的婚假，那就和您一同來京，他們住了兩星期先走，不知上海方面對婚假能有多少日子？

看了乃茜信上所說上海流行的找對象的口訣，不勝感慨。「六十多元大家搶」，也許誇大了罷？然而很有意思。乃茜談到《文匯報》上的文章，我們沒有看到；但乃茜已講了大意，我們也就理會到了。消費品統配怕辦不到，領導上已經斷然明白講過了。自然乃茜也知道。她說大可就親身經歷給《文匯報》寫篇文章，是說著玩的。總之，工資問題極為複雜。

乃茜問起小曼的牙齒補了沒有？沒有。只是拔掉病牙，鑲補大概要排隊等罷？我不清楚，反正這些日子她不再喊牙痛了，但咬嚼只靠門牙及兩對犬齒，勉強對付而已。

小鋼出差來京一星期，昨天剛回去。今年冬，大概能復員。她的事，嫂來京後詳告。今天只寫這一點。祝好。

姐夫　雁冰　四月九日（1975 年）

今年北京天氣不大正常，乾旱，時冷時熱，至今我家尚燒暖氣。明後天說是又有西北風，那麼，最高溫度又將只有十五、六度了。但晚間最低已在零上，樹木發芽了。又及。

我自己懶於寫信，卻盼望嫂多來信。

二十、致金韻琴（據手稿編入）

韻嫂：

本月十三信收到。我住院十二天，起因是感冒，但後來為燒退後求其鞏固，繼續注射慶大黴素，停止注射後又檢查全身，所以多住了幾天。檢查結果，出院時已知肝、腎，功能正常；腸胃病已消除（此則去年春連服半年中醫湯藥之功）；冠狀動脈硬化如常，未見進展，心電圖上看來，沒有變異；慢性支氣管炎亦未見惡化；左肺後部仍時有羅音，故仍須小心，不使感冒，蓋感冒發燒即能引起慢性氣管炎突然急性發作，極大可能引起肺炎，那就危險了——對於我這樣年齡的人。膽固醇是否正常，日內將得結論。總之，各種老年病應有盡有，但都不嚴重，醫生們交口說我身體好（就年齡論），我想來不概還可以活四、五年。但鑒於邵力子、丁西林（比我大三、四歲至十多歲）那樣好身體，會「無疾而終」，則生命無常，亦正未可料也。邵逝世之日，早

晨照常散步七、八里，晚上照常飲食談笑，臨睡照常聽廣播（邵有習慣，每晚必在床上聽廣播，謂此即可代催眠曲），但次晨八時未起身，邵夫人進房喚他（他倆鄰室而異榻），則已仙去矣。我在北京醫院時問過醫生此為何症；醫生謂可能夜來有惡夢，夢中神經緊張，腦血管因供血不足而梗塞，遂致斷氣。睡眠中安安靜靜死了的，尚有王稼祥（他逝世時不到七十，平日身體無病），他與夫人同床，夫人不知其何時斷氣，同在一床，夫人亦不覺他夜來有何不安寧、輾轉反側之異態，但早上覺身邊之人涼氣冰膚，摸之則已僵硬了。韻嫂，你看，天下常有出人意料之事，生死亦然。不過請放心，我不會因此而終日戚戚，我是樂觀的。現在每天吃藥八種，或為增強體質，或為對付冠心病與慢性支氣管炎。盡人事以俟天命，心安理得。

以上閒話太多了，下面談點正經事罷。

嫂謂乃茜今年不準備結婚了，為的是想為小家庭積些錢。我不知乃茜今年幾歲了，猜想已有二十七歲了罷？姑娘們到這年齡，該結婚了，還等待什麼？至於「為小家庭積些錢」，我想他倆收入不多，每月能積多少呢，一年能積多少呢？這點錢，我還能代他們了之。德沚與我結婚時（我們是五歲訂婚，因沈家與孔家世交），還是一個不知道北京比上海遠呢或近的地方，只認識孔字、沈字及數目字的嬌憨、天真的姑娘（雖然那時她已二十歲），但她有志氣，要求進步，在結婚後的三朝內，她就要我教她識字，講些關於歷史及國內、國外形勢的常識，十天後我回上海工作，她留烏鎮，就由我母親教識字寫字，以及其他知識。她進步很快，後來我們遷居上海，她眼界寬了，參加革命工作，朋友也多了，做婦女運動很積極，活動範圍除女學生、家庭婦女，還有高級知識分子，以及革命老前輩如孫夫人宋慶齡。孫夫人很喜歡她，所以魯迅逝世時，治喪委員會派她專門侍候孫夫人，寸步不離。因此，我和德沚雖不是先認識、談戀愛，然後結婚，但我愛之敬重之。她關心你們，她不幸先我而去世，關心你們的責任自然由我擔任。如果我處境不寬裕，那也有心無力。但我手頭是寬裕的，所以，嫂，你不要客氣，不要幫助你們一點點而再三道謝，又說是心中不安。乃茜他們今年下半年結婚也好，缺少什麼，需錢若干，請嫂直說，我來解決。

還有些家常話，下次再說。現在談上海所傳郭老呈主席的兩首詩。在北京，一年前就知有此兩首詩。但來函抄示的第二首不是郭老的詩，而是胡繩

於一九七三年在幹校寫自我檢討時寫在這檢討書的後面的，沒有題目，也不是呈主席的。大概郭老於七四年寫「春雷動地布昭蘇」七律時已看到胡繩的詩，所以他詩的首聯與胡詩的首聯與結句相吻合。但平心而論，胡詩首聯用典故很自然（典故略謂驪龍頷下有珠，入龍穴者如得此珠，即成大智慧），而郭詩「蒼海群龍競吐珠」則牽強。又胡詩第五句的「怨」字應是「逃」字（此句典出《莊子》），第七句的「天」字應是「大」字，「天」字平聲，此處應用仄聲，第八句你不認識的字是「覺」字。〔註24〕至於胡詩大意，我也可以解釋一下，俾知此詩實勝於郭詩，但今次沒有工夫了，手也寫得酸了，下次再談。匆此即頌健康！

姐夫　雁冰　四月十七日（1975 年）

二十一、致金韻琴（據手稿編入）

韻嫂：

前日寄上一信，想已收到。那封信講了我最近住院檢查身體的結果，話多了，有些該回答你的十三日信中詢問的話反而擠掉了；這封信就是要補這個缺陷的。

富強粉北京買不到，然而我們不要。原因是：我們一星期大約只吃兩次麵食，存粉尚多，以後天暖，麵粉會發黴；而且，外邊食品商店盡有富強粉做的麵食，用糧票現買很方便。其他呢，上海如有好的鹹魚，請買點來。在蚌埠，還有我們託建英買的十多斤油，也要請您帶來。如有大的皮球，帶一個給小丹丹。半年前她有一個，她能連拍一百幾十拍，後來這球壞了，沒處修，而且也沒有賣的。皮球是像小西瓜那樣大就夠了。

你的大姊的兒子在北京做醫生，現在你說了，我們才知道。她應該去看看兒子和兒媳。不知是在哪個醫院做醫生？是什麼科？韻嫂，你倒像是玩魔術的，一會兒從帽子裏拿出一隻兔子來，一會又拿出鴨子來；第一次你拿出在北京機場工作的大弟弟，這回拿出做醫生的姨侄，不知第三回你玩什麼，我等著瞧罷。

〔註24〕胡繩同志在一九八三年二月二十七日致收信人的信末曾附加說明：「茅公對這首詩中的一些字眼的校正都是對的，只有第七句第六字確是天字（不是大字），這裡用的是個平聲字。」

‥‥‥‥‥‥〔註25〕

　　胡繩的詩「讀書卅載探龍穴」七律，你抄來的還有幾個錯字上次信漏過，今補如下：第三句的「醫」字應是「移」字，第四句的「排」字應是「驅」字，第八句的「初」字應是「粗」字。龍穴探珠的典故，我上次已經講過，此處用這典故，以「珠」比喻馬列主義的眞諦。首聯大意謂雖然學習馬列主義三十年了，然而未得眞諦。頸聯「神方」指毛澤東思想，「蠱毒」指形左實右的修正主義，腹聯第一句樗櫟典出《莊子》，但反其意而用之，故言「豈甘」，言「逃」，表示不甘自居於廢材而逃避思想改造（繩墨）。第二句只是以成語入詩，言自己雖不是駿馬，仍願竭盡綿薄以供驅使。結聯首句「春雷」指文化大革命，次句謂從此寸心略爲（粗覺）認識方向了（歸趨——方向）。

　　紙完了，不寫了。盼你暇時來信。祝健康！

　　海珠等均此致意。

　　　　　　　　　　　　　　　　姐夫　雁冰　四月十九日（1975年）

二十二、致金韻琴（據手稿編入）

　　韻嫂：

　　本月二十一日手書敬悉。乃茜胖不起來，是工作緊張，太勞累了；仕中的肝功能不正常也是這個原因。而且他們平日省吃儉用，營養也不夠。我覺得我在二十到三十歲這段時間各方面都比現在的二十到三十的青年條件優越，所以像我這樣從小就體弱的人在那時能吃得住繁忙的文字工作及社會活動，而且三十年代直至六十年代宋，經過不少風浪與緊張生活，今天居然還活著，而且八十在望了。我以爲乃茜倆都要多吃營養豐富的東西，仕中爭取多休息，把身林養好。海珠身體也不大好，如今懷孕，不知有幾個月了？也要多吃營養豐富的東西。不知上海方面供應如何？

　　大房間隔作兩間，分給乃茜與偉成，這是好主意。木料難得，不但上海，北京也然，這件事，的確我無能爲力。以北京而論，油漆、玻璃都不難得。不知上海如何？木料只能找關係弄點舊料（這比新的好，新的不夠乾燥，當

〔註25〕此處略有刪節。

時蠻好，日後就走樣；我這新寓大修時門窗等配上些新料，現在就走樣了，門關不嚴，已經修理了多次了）。現在隔房間，都不用板壁，門也可用半截玻璃，如此，所需木料不多。你們在上海關係多，慢慢想法，大概總可以解決。房管局修房，看人戴帽子，拆穿講，有點勢利眼。

這個星期，我家正在大打掃，主要是擦玻璃、洗窗簾；但因房高，玻璃窗有些也高，用了大梯子，還是勉強能擦。這件事在「五一」前必須搞完。

不多寫了，即頌健康，並節日快樂！

海珠等均此！

姐夫　雁冰　四月二十五（1975 年）

二十三、致金韻琴（據手稿編入）

韻嫂：

四月廿六日來信敬悉。小曼拔牙後為何不馬上鑲假牙，我也不太明白。您為此操心，想請大姊寫信給她的兒媳設法，甚為感謝，等我問過她再寫信罷。說來可笑，我們一家人，他們有工作的，一早去上班，中午回來吃中飯，下午又上班，回來吃夜飯，飯後我休息，他們有他們的事，非有要事，閒談時間是很少的。例如此時（五一、上午），他們拿了我的遊園入場券（那是不記名的），帶了孩子上中山公園去了，我則定於下午三時到頤和園，小寧本來說是留下陪我，但他等爹娘一走，也就出去找朋友了，——當然，在家也沒有他的事，因此，只有服務員等等在家應門戶。而我趁此空閒寫幾封信。

關於勝芳的事，您寫得那麼婉轉，其實這算什麼冒失，而且也不是我的什麼清高問題，而是個有沒有機會和辦法的問題。眼前我想不出有何人可託此事。因為，除了文化界，我本就很少熟人，而況文化界的熟人此時亦都不掌權，雖然還是地位相當高。總之，我把這件事記在心上，隨時遇有機會就碰碰運氣看。不成功我也無所失。我想，這件事，不急於抓時機。因為釋放所有文革以來監禁的大小幹部和幹部調動是兩回事。四屆人大後，因為一些部正式成立了，幹部有些調動，但聽說調整還有些困難。教育、文化方面的幹部粥少僧多，困難更多。其他，機械、化工等部，則調動幹部是經常的事，紡織工業現在併入輕工業部，不另設紡織工業部了。勝芳夫婦既都是紡織工業方面的，我想設法找這方面的熟人轉託人試試看。

此次釋放的幹部，未聞有已派工作；甚至去年即已作了結論，參加了國慶節國宴的一大批高級幹部（部長級，司局長級），除了少數選為人大代表，大多數仍然等著派工作。

兇殺案，青年犯罪比較多，北京也有，其他各省也不免。信上談不完，六月內您來京後作為談助罷。不多寫了。匆此，即頌健康！

海珠等均此。

姐夫　雁冰　五月一日（1975 年）

此信寫了，未寄。直到今天寄出。三日注。

小曼補牙，因未到時機（尚須再拔一病牙），有相熟的牙醫。不勞大姊費心了。又及

二十四、致金韻琴（據手稿編入）

韻嫂：

六日來信敬悉。三日我有一信（是答覆您四月廿六日的來信），想來現在已經收到。來信說看了五一遊園的見報照片，覺到我胖了，精神很好，不像望八老翁。這照片是不足為憑的，一、因為攝時角度關係，會比本人胖些，二、看表演只坐了十幾分鐘，當然精神不致於不能支持。其實所謂遊園，就只是拍這麼一張照，報上登一登，在這以前是在另一處休息（離拍照處只有十來步），喝茶、吃點心、閒談，拍完照，就上船遊昆明湖，也是喝茶、點心、聊天。約半小時，到另一處休息，然後回家。我們的汽車是開進園內（一般只能停車在園外，那就要走一、二里路方能進園），遊園一次，我總共走了二十幾步，如果連這二十兒步都不能走，那又會用輪轉椅把我推來推去，一步也不用走了。每次五一、國慶遊藝，允許帶家屬五人，另外是服務員一人，是扶七八十歲的人的（周建人就有八十七歲，他是要人家扶著走的，和我一樣），阿桑、小曼、小寧、小丹丹都去了，不過進園以後，他們自去活動（如果跟著我，他們覺得看的東西太少了，不暢快），到五點鐘或稍遲，他們就到我遊湖後休息的地方同我會齊，一同上車回家。至於五一以外的其他活動，慶祝金邊解放大會只一小時就完，慶祝西貢解放大會也只一小時二十分，我只能坐著聽演講、喝茶，開會以前在江蘇廳休息，也是喝茶，江蘇廳到大會主席臺，也只走十來步。

　　至於我的健康狀況的眞實情況，醫生已有暗示：一、如果覺得心頭脹悶，切不可動，應打電話到醫院，他們派醫生來診；二、每月要去覆查一次（下月中旬就要去）；三、在家只宜稍稍散步，覺得心跳，就停止。這都是因爲我有心臟病。因爲邵力子、丁西林，還有王稼祥及其他一些不大知名的人，都是下午還出外理髮，看朋友，晚飯尙與家中人說說笑笑，而第二天早晨發見已經死了（丁西林是九點上床時脫衣一半，「哦」了一聲就斷氣了），所以北京醫院會診室對於我們這些快八十歲而有心臟病，看上去精神不壞的人十分小心。我也不知何時會一睡下去就此再也不醒來，不過，今年大概不會如此。明年呢，難說。我自己知道，一年不如一年，今年比去年差多了。所以很盼望您照原定計劃來京。至於爲了遲一、二年退休能每月多得退休金五元，那是小事；我爲您解決，……〔註 26〕記得從前信上同您談過。這是我早已準備好了的。……但這是不能匯的，等您來了後回滬時帶去。

　　寫到這裡，接六日晚信，知有任務，校對珍貴的書，那麼，不知是否還准你在五月底退休否？我勸您決心退休了罷，何必戀此區區。不多寫了，即頌健康！

姐夫　雁冰　五月九日（1975 年）

二十五、致金韻琴（據手稿編入）

韻嫂：

　　五月廿四日信早到，因事遲復爲歉。這封信您收到時大概正忙於準備來京。但仍盼赴蚌有了日期先來一信。嫂要自製一套家常便服送給我，我很高興；但這樣，又要您忙中抽出工夫來，我又不安。

　　梅龔彬新近放出來了（文化大革命時關在衛戍區），但未作結論（五一前把關押的人大部分釋放，都未作結論），所以他也不同人家來往，我們也暫時不好去找他。至於陳雲裳，五年前德址逝世時，我曾派人送信通知，可是她竟不來，以後一直未來過，不知尙在原處否？政協組織參觀，將去成都、昆明等地，胡愈之等都去，我因心臟病、肺氣腫等病，平日多走幾步路就要心跳氣喘，醫生已警告不可多動，因此沒有參加這次長途、日久的參觀。我的病情之日見不妙，從表面是看不出來的，所謂「如入水中，冷暖自知」。瑜清

〔註26〕此處及下一行均略有刪節。

的侄女婿伍禪（華僑，四屆——亦二、三屆人大代表），他也患同樣的心臟病，他的兒子及姨侄兒、女多人全是醫生，他們說，患此病者，不宜太喜、太怒、太哀傷、——總之，不使受刺激（有個李蒸，看了影片《爆炸》，因為劇情緊張，當場發病，回家即死，這是北京醫院的醫生告訴我的，李是民革成員）；所以伍禪說，這樣，只好做和尚了，但和尚要「五蘊皆空」，也不易。好了，見面談罷。即頌健康！

姐夫　雁冰　六月二日（1975 年）

後　記

　　1975 年 6 月 15 日，我應雁姐夫的邀請，到了北京，在他家住了將近半年的時間，那是文化大革命的後期，雖然鄧小平副總理重新出來工作，但情況還遠沒有正常，雁姐夫也不敢握筆爲文，而且他視力差，不能多看書，家裏的人又各有自己的事，他便常常和我閒聊一些往事。有關當時雁姐夫的生活和思想情況，我都在每天晚上寫的日記裏，根據我個人的愛好，經過篩選，盡可能抓住一些重點，比較具體地記錄了下來，其中有些日記的內容，是他以前寫信給我時寫到的，但是日記的內容述及他當時和我談話的細節，比他信裏說的要具體、生動一些，因此我還是把它保存下來了。

　　在一次偶然的機會裏，正在大學從事現代文學教學的范泉教授，看到了我的這本日記本，認爲這些日記有助於現代文學研究工作者從一些側面研究一位偉大作家在某一特定時期的生活起居和思想風貌。他鼓勵我選擇其中的一部分，整理出來，爲中國現代文學研究提供參考資料。於是，我不自量力，從 1980 年秋冬之交開始整理，準備全部加工後交給雁姐夫審閱。哪裏知道，雁姐夫竟在 1981 年 3 月 27 日病逝。在我向他的遺體告別以後，思緒萬千，想到另境自 14 歲喪了母親後，德沚姐和雁姐夫對他的愛護與照顧；想到沚姐和另境相繼去世後，雁姐夫對我和我的孩子們的關懷和幫助。他曾多次來信，殷殷垂詢我有無困難，信中提到：「她（指他夫人孔德沚）關心你們，她不幸先我而去世，關心你們的責任自然由我擔任。」（1975.4.17 寫的信）「我的親戚不多，至親就只你們了。」（1975.1.25 寫的信）特別是他勸說我退休後和他相處的將近半年的生活感受，他那慈祥的笑貌，親切的談話，娓娓動聽的言辭，不斷地縈繞在我的腦際，吸引著我用一枝笨拙的筆，把我和他相處的一

段時間的日記加快整理出來，以寄託我的哀思，並爲他對我長期來的諄諄教誨和親切關懷，表白我內心的感激之情。另一方面，我也深深感覺到：每一個活著的曾經接觸過他的人，從各個不同的角度來提供研究他的資料，哪怕是一鱗半爪，或只有某種程度的參考價值，都應該公之於世，這也正是我們這一代人的義不容辭的責任。

現在，我把整理出來的文稿編成兩個部分：第一部分「日記」，是按照我日記本所記日常生活中的部分日記內容（包括談話的某些細節），圍繞話題的中心，作了一些節略，逐一整理而成；第二部分「回憶」，是應刊物編輯的要求，把我的日記和有關資料綜合後寫成的幾個專題回憶錄。原來還準備編輯第三部分「書簡」，收錄雁姐夫從 1974 年 6 月 7 日到 1975 年 6 月 2 日這一年中寫給我的 29 封信（這僅是他來信的一部分），因牽涉到書簡作者的版權問題，不再編選了。

從 1981 年起，經我整理出來的部分文稿在國內一些報刊上發表後，許多相識和不相識的師友和讀者，曾經來信熱情鼓勵，有的親切指點，有的訂正錯誤，使我有機會及時修正，謹此誌謝。由於我學識淺陋，對雁姐夫的談話精神領悟不深，難免還有這樣那樣的錯誤，歡迎知情的讀者繼續不吝賜教。

最後，感謝李何林教授在 1984 年 7 月就爲本書寫了序文。北京大學孫玉石教授最早建議將拙稿定名爲《茅盾談話錄》，我的授業老師柯靈先生在審閱拙稿以後也支持我採用這一書名，上海社會科學院文學研究所王爾齡先生在認眞審讀拙稿以後提出了寶貴的意見，謹在這裡向他們表示衷心的感謝。

金韻琴

1992 年 4 月 10 日

附錄：我的母親和《茅盾談話錄》

孔海珠

　　我的母親金韻琴十年前寫了一本《茅盾談話錄》，陸續在報刊上發表後，讀者中反映較好，大家都很喜歡看，報刊編輯希望她多寫一些，有幾家出版社相繼表示要出版單行本。這是她動筆時沒有想到的。更沒有想到的是因為這本書引來了不少麻煩。作為一個老太太，她承受了不少壓力，我們子女和一些關心她的人都替她擔心，害怕她的身體健康受到影響。現在這本書，作為上海書店推出的「文史探索書系」的一種，與世人見面，只是她已無心再握筆寫些什麼了。我母親說，這是她一生中唯一的一本書，再也不會有第二本了。這是令人惋惜的。

　　出於親情，也為了使讀者能更實際地瞭解作者和她的這本書，以及她對「麻煩」的態度，作為她的長女和瞭解這本書全部經過的人，想對讀者說幾句，想來是比較合適的。這也是為了「立此存照」，留下一段史話，免得時間長了，有人要瞭解情況而到處尋找資料或做什麼猜測。

一

　　母親今年七十五歲（1919 年生），和父親孔另境結婚時才十九歲，那是1938 年年底的事。父親是她的老師。在這樣的家庭裏，母親依從父親是很必然的，哪怕父親的家長作風，母親也不以為然，因為父親畢竟年長十五歲。

　　父親結婚時是個窮文人，沒有家產，也不願回鄉下去繼承，所以結婚後有段時間盤桓在我外婆家中，過著安定的生活。可是不久，上海淪陷，他去了蘇北墾區。母親那時又有身孕，帶著二歲多的兒子，居然一路風塵跟著父親跑。於是，我就只能出身在蘇北東臺附近的農村了。記得小時候，父親常

叫我「小蘇北」，母親也一遍遍地講述在偏僻的農村生養我的情況。當時聽了覺得很新鮮，後來自己有了生育的經驗，倒有些後怕起來，真是老天保佑，幸虧是順產，母女平安。五十年代，一切向蘇聯學習，連生孩子也是，提倡當「光榮媽媽」。我母親不願太「光榮」了，而父親和姑媽孔德沚卻以為越「光榮」越好。記得姑媽曾來信說些很羨慕我母親身邊有這麼多孩子的話。大約因為姑媽只生了兩個孩子，其中一個女兒在抗戰時期去世了，只剩下獨子韋韜的緣故。總之，母親連續不斷生了七個孩子。對七個孩子，父親和母親的教育方針是「任其自然發展」，這是受了當時的教育家提倡的對待子女態度的影響吧！而在新的時期又灌輸了新的內容，當子女響應國家號召去新疆、安徽務農時，父母都捨得讓他去「戰天鬥地」，而不執意要小輩去「啃書本」，更不用說望子成龍了。順便說一句，文化大革命中，我們七個孩子中只有我在城市裏工作，其餘六個都去了農村，母親也到「五七幹校」勞動。

文化人在歷次政治運動中經受了不知多少風浪，我父親也是「老運動員」了。母親對此都默默地忍受，毫無怨言，有條不紊的安排家務。雖然大概也是受了父親的死不認罪的強硬態度的感染，對父親的信任也可見一斑。

父親在世時，母親不太關心文壇的情況。1961年我參加工作，下班後經常在父親的書房裏聽他講三十年代的文壇軼事，或將白天看到的珍本圖書情況請教父親，母親不是在家忙家務，就是在旁打毛線，從不插話。她是在五十年代初期進上海文藝出版社任校對工作的。一貫兢兢業業認真的工作，使她的業務水平提高很快，並且喜歡上這個工作。白天在單位裏為一個異體字而眾說紛紜後，回家必定源源本本地講給我們聽，並把查閱工具書後的結論，這個字正確的應該這麼寫，而不是這樣寫等等講個明白。可以說，她在工作中是「字字計較」。母親校對質量是大家公認的，她勤勤懇懇埋頭工作二十幾年，退休後還繼續到出版社工作，樂此不倦。我們全家都看重她的工作，父親也很讚賞認為非常了不起。到目前，我的文章如果請她過目，必定能找出錯別字來教育我一番，這已成了她的職業習慣。

1972年，父親去世後，承我姑父茅盾的關心，經常有信及錢寄來。每次母親都恭恭敬敬地覆信致謝，姑父反覺不好意思，常用「區區小數，何足掛齒」或「我們是至親，理應照顧」等句子回信。大概這個時候母親才展露出她的寫作才能。他們通信好幾年，母親經常在信中寫些上海見聞、小道消息給姑父解悶消遣，也許從而提高了她的文學水平，因為姑父來信讚揚她的文

字，認爲當中學語文教師是綽綽有餘的。這些話，對她日後有勇氣拿起這枝筆，記敘在姑父身邊度過的一些難忘的日子，有著決定的影響。

二

我的姑媽孔德沚是 1970 年去世的，她生前對兩個弟弟是很照顧的。我在一篇《我的父親、叔叔和姑媽》的文章中有介紹（刊《香港文學》第八十八期）。我叔叔孔令傑（又名彥英，筆名司徒宗）始終未婚，三個姐弟中去世又最早。我姑媽只剩一個孩子，而我父親的多子女，使姑媽每年過年總要寄上一百元錢，給侄兒們添置衣服，照顧我們的生活。姑媽去世後，姑父說：「她關心你們，她不幸先我而去世，關心你們的責任自然由我擔任。」（1975 年 4 月 17 日給我母親的信）

1974 年，姑父的家從文化部的小樓搬到了交道口 13 號，搬家的原因是姑媽去世以後，他的兒子和媳婦一家從北京郊區搬來和姑父同住，小樓已容納不了這麼多人口，而且，姑父年邁後要在小樓上下樓梯極不方便，有一次竟從樓梯上摔下來，才促使他決心搬家。新居有四合院的二進，較寬敞，即現在的「茅盾故居」。那時，正值我母親年滿五十五周歲，可以退休了，所以，姑父多次邀請我母親去京在他們家小住，他的信是這樣寫的：

我爲您打算，一年中來住三四個月，每年都來，直到我終天年，這在至親算不了什麼，因爲您有兒女，他們又都有孩子，免不了要您照顧，所以我才設想您在京三四個月，否則，我就要多留您些時了。（1975 年 5 月 14 日）

於是，1975 年夏天，即姑父八十大壽前夕，我母親踏上了北去的列車。在他們交道口新居住了將近半年光景。

我母親原來沒有記日記的習慣。我們孩子都想母親可能多地告訴我們一些敬愛的姑父的生活瑣事，她自己也願意隨時記錄在這個值得紀念的日子裏的一切。而且，母親剛剛退休，總有一個伏案辦公的習慣，在姑父家中又不需要操持家務，空閒的時間比較多，爲自己也爲孩子記錄些當天的事，是很有意義的。更何況，母親的談話對象是個博學多才的大文豪。

姑父在 1975 年時是比較空閒的。雖然這時還處在文化大革命的後期，鄧小平又重新當了副總理，但情況還遠沒有正常，姑父也不敢握筆爲文，而且，他視力差，不能多看書，家裏的人又各自有自己的事，不是忙於上班，就是上學。大白天，除了服務員，只剩姑父和我母親。於是，姑父找我母親作爲

談話對象，閒聊一些往事以消磨時光，這大概也是邀請我母親去做客的原因吧。

記得我在參加編輯《文化老人話人生》這本書時，讀到一篇《論老年》的文章，總結得非常好。講到老年人有記遠不記近、說話滔滔不絕等等的特點。作者分析說：「一種老人是長久孤獨地待在家裏，沒有人和他說話。他也沒有機會說話。忽然來了一個客人，老朋友，老同事，多年不見的親戚，雙方都有許多可說的話。於是，老人的話一發而不可收拾了。這種情況的老人饒舌，客人不會厭煩，因為客人知道，是他自己引逗出來的。在老人這方面，其實也不能說他饒舌。也許他已有好久不說話，今天只是並在一起總說罷了。」

我的姑父也不會例外，他和母親說話的內容大都是「陳年老古董」的事。可謂是遠事清楚。而且這些話和家裏人不知講過幾回，已不再引起家裏人的興趣，而新到的客人則覺得事事新鮮，一古腦兒地吞下肚去。母親在《茅盾談話錄》的「後記」裏這樣說：「有關當時雁姐夫的生活和思想情況，我都在每天晚上寫的日記裏，根據我個人的愛好，經過篩選，盡可能抓住一些重點，比較具體地記錄下來。其中有些日記的內容，是他以前寫信給我時寫到的。但是日記的內容述及他當時和我說話的細節比他信裏說的要具體、生活一些。因此我還是把它保存下來了。」這使我想起《茅盾談話錄》中的部分內容。有的在他以前的來信中說起過，以後在我母親的日記中讀到，到他寫的《我走過的道路》時又提起。第一次聽到或看到的人會感到新鮮，在我可能會嫌他講的重複了。

母親回滬後，這本日記是她最珍貴的了。我們孩子都翻閱了一遍，覺得很有意思，加深了對姑父和他們全家的瞭解，也增加了不少知識，包括文壇軼聞。以後，母親的朋友來看她，談到那段日子，便取出日記給人家翻翻，這包括在青海執教的范泉先生、北大教授孫玉石先生等等。

「四人幫」被打倒以後的 1978 年，茅盾開始寫長篇回憶錄《我走過的道路》。我在上海替他做搜集資料工作，適時他的獨子韋韜辦了離休手續，媳婦陳小曼也被調到他身邊做助手。第二年，韋韜來上海，與我工作單位的領導商量，需要我繼續做這項工作。那個時候，我曾向韋韜談起過這本日記，他並沒有在意此事，其實，也無法在意，因為這已是我母親的私人記錄。關於我母親記日記的用意前面已經講過，並沒有想日後發表，如果有發表計劃的話，日記的內容肯定會更豐富，現在想來是很可惜的。不過，這樣可以更隨

意一些，母親把它作爲在茅盾家作客的回憶來寫，更符合實情。

我認爲可以寫得隨意一些，但母親寫得並不輕鬆。這可以從她寫給李何林先生的信中有所反映，她說：「這些雁姐夫的談話筆錄，是我在每次談話後回到自己的臥室裏憑記憶追記的；當時記得比較簡約，那些具體的細節描寫，則是在我後來整理時回憶補記的。當然，憑記憶追記，不等於錄音；將近十年以後的回憶補記（1975～1984），更不可避免地會產生這樣那樣的出入；但是，我可以肯定的是：主要事實情節不會有錯，我絕不造謠虛構。」這些話，李先生把它轉錄了，寫在他爲此書的序中，用意很明白。

我想，凡讀者總是希望能更多的瞭解一位偉大的作家，從各個方面瞭解他，尤其在他去世以後。文章除了生動之外，眞實是最主要的。我母親寫這些文章，是抱著「嚴肅鄭重的態度」來記敘它的。她不僅查找有關的資料，對涉及一些當代作家的事，她都發信驗證；一些主要事實有條件可以核實的，都曾發信給有關機構或省市文聯等單位落實。至於刊出的文字中有失誤的地方，都一一予以訂正。

<h2 style="text-align:center">三</h2>

《茅盾談話錄——在茅盾家作客的回憶》共分兩個部分：第一部分是日記體。在六十四篇「談話日記」中，記茅盾日常生活的有三十篇，談文學藝術問題的有十八篇，談文藝界著名人物的有十六篇。第二部分是回憶。這是根據茅盾的談話和有關資料綜合寫成，有的是我父親生前談論過的事。回憶共七篇，都是以茅盾爲軸展開的，如《記茅盾夫婦》、《茅盾與司徒宗》、《茅盾和他的女兒》等。本來尚有第三部分，選錄茅盾致我母親的書信二十九封，信中記載茅盾邀請母親去京小住的一個經過。因爲牽涉到書簡作者的版權問題，就不再選編了。

著名的現代文學研究家李何林先生早在 1984 年即爲此書寫了「序」，並已收錄在 1985 年 10 月安徽文藝出版社出版的《李何林選集》裏。

李先生在「序」中評論了這本書的價值。他說，《茅盾談話錄》中收錄的內容，「都是在茅盾公開發表的著作中沒有的」，「都是研究茅盾在某一特定時期的少見的資料，因爲唯有在跟自己至親的無拘無束的談話中，才能流露出平時不易流露的思想感情」。

那麼，母親出版這本書究竟碰到什麼麻煩？爲什麼十年前不能出版呢？

我想還是要從「聲明」談起。

正當《茅盾談話錄》要結集出版之際，韋韜（沈霜）、陳小曼夫婦在《新文學史料》1984 年第二期連載茅盾的長篇回憶錄《我走過的道路》文後刊出一則「聲明」，說了一些反對《茅盾談話錄》這本書的話，爲了便於讀者瞭解情況，現將「聲明」全文照錄：

關於《茅盾談話錄》的聲明

自從《文學報》和《新民晚報》選登《茅盾談話錄》以後，近來有些同志竟將該《談話錄》當作研究茅盾的「第一手」材料，誤以爲其中對茅公的描寫是眞切無誤的，而把其中錯誤、失實之處也都記在茅公的身上。爲了維護先父的聲譽，我們作爲茅盾的後代，特作如下聲明：

所謂《茅盾談話錄》，茅公生前並不知曉，更未讓茅公過目（如果確有此《談話錄》，完全應當讓茅公過目，徵求發表的同意），因此，現在發表的所謂《談話錄》是有失嚴肅的，茅公不能對其內容的眞實性和準確性負責。

《談話錄》在發表之前，並未徵求我們的意見，就我們已見到的若干片段，失實、虛假、拼湊的地方也很多。希望讀者注意，凡引用《談話錄》作爲研究茅公的依據而產生的錯誤，概與茅公無關。

沈霜　陳小曼

一九八四年二月五日

在《新文學史料》刊登之前，他們將類似的信發送給曾登載《茅盾談話錄》的報刊，《魯迅研究動態》把信轉給了我們，所以，這封信在總第三十二期上刊出後，我母親給《動態》編輯同志信刊在第三十三期上，其他報刊並沒有刊出這類聲明信。

我母親對這則聲明的態度，在給編輯部的信裏說得很簡短也很明白，她在信中說：

編輯同志：

收到隨信寄來的韋韜夫婦「聲明」，我也要聲明的是：我具名寫的「談話錄」，理所當然文責自負，有錯誤不確之處歡迎大家指正。

並不是具茅盾的名在寫的。現將《茅盾談話錄·前言》寄上，說明
了我寫談話錄的經過，希望予以刊載。

金韻琴

同時刊出了《茅盾談話錄·前言》，這樣使讀者對作者和他寫這本書的
經過，有了一個大致瞭解；同時作者也坦誠地對為什麼寫作和碰到的困難對
讀者一一作了交代。這個「前言」，在現在出版的書中作為「後記」放在書
的最後，有幾段話已經刪除了，我看這些話倒很能說明她當時的心境，不妨
錄下：

> 最近兩年來，當這些談話錄的部分篇章在各地十二個報刊上陸
> 續發表，其中上海《新民晚報》連載時間最長。它們之所以有讀者，
> 使我想到魯迅先生為另境編的《現代作家書簡》所作的《序言》中
> 說的，「──實在是因為要知道這人的全貌，就是從不經意處看出這
> 人──社會的一分子的真實。」我希望這些談話的記錄，可以從「不
> 經意處」為瞭解茅公提供了一些有意義的參考。但是，由於我的淺
> 陋，當時全憑自己的興趣記下了我覺得有意義的內容，而把許多珍
> 貴的史料和精闢的見解漏記了，現在發覺已經來不及了。同時，也
> 由於我的學識水平有限，記錄在這裡的談話內容，是通過我的理解，
> 我的認識來再現的。這點，我想凡是有判斷力的人，是會理解的。
> 好在談話錄陸續發表以後，許多相識和不相識的朋友們，有的熱情
> 鼓勵，有的親切指點，有的訂正錯誤，使我有機會在記錄中增加了
> 一些必要的注釋和附記。我是想盡力做得完善些，恐怕還是難免有
> 不少錯誤，因此無論是主要內容或是細節事實，我都歡迎知情的讀
> 者，不吝賜教。

寫到這裡，不知讀者是否和我一樣，覺得我母親何必去找這些麻煩，那
麼累的去寫，搞成這樣，覺得很不值得。可是，也有很多朋友鼓勵我們，勸
慰我們。他們說，如果規定所有的材料必須百分之百的正確才能發表，或者
必須由作家本人過目之後才能發表；要是這樣的話，我國古代的《論語》不
會流傳至今了，《歌德談話錄》也不可能出版了，有關記敘魯迅活著時的一些
言行的回憶錄，也不可能發表了。由此使我想到，不是有人專門寫了一本訂
正許廣平回憶魯迅的書嗎？這又怎麼去理解呢？

　　可是，沒有想到的是，是 1984 年 2 月 2 日在香港《大公報》上刊出了巴金的「隨想錄」第 110 頁，題爲《關於〈茅盾談話錄〉》。由於巴金的文章，使原先有幾家出版社爭著出版的書稿，這時來信說，《茅盾談話錄》香港×××ד原已決定出版，審閱過程中因巴老在《隨想錄》中提到了，××××恐惹起糾紛及是非，因而通知我決定暫不出版了」。其它出版社這時也沒有「聲音」了。於是有人勸我母親忍下這口氣吧！而我母親不知哪裏來的勇氣，她帶著一封給巴金的信，登門去找巴老的妹妹，請她轉交給巴老。因爲她們曾在一個出版社工作，以前相識。同時，她把《茅盾談話錄·前言》一文，寄給了香港《文匯報》，要求刊出。沒幾天，我在工作單位收到一封信，信是巴金的侄女、他的助手李國燦寫給我母親的，信中這樣說：

金韻琴同志：

　　我是巴金同志的侄女。您的信伯伯已收到，他因身體不好，不能親筆覆信，讓我轉告您，他寫那篇文章不是對您個人有什麼意見，而是談了對這件事的看法。希望您能理解。同時也希望您能向韋韜同志作一些解釋。祝

　　好！

　　問候孔海珠同志

李國燦

84.3.25

　　對於這件事，我覺得母親做得無可厚非，而巴老的態度也是很好的。但是，在怎樣對待「談話錄」、「訪問記」這類文體上，問題的確存在。文壇上常常發生訪問者和被訪問者的矛盾，目前沒有法律規定：凡寫這類文章，必須由被訪問者最後審閱，再說，被訪問者的思想也會有變化，今天他同意被訪問，明天又覺得自己談的不作數，甚至說訪問者的不是，使得作者無所適從。這種事不是沒有發生過。反過來說，訪問者任意編造一些自己的話，加在被訪問者的頭上，造成不良的後果；或者，並不是有意這樣做，而是對談話的內容有誤解，把被誤解的話報導出去了。這種事情也是有的。怎樣做到科學性準確性，這是要雙方誠意配合的。巴老「希望您能向韋韜同志作一些解釋」，也許也是出於這樣的出發點吧！

　　香港《文匯報》在 4 月 8 日刊出了我母親寄去的文章。有心的讀者會注意到，巴金雖是位偉大的作家，他在 2 月 22 日刊登的文章是「談了對這件事的看法」，並不是針對這本書的作者。然而我母親是個普通人，也有權發表陳述自己寫作的理由和觀點。所以文章的刊出使我們感到很欣慰，畢竟還有讓人說話的地方。

　　當時，事情到這個地步，這本書的出版，也只能擱淺了。

　　這一擱，不料過了十年。如今又是出版不景氣的時候，柯靈、范泉先生主編一套「文史探索書系」，把我母親的這本書列為這套叢書第一輯十本裏的一本，我們感到很高興，能夠出版，畢竟是對這本書價值的承認，如對書中的內容有爭議，或有不同意見，歡迎大家批評指正。為了鄭重起見，避免讀者誤認為這本書是茅盾談話的實錄，於是正題下加了一個副標題：「──在茅盾家作客的回憶」。也有知情者說，副標題中用「作客」二字，未免把你們的親戚關係寫得疏遠了。不過，還是這樣的好。

　　值得一提的是，當主編范泉先生向巴金老說，準備出版這本《茅盾談話錄》時，巴老表示很想看看這本書，並沒有認為有什麼不妥。這使母親感到釋然。

　　如今這本書已經出版，母親把它寄給了巴老，也寄給了韋韜，同時也接受廣大讀者的檢驗和評判。

（1994 年 3 月修訂）

　　附記：1995 年 12 月《茅盾談話錄》再版時，我母親已於同年 5 月 29 日患癌症告別人世。臨終前她說，唯一感到欣慰的是這本小書可以給我們留作永遠的紀念。

2002 年 3 月

（此文已收入孔海珠著《聚散之間──上海文壇舊事》一書，學林出版社 2002 年 12 月版。）

《茅盾晚年談話錄》後記

　　《茅盾晚年談話錄》是一本新編的回憶錄類圖書，它的前身是《茅盾談話錄》。

　　《茅盾談話錄——在茅盾家作客的回憶》一書 1993 年 12 月由上海書店出版社初版，歸在「文史探索書系」，作者是我們母親金韻琴。按版權頁記載，首印三千冊，之後在 1995 年 12 月第二次印刷，印數累計六千冊。早已售罄。

　　在母親金韻琴（1919～1995）去世近二十年之際，我們將她人生唯一的著作恢復她當年親手編排的全貌，得以完整出版，心情既高興又感慨不已。

　　這本書的寫作過程，母親在初版後記中已經寫得比較清楚，而當年歷經種種困難書籍得以出版的過程，長女孔海珠在 1994 年撰寫的「我的母親和《茅盾談話錄》」一文（原刊《聚散之間——上海文壇舊事》學林出版社 2002 年出版），此次作爲附錄收在書尾，對讀者欲全面瞭解母親會有幫助。

　　上海書店出版社此次出版的新編本由幼女孔明珠負責編輯整理，與之前版本最大的變化是增加了第三部分「書簡」，收有二十五封我們的姑父茅盾先生在 1974 年 6 月至 1975 年 6 月間寫給我們母親金韻琴的私人信件。這是最初母親在編《茅盾談話錄》一書的時候，親自從姑父寫給她的大量信件當中挑選出來，提供給接受她書稿的有關出版社，但當時出版受阻。十多年後《茅盾談話錄》在上海書店出版社出書時，終「因牽涉到書簡作者的版權問題，不再編選了（金韻琴）」。但此後，這些信件被人民文學出版社於 1997 年收入《茅盾全集（37）書信二集》。既然已經面世，本書出版前，經過上海書店出版社領導與編輯等人種種努力，這二十五封書簡的發表得到了茅盾先生著作版權繼承人的授權，按照《茅盾全集（37）書信二集》的錄入文字編入書中，

這樣也了卻了母親生前的心願。

　　另外，正文的第一部分與第二部分都增加了初版未收入的部分篇章，共有十一篇，大都爲談論人物；插頁圖片也增加了茅盾先生的手跡等，這樣，原先一本裝幀比較簡單的「小書」在二十年後「升級」成現在這個端莊、清淡而又溫暖的模樣，就好像見證了時代的變遷，出版業的發展。

　　更爲有幸的是，這次，中國茅盾研究會發起將八十年來茅盾研究成果集中推出，由臺灣花木蘭文化出版社承印整套叢書。此舉非常有意義。主編錢振綱先生誠邀將我們母親金韻琴的書納入其中，雖感意外，這番好意當領受爲感。於是有了上海書店出版社的簡體字版和臺灣花木蘭文化出版社的繁體字版同時發行的盛舉。我們殊爲高興。

　　想到母親在世時，爲寫作、出版此書受盡委曲，值此清明之際，我們兄弟姐妹依慣例會前去龍華烈士陵園，向長眠在那裏的父親母親獻花，各自在本子上寫一段近況，這一次我們會把這本書的兩個版本的出版，鄭重地告慰母親。母親，您請安息。我們爲您善意、眞誠和勇敢的品德驕傲。您留世的文字將永遠受到人們的珍視，因爲這是一份茅盾在特定時期彌足珍貴的歷史紀實。

孔海珠　孔明珠

2014.4.5